인
면
창
탐
정

나카야마 시치리 장편소설 · 문지원 옮김

人面瘡探偵

# 인면창 탐정

블루홀6

차
례

**혼조 구라노스케** · 혼조가의 전 당주이자 혼조 그룹의 총수

**미쓰기 롯페이** · 후루하타 상속 감정의 감정사

**아리노 야요이** · 후루하타 상속 감정의 여소장

**다케이치로** · 혼조 구라노스케의 장남

**히와** · 다케이치로의 첫 번째 부인

**기미코** · 다케이치로의 두 번째 부인

**고지** · 혼조 구라노스케의 차남

**에쓰조** · 혼조 구라노스케의 삼남

**사요코** · 혼조 구라노스케의 장녀

**다카히로** · 사요코의 아들. 지적장애가 있다.

**히라기 미노리** · 혼조가의 고문 변호사

**스즈라하 구루미** · 혼조가의 가정부

**사와자키** · 혼조가의 전속 주방장

**후지시로** · 나가노 현경 형사부 수사1과 형사

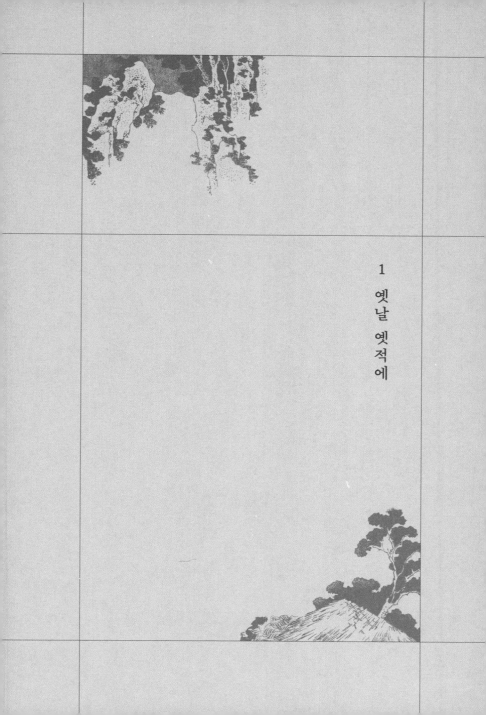

1

옛날 옛적에

# 1

　―일어나, 멍텅구리.

　귀에 익은 탁한 목소리에 잠에 취했던 미쓰기 롯페이가 퍼뜩 정신을 차렸다.

　―언제까지 퍼 잘 거야. 이제 곧 마쓰모토라고.

　미쓰기는 눈을 비비며 차창 밖을 바라보았다. 차창 밖은 잠들기 전에 본 풍경과 달라진 것 없이 여전히 고속도로가 이어졌다.

　도쿄 신주쿠에서 마쓰모토까지 고속버스로 약 세 시간, 내내 흔들리는 버스와 좁은 좌석은 쾌적함과는 거리가 멀었다. 그래도 잠에 빠지고 만 이유는 평상시 수면이 부족한 탓이었다.

　"마쓰모토에 도착하고서도 갈 길이 멀어. 적어도 도쿄―마쓰모토 구간만이라도 특급 아즈사*를 타고 싶었는데."

한번 소장에게 말을 꺼내 봤지만 예산이 부족하다는 이유로 그 자리에서 거절당했다. 정말로 경비가 나올 구석이 없는 탓인지, 자신을 별로 신뢰하지 않는 탓인지 궁금했지만 굳이 따질 배짱은 없었다.

—너 같은 멍텅구리를 전폭 신뢰할 거라고 진심으로 생각한 건가, 바보 같은 놈.

"입에 칼을 물었지, 아주. 이래 봬도 회사에 제법 도움이 되는 인재라고 생각하는데."

미쓰기가 떠드니 옆자리에 앉아 있던 학생 같은 여성이 시끄럽다는 듯 쏘아봐서 입을 다물었다.

고속버스가 마쓰모토 버스 터미널에 도착하자 승객들이 우르르 버스에서 내렸다. 그러나 미쓰기는 다른 승강장으로 이동해서 다시 버스를 기다렸다. 목적지는 전철이 다니지 않는 곳이라 또다시 버스를 타야 했다.

30분쯤 기다리니 드디어 사쿠마 마을행 버스가 도착했다. 고속버스에 비해 외관이 투박하고 자못 예스러웠다. 앞으로 한 시간은 더 덜컹거리는 버스를 타야 한다고 생각하니 솔직히 신물이 났지만 출장이니 어쩔 수 없었다. 미쓰기는 속으로 투덜거리며 버스에 올라탔다.

* 도쿄의 신주쿠와 나가노현의 마쓰모토를 연결하는 특급열차.

시내를 벗어나자 점점 건물이 낮아지더니 이윽고 민가마저 드문드문해지며 마침내 버스가 숲속을 달리기 시작했다. 목적지가 어떤 곳인지 사전에 인터넷으로 대충 조사했는데도 막상 와 보니 생각보다 많이 외져서 당황했다. 이 정도 벽지라면 인근에 일을 의뢰할 사무소가 없는 것도 당연했다.

미쓰기가 근무하는 '후루하타 상속 감정'은 4년 전에 설립된 사무소로 도쿄뿐 아니라 전국 규모로 의뢰를 받고 있다. 설립 초기에는 의뢰 수가 손에 꼽을 정도라 운영이 매우 불안정했지만 2년이 지나자 실적이 급격히 늘어났다.

계기는 2015년 상속세법 개정이었다. 상속 기본 공제액이 인하되면서 상속세 과세 대상자가 기존보다 1.8배 증가한 것이다. 그러자 변호사와 법무사가 적은 지방에서 졸지에 상속 문제가 확대되면서 상속감정사 수요가 급증했다. 상속세를 납부하지 못해 물납으로 내몰리는 사례가 빈번히 발생한 것도 한몫했다. 그러나 사무소 실적이 늘어난 것은 경사스러운 일이지만 몹시 바빠진 탓에 외출을 싫어하는 자신까지 지방 출장에 끌려다니는 것은 달갑지 않았다.

상속감정사가 하는 일은 말하자면 상속 매니지먼트다. 상속에는 토지 가옥 조사, 부동산감정, 세무, 회계, 귀금속 감정, 파이낸셜 플래닝 등 다양한 요소가 얽혀 있다. 이러한 각 분야 전문가를 연계해 상속인에게 최적의 조언을 제공하고 상속 발생 후 절차와 유산 분할 협의, 납세, 자산 활용을 지원하자는 취지다.

따라서 본래는 각 분야 전문가의 의견을 정리하는 것이 주요 업무지만 소장인 아리노 야요이는 인건비 절약과 업무 역량 강화를 내세우며 직원들이 관련 분야의 자격을 취득하도록 의무화했다. 그 덕분에 미쓰기도 토지 가옥 조사와 보석감정사 자격을 취득하게 되었다.

그런데 미쓰기는 지금 의뢰인의 집으로 향하면서 자신의 자격증들이 오히려 의뢰인의 기분을 상하게 하지 않을까 불안해지기 시작했다. 눈을 씻고 봐도 이 부근에는 산과 논밖에 없어서 자산 가치는 거의 기대할 수 없기 때문이었다.

이번 의뢰인인 혼조 가문은 신슈에서 제일가는 산림왕이다. 유서 깊은 거상으로 이 일대 마을에서 떵떵거리던 집안인데, 쇼와 30년대* 후반 건축 열풍이 불던 시기에 건축자재 수요가 대규모로 늘어난 덕분에 거대한 목재 왕국을 세웠다. 회사 세 곳과 골프장 세 군데는 저마다 가파른 수익을 올렸고 여세를 몰아 뛰어든 호텔업도 여행 열풍을 타고 대박을 터뜨렸다.

설명만 보면 혼조 가문은 우연히 시류를 잘 타 번창한 이미지가 강하지만 실제로는 총수인 혼조 구라노스케의 경영 센스 덕이 크다는 것이 중론이다. '돈은 돌고 돌아야 돈이고 묵히면 썩

---

* 1955-1964년. 일본 고도성장기.

는다'고 입버릇처럼 말하며 사내유보보다 선행 투자로 활로를 찾은 경영자였다.

이렇게 고도성장기에 경영 수완을 발휘한 구라노스케의 손에서 왕국을 유지해 온 혼조 그룹에 그늘이 드리우기 시작한 시기는 1980년 이후였다. 새 건축 자재가 등장하고 외국에서 값싼 목재가 유입되면서 국내 수요가 급격히 줄었고 그에 따라 그룹의 수익도 적자로 돌아서며 이후 당연한 수순처럼 하락세에 접어들었다.

목재 불황은 구조적인 문제였으므로 일개 기업의 경영자가 고군분투한다고 해서 뒤집을 수 있는 상황이 아니었다. 1990년대에 들어서면서 혼조 그룹의 실적은 더욱 악화됐다. 건설사 두 곳이 도산했고 골프장 세 군데는 폐쇄되는 아픔을 겪었다. 호텔 폐업도 초읽기 단계라는 말이 나돌았다. 그래도 혼조 가문이 아직 신슈 경제의 우두머리를 유지하는 까닭은 구라노스케의 존재 덕이었다.

그 구라노스케가 나흘 전인 6월 2일, 세상을 떠났다. 공식발표는 병사였으나 자세한 사정은 미쓰기도 모른다. 혼조 가문이 고문 변호사를 통해 조사를 의뢰했다는 사실만 알 뿐이었다.

구라노스케에게는 자녀가 넷 있는데 저마다 그룹 임원을 맡고 있다고 한다. 그룹의 자산이 줄어들었다면 형제 사이가 어지간히 좋지 않은 이상 유산 분할 협의가 몹시 난항을 겪으리라.

아니, 만약 여전히 위세를 떨치는 상황이었다면 그것은 또 그것 대로 치열한 유산 다툼으로 번졌겠지만.

"돈이란 정말 죄 많은 존재구나."

─죄가 많은 덕분에 네가 많이 벌잖아. 새삼 무슨 잠꼬대 같 은 소리냐.

자신도 모르게 소리 내어 말했는지 앞자리에 앉아 있던 노파 가 힐긋 째려봤다. 미쓰기는 천연덕스러운 얼굴로 차창 밖 풍경 으로 시선을 돌렸다. 숲은 점점 울창해졌고 버스는 좁은 비탈길 을 올라갔다. 도로포장이 되지 않은 탓인지 길이 울퉁불퉁 거칠 어서 딱딱한 좌석에 충격이 그대로 전해졌다. 오르막길에 더해 급커브까지 계속 이어져서 서서히 속이 울렁거렸다. 이 길 끝에 신슈에서 제일가는 산림왕의 저택이 있다니 갑자기 믿기 어려 웠다. 혹시 버스를 잘못 탔나 싶었다.

그러나 버스는 예정대로 사쿠마 마을 우체국 앞 버스 정류장 에 도착했고, 조금 전 그 노파와 미쓰기 두 사람만 내렸다.

"실례지만 도쿄에서 오신 미쓰기 씨입니까?"

누군가를 기다리는 얼굴로 서 있던 20대 중반으로 보이는 여성 이 말을 걸었다. 미쓰기가 대답하자 여성이 정중하게 인사했다.

"혼조 가문의 가정부인 스즈하라 구루미입니다. 먼 길 오시느 라 고생 많으셨습니다."

동안이지만 익숙하게 허리 숙여 인사하는 모습에 오랜 세월 같은 일을 해 왔음을 짐작할 수 있었다. 요즘 시대에 가정부를 고용할 만한 집안도 드문데 허세든 뭐든 거상으로서 자존심은 남았다는 뜻일까.

정류장에 내려섰을 때부터 느꼈지만 콧속으로 들어오는 냄새는 사쿠마 마을 고유의 것인지 풀숲의 열기와 톱밥 냄새가 섞여 있었다. 거리에 감도는 익숙하지 않은 냄새가 이곳이 철보다는 나무가, 아스팔트보다는 흙이 많은 곳이라는 사실을 실감케 했다.

"혼조가家 저택은 이 근처에 있습니까?"

"죄송하지만 조금 더 이동하셔야 합니다."

멋쩍은 웃음을 띠며 구루미가 손짓했다. 손끝이 향하는 곳에는 검은색 벤츠가 세워져 있었다.

"저택까지는 제가 안내하겠습니다."

차 안을 흘긋 봤는데 운전기사는 보이지 않았다.

"설마 구루미 씨가 운전하십니까?"

"여기 사람이니까요. 이 마을은 제집 앞마당 같은 곳이니 안심하세요."

그렇다면 정류장이 아니라 조금 더 먼 곳까지 마중 나왔으면 좋았을걸. 그런 생각이 들었지만 이 마을로 오던 산길이 사쿠마 마을에 속하지 않는다면 구루미의 앞마당이라고 할 수 없겠구나 싶었다. 애당초 호사를 부릴 처지가 아니기에 잠자코 뒷좌석에 몸을 밀어 넣었다.

"아. 안전벨트 단단히 매세요."

경고의 말뜻은 차가 출발하자마자 바로 이해했다. 마을에는 비포장도로가 많아서 안전벨트를 매지 않으면 몸이 나동그라질 것 같았다. 그래도 구루미는 현지인답게 터프한 운전 솜씨로 가드레일도 없는 언덕길을 힘들이지 않고 올라갔다.

"저희 주인어른이 아무리 자산가라고 해도 길은 사쿠마 마을 관할이에요. 부끄러운 이야기지만 사쿠마 마을은 정말로 돈이 없거든요."

"질문해도 됩니까?"

"제가 대답할 수 있는 것이라면 무엇이든 괜찮습니다."

"혼조 가문은 운전기사를 고용하지 않습니까?"

"저만으로도 충분하거든요. 아, 주방에는 전문 요리사가 있어서 저택의 부엌일과 세탁을 저 혼자 다 하지는 않으니 걱정 마세요."

구루미는 깊게 생각하지 않고 대답했겠지만 지금 대화에서 혼조 가문의 재정 상태가 어렴풋이 보였다. 자가용이 벤츠라니 언뜻 사치스러워 보이지만 고급외제차는 절세 수단으로 자주 이용되곤 한다. 4년으로 감가상각한다고 해도 주행거리가 얼마 되지 않으면 중고시장에 비싸게 팔 수 있다.

한편 인건비는 경비로만 계상하므로 절세 대상으로 적합하지 않다. 그래서 중소나 영세 기업의 경영자는 고급외제차를 구입하면서 가족을 직원으로 고용한다. 즉 미쓰기의 짐작이 맞다면 혼조 가문의 자산 상황은 중소기업의 그것과 비슷하다는 뜻이다.

"확인 좀 하겠습니다. 현재 혼조가 저택에는 여섯 식구가 살고 있죠?"

"네. 장남 다케이치로 님과 기미코 사모님, 차남 고지 님, 삼남 에쓰조 님, 그리고 장녀 사요코 님과 다카히로 도련님입니다."

"당주였던 구라노스케 씨가 일찍이 사모님을 잃으셨다는 이야기는 들었습니다. 사요코 님의 남편도 사망하셨습니까?"

"……아닙니다."

한 박자 느린 대답에 사정을 대략 파악했다. 남편과 헤어진 뒤 친정으로 돌아왔다는 뜻이다.

"가족 관계도 조사하세요?"

"자산을 상세히 조사하는 게 제 주요 업무인데, 상속인 자격이 있는지 보고할 의무도 있거든요."

"자산이라고 한마디로 말하기엔 혼조 가문의 자산은 다방면에 걸쳐 있답니다."

"부동산에 동산, 귀금속, 유가증권. 대부분은 환가할 수 있으니까요."

"그중에는 돈으로 계산할 수 없는 것도 있지 않나요?"

"그런 것들까지도 최대한 다 환가합니다. 그러지 않으면 협의하는 데 지장이 있는 것은 물론 분쟁의 원인이 되기도 하니까요."

숲을 빠져나오자 시야가 돌연 환하게 트였다. 포도밭 같은 비탈을 터서 만든 땅 위에 위풍당당하지만 언뜻 기묘해 보이는 저택이 서 있었다. 정면은 팔작지붕이 맞물린 전통 일본식 건축물이었지만 뒤로는 평판 기와로 지은 서양식 건축물을 끼고 있었다. 일본식과 서양식의 조합은 다양한 분야에서 볼 수 있지만 건축물을 직접 보는 것은 처음이었다.

일본식이든 서양식이든 저택 외관만 봐도 내부 구조가 짐작이 갔다. 인테리어도 분명 훌륭하리라.

그러나 애석하게도 건물의 가치가 아무리 높아도 위치가 너무 외지다는 사실이 모든 것을 상쇄했다. 부동산 가격이란 달리 말하면 다른 사람들이 사들이는 데 돈을 얼마나 내놓을 것이냐를 나타내는 값이다. 인테리어가 아무리 훌륭하고 공간이 쾌적해도 산간벽지에서 살고 싶어 하는 사람은 신선이나 속세를 떠난 사람 정도일 것이다. 미쓰기는 안내를 받으며 머릿속으로 벌써 토지 가옥을 감정하기 시작했다.

"도착하셨습니다."

구루미가 현관으로 들어서며 집 안을 향해 말했다. 그러자 얼마 지나지 않아 몸집이 작은 남자가 굽실굽실하며 걸어나왔다.

"'후루하타 상속 감정'의 미쓰기 씨시죠? 멀리서 오시느라 고생하셨습니다. 만나서 반갑습니다. 혼조가 고문 변호사 히라기입니다."

히라기 미노리 변호사. 나가노 변호사회 소속으로 변호사 등록한 지 30년이 넘었으므로 베테랑보다는 터줏대감이라고 하는 편이 옳을 것이다. 다만 시골일수록 역시 인간관계가 농밀해지기 쉬워서 분쟁이 일어나 변호사를 불러도 이미 당사자끼리 상황을 정리한 경우가 종종 있다는 듯하다. 즉 등록 기간이 길다고 해서 실력이 뛰어나다고 생각하는 것은 선부른 판단이다.

"토지 가옥 조사사라면 아는 사람이 없지도 않지만, 목재나 제품을 포함한 감정은 도리가 없어서 말입니다. 변호사회에 조회했더니 귀사가 나오더군요. 사전에 자산 규모를 조사했으니 얼마나 방대한지도 알고 계시겠죠. 힘들겠지만 잘 부탁합니다."

이 지역과 어울린다고 해야 할까, 히라기의 첫인상은 소박하고 성실했다.

"피곤하죠? 잠시 쉬겠습니까?"

"아뇨. 되도록 빨리 일을 시작하고 싶습니다."

재산 목록을 보고 싶다고 말하려고 했는데 그보다 한발 앞서 히라기가 말했다.

"아아, 고맙습니다. 그럼 어서 상속인 분들과 인사를 나누시죠."

미쓰기는 나중에 하겠다는 말을 꺼내지 못해 어쩔 수 없이 히라기의 뒤를 따랐다. 애초에 타고나기를 낯을 가리는 성격이라서 물건 조사 자격을 땄다. 게다가 상속인이라는 존재는 대부분 눈빛이 돈으로 물들어 있어서 처음부터 만나기는 몹시 꺼려졌다. 퇴로를 막겠다는 듯 구루미가 뒤따라왔다.

주위가 숲으로 둘러싸인 탓인지 저택 안은 어두컴컴했다. 정오를 갓 넘긴 시간인데 복도에는 불이 켜져 있었다.

안으로 들어갈수록 본격적인 일본식 건축이었다. 혼조 가문은 신슈의 으뜸 산림왕이니 양질의 목재를 아낌없이 썼을 것이다. 과거에 많은 자산 가치를 산정해 온 미쓰기는 그 호화로운 가치를 하나하나 알아챘다. 일본식 부분만 해도 족히 억 단위 건축비를 들였으리라. 물론 매각한다면 헐값으로 후려치겠지만.

저택의 크기를 대변하듯 복도는 길고 어두웠다.

늘 드는 생각이지만 일본식 가옥은 독특한 스산함과 요사함을 풍긴다. 복도를 걷다 보면 구석구석에 생기는 그늘이 명계로 이어지는 듯한 착각을 불러일으킨다. 다니자키 준이치로* 였나, 일본 가옥에 깃든 그늘을 일본 문화 미의식의 상징이라고 평했지만 미쓰기에게는 섬뜩함의 구현일 뿐이었다.

"혼조가의 자산은 지극히 단순 명료합니다."

히라기가 걸어가며 설명했다.

---

* 탐미주의로 유명하며 노벨 문학상 후보에 수차례 오른 일본의 근·현대를 대표하는 소설가.

"구라노스케 씨가 보유한 부동산은 산림 일곱 곳에 갱지가 세 군데, 이 땅과 저택입니다. 제재회사와 호텔이 각각 하나. 그리고 주식이 지난 주말 종가로 약 150만 엔. 귀금속은 고급 손목시계를 포함해 세 점. 아, 자가용은 미쓰기 씨가 타고 온 벤츠 한 대입니다."

"현금 및 예금은 얼마나 됩니까?"

그러자 히라기가 힘없이 고개를 저었다.

"유산이라고 할 만한 액수는 아닙니다. 구라노스케 씨는 혼조 그룹의 총수이자 보증인이기도 했거든요."

"부채 총액이 얼마나 되죠?"

"복도에서 말하기에는 조심스러운 액수입니다. 요즘 시대에 목재 시장이 불황인 건 아실 테지. 목재 가격은 제자리걸음인데 생산비용만 치솟으니 목재 한 그루를 팔아도 인건비로 사라져 버려요. 혼조 그룹뿐 아니라 산림으로 먹고사는 곳은 어디나 죽을 맛입니다."

"그러면 자칫하면."

"네. 상속 포기 사태까지 생각해야 할 수도 있어요. 그러니까 미쓰기 씨의 감정에 희망을 걸고 싶군요."

듣기만 해도 마음이 무거워졌다. 유산 분할 협의는커녕 산림 매각 비용으로 부채를 얼마나 줄일 수 있느냐로 주제가 바뀔 분위기 아닌가.

"우선 큰아드님인 다케이치로 부부를 소개하겠습니다."

히라기가 갑자기 목소리를 낮췄다.

"다케이치로 씨는 자녀가 없습니다. 전 부인과는 아이가 생기기 전에 헤어져서요. 현재 기미코 사모님과는 2년 전에 재혼했습니다."

얼마간 걷던 히라기가 멈춰서더니 방 앞에서 "상속감정사 미쓰기 씨 오셨습니다"라고 말하고는 맹장지 문을 열었다.

다다미방에는 40대 중반으로 보이는 남자와 딸뻘은 됨직한 젊은 여자가 나른하게 늘어져 있었다. 여자는 다케이치로의 아내인 기미코일 텐데 외모만 봐서는 띠동갑 연하와 재혼한 듯했다.

미쓰기는 자타가 공인하는 속물이기에 금세 망측한 상상이 머리를 스쳤다. 생각이 얼굴에 드러나지 않도록 표정을 숨기는 것만으로도 고역이었다.

"도쿄에서 신슈 촌구석까지 오느라 고생하셨소. 미쓰기 감정사."

말은 정중하지만 거만한 태도를 숨기지 않았다.

"시골이라서 말이오. 아무리 자격을 갖췄다고 해도 도시의 자격증 소지자들과는 비교할 바가 못 되지. 우리 히라기 변호사님도 부동산이나 산림 매매에 좀 더 지식이 있었으면 좋았을 텐데."

다케이치로는 히라기를 힐끗 쳐다보며 말했다. 이렇게 자연스럽게 나오는 불쾌한 언행이 혼조 가문이 히라기를 어떻게 취급하는지를 대변했다.

"아무튼 아버지는 평생 현역 같은 분이셨으니까. 유언장도 작성해 놓지 않고 쓰러지셨으니 이런 사달이 난 게지. 원래라면 후계자인 내가 유산을 죄다 물려받았을 텐데 말이오."

자신도 모르게 반박할 뻔했다. 만약 구라노스케가 유언장을 남겼다고 해도 법률상 유류분이 인정되므로 다케이치로 혼자서 유산을 전부 물려받을 수는 없다.

과연 집안 고문 변호사답게 히라기가 법을 설명하자 다케이치로는 들으라는 듯 콧방귀를 뀌었다.

"법은 대부분 선한 사람에게 불합리하다니까. 어째서 후계자도 아니고 아버지 등골만 빼먹은 둘째와 셋째에게도 유산을 나눠 줘야 하는지, 참. 게다가 시집갔다가 돌아온 애 딸린 여동생한테까지 상속 권리가 있다고? 심지어 아버지라는 양반은 그 모자란 손자만 예뻐했지. 당신, 이상하다고 생각하지 않아?"

다케이치로는 옆에서 시중을 들던 기미코에게 동의를 구했다. 익숙한 대화인 듯했다. 질문을 받은 기미코가 자못 지당하다는 듯 대답했다.

"며느리로서 이런 말 하기 뭐하지만 무릇 가족이란 아버지를 따르고 아버지가 안 계시면 큰형을 따르는 게 당연하지요. 상속도 남편의 의견이 우선되지 않는다면 아버님을 모신 우리 부부

체면이 뭐가 되겠어요."

기미코의 시선은 먹잇감을 노리는 뱀의 눈이었다. 젊어 보이는데도 남자를 유혹하는 몸짓은 노련한 기생을 연상케 했다. 다케이치로가 '아버지는 평생 현역 같은 분이셨다'고 말한 직후에 시아버지를 모셨다는 말을 하다니, 말이 서로 모순된다는 사실을 깨닫지 못했을까. 문득 구루미를 보니 표정이 험악했다.

"뭐, 분할 협의는 감정사 선생이 상속 감정을 끝낸 후에 할 테니까."

다케이치로의 악의적인 말에도 히라기는 두 사람의 불만을 흘려들었다. 오랜 세월 혼조 가문의 고문 변호사를 맡아 온 히라기 나름의 대처 방법이리라 미쓰기는 감탄했다.

"하지만 말이오. 아버지가 애써 키운 산림도 요즘 같은 목재 불황에는 이러지도 저러지도 못하지 않소. 정말로 분할 협의가 필요할 정도의 자산 가치를 기대해도 되는 건가."

"땅이 그만큼이나 넓으면 목재 말고도 다른 결과를 기대할 수 있습니다. 애당초 미쓰기 씨를 부른 것도 그런 기대 때문이었습니다."

"부탁하오, 감정사 선생."

다케이치로는 저속한 시선을 던졌다.

"내 주머니에 담기에 그만한 산림은 너무 크지. 팔아 치우는 게 산을 살리는 길도 될 텐데, 되도록 값을 높게 쳐 줬으면 좋겠소. 비쌀수록 아버지에게 면목도 서고 말이오. 알겠소, 감정사 선생? 그 산림 값을 높이기 위해 필요한 것이 있다면 기탄없이 말해 줘요. 내가 할 수 있는 일이라면 뭐든 돕지. 뭣하면 안사람을 데려가 써도 좋소."

다케이치로가 의미심장하고 음흉한 시선을 보냈다. 남편의 말투에 불쾌감을 나타내기는커녕 기미코 역시 미쓰기에게 은근한 시선을 보냈다.

"아, 아뇨. 토지 가옥 감정에는 나름대로 전문 지식이 필요하니……."

"우리 마누라가 마음에 안 들면 거기 있는 구루미도 좋고. 그 것도 혼조 가문의 자산 중 하나니까."

어처구니없는 말에 화가 치밀었지만 의뢰받은 입장에서 집안 인간관계에 참견할 수도 없는 노릇이었다. 순간 돌아보니 구루미가 얼어붙은 얼굴에 간신히 붙임성 있는 미소를 짓고 있었다.

"아무튼 미쓰기 감정사님의 질문에는 무엇이든 대답해 주십시오. 그럼 실례하겠습니다."

위태로운 분위기를 읽었는지 히라기가 두 사람을 복도로 떠밀고서 허둥지둥 맹장지 문을 닫았다.

"신경 쓰지 마세요. 이 부근은 아직 가부장제가 짙게 남아 있거든요. 집안이 대단하든 대단하지 않든 가장이 되면 다 저렇게 행동해요. 뭐 책임감의 반증 같은 겁니다."

저기, 하고 구루미가 끼어들었다.

"이만 저녁 식사를 준비해야 해서 실례하겠습니다."

"아아, 고생이 많아요."

다케이치로에게 물건 취급을 받고서 자리를 지킬 기분이 아니라는 것은 둔감한 미쓰기도 알 수 있었다. 구루미는 타닥타닥 걸음을 재촉해 복도를 떠났다.

히라기는 그 뒷모습을 안쓰럽게 바라봤다.

"도쿄 같은 도시에서 온 사람들이 보기엔 말도 안 되게 시대착오적이겠지만 여기서는 고용인雇傭人을 가장의 소유물로 여기는 인식이 꼭 잘못된 건 아닙니다."

"설마요. 인신매매도 아니고."

"구루미 씨 아버지가 혼조 그룹 직원이라서 말입니다. 큰 빚을 구라노스케 씨가 대신 갚아 준 대가로 입주 가정부로 일하고 있어요. 직업 선택이라는 관점에서 보면 확실히 인권을 무시한다는 말을 들어도 할 말 없을 겁니다. 하지만 달리 내놓을 것이 없다면 노동력으로라도 갚을 수밖에 없으니까."

그 지역에는 그 지역의 관습이 있고 약속이 있다. 외부인이 왈가왈부해 봤자 의미 없을 것이라며 미쓰기는 한탄했다.

"방금 다케이치로 씨가 말한 모자란 손자 말인데요, 그건 무슨……."

히라기가 당황한 듯 입술 앞에 검지를 세웠다.

"감정사님은 보기보다 목소리가 크시군요."

"죄, 죄송합니다."

"그 일은 나중에 알게 될 겁니다. 제가 중언부언하는 것보다 본인을 직접 만나는 편이 나을 테니. 보면 한눈에 아실 겁니다."

## 2

히라기는 복도를 더 걸어 두 번째 방 앞에 멈춰 섰다.

"고지 씨. 변호사 히라기입니다. 문 열겠습니다."

맹장지 문을 열자 안에서 통통한 남자가 슬림형 TV 앞에서 게임에 빠져 있었다.

"고지 씨."

두 번째 부름에 남자가 마침내 히라기에게 고개를 돌렸다.

"시끄러워. 한 번만 말해도 들린다고."

"게임을 멈춰 주시겠습니까. 도쿄에서 손님이 오셨습니다. 상속감정사 미쓰기 씨입니다."

"미쓰기입니다."

미쓰기가 인사해도 고지는 전혀 개의치 않고 게임 컨트롤러를 손에서 놓지 않았다.

"듣고 있어. 아버지 유산을 감정한다고? 도대체 몇 명이나 끌고 온 거야."

"저기, 고지 씨. 유산 조사는 전부 미쓰기 씨 혼자 합니다."

"조사라고 해봤자 등기부등본이나 토지 측량도를 확인하는 것뿐이잖아."

"아뇨. 그것만으로는 토지의 잠재 가치를 분명하게 알 수 없어서 직접 그 땅에 가 보신다더군요."

"흐응."

고지가 조금 놀란 듯 미쓰기를 쳐다봤다.

"산이 일곱 개에 땅이 세 군데. 이 동네 사람도 전부 돌아보려면 일주일은 걸리는데?"

"그래도 둘러봅니다, 혼자서."

"수고가 많네."

고지는 냉소를 머금고 TV 화면으로 시선을 돌렸다. 그가 푹 빠져 있는 육성 게임의 애니메이션 캐릭터가 웃고 있었다.

"어차피 유언장이 없으니 아버지의 유산은 형제 넷이서 똑같이 나누면 되잖아."

"이론상으로는 그렇지만 산도 저마다 자산 가치가 다를 테고 형제분들이 원하는 것도 달라질 겁니다. 그것을 파악하기 위해 상속 감정을 하는 겁니다."

"히라기 씨, 그건 아니지 않을까. 네 사람이 원하는 건 회사나 경영권도 아니고 산림이나 땅도 아니야. 돈이지."

고지는 지극히 당연하다는 듯 말했다.

"경영권이고 산이고 받아 봤자 우리는 감당 못 해. 요즘은 목재 같은 건 팔리지도 않고 기술 혁신이나 생산 비용 동향도 잘 모르고. 그 점은 다른 형제들도 마찬가지야. 뭐, 달리 말하면 아버지의 경영 수완이 그만큼 뛰어났다는 뜻이지만 말이야."

"하지만 고지 씨. 누군가는 혼조 그룹을 물려받아야 합니다. 그 후계자 선출까지 겸한 분할 협의입니다."

"귀찮은 일은 다 형님한테 맡기면 되잖아."

TV 화면을 응시하던 고지가 입매를 일그러뜨렸다.

"누가 뭐래도 남들 위에 군림하고 싶어 하고 남을 깔보고 싶어 하는 남자니까 말이야. 그에 반해 나는 남들 위에 서고 싶지 않으니 경영권과 현금을 맞바꿔도 좋아. 적어도 후계 문제로 상황을 복잡하게 만들지는 않을 거야."

"그렇게 간단하게 끝나면 좋겠지만요."

"쉽지는 않겠지. 형님은 권력욕도 크지만 돈 욕심도 사나우니까. 그래 맞아, 우리 말대로는 안 되겠지. 차라리 부동산도 회사 경영권도 헐값이라면 사이좋게 상속 포기하고 끝낼 텐데 설마 그만한 땅이 그럴 리 없으니 다들 끈질기게 달라붙는 거야."

고지는 몸을 돌려 다시 미쓰기를 쳐다봤다.

"현실적으로 자산 가치와 댁네 사무소에 지불하는 수수료와 상관관계 같은 게 있을까?"

"무슨 말씀입니까?"

"이렇게 눈치가 없어서야. 유산 가치가 클수록 당신네 주머니로 들어가는 돈도 커지지 않냐는 말이잖아."

"……조사하는 데 드는 수고는 같으니 수수료는 자산 가치 규모와 상관없이 실비와 조사에 들이는 날수로 정합니다."

"내가 무슨 말 하는지 모르겠어? 나 참, 답답하네."

안달하듯 자리에서 일어난 고지가 미쓰기의 귓가에 입을 가져다 댔다.

"얼마를 줘야 자산 가치를 뻥튀기해 주냐는 말이잖아."

그 말에 히라기가 대놓고 얼굴을 찌푸렸다.

"곤란한 말씀을 하시는군요, 고지 씨. 자산 목록 조사 때문에 일부러 여기까지 와주신 분이에요. 상속감정사를 매수하는 듯한 언행은 삼가 주시죠."

"지금 그 상속감정사 양반과 이야기하고 있잖아. 미쓰기 씨라고 했나? 당신, 벌써 형님과 만났지?"

"방금."

"어떻게 생각해?"

"큰형으로서 책임감을 지닌 분이라고 생각했습니다."

"흥. 책임감은 있을지 몰라도 경영 능력은 의심스러운 인간이지. 맨 먼저 자기가 대표를 맡았던 건설사를 망하게 했을 정도니까."

"고지 씨, 그런 말은 목소리를 좀 낮춰서."

"히라기 선생. 당신도 첫 번째 부도부터 도산할 때까지 너무 힘들었다고, 죽다 살아났다고 했잖아. 형님이 귀찮은 일은 다 떠넘기고 채권자들이 난리 칠 때도 머리털 하나 안 보였다고."

"그건."

"생전에 아버지도 입이 닳도록 말씀하셨지. 너희 형제는 하나같이 경영 감각이 없다고. 셋이 합쳐 겨우 한 사람 몫을 한다고. 아버지가 일장 연설할 때마다 빼놓지 않고 하시던 이야기가 모리 모토나리*의 일화였어. 화살 한 대는 쉽게 부러지지만 세 대를 한꺼번에 부러뜨리기란 어렵다. 그런 케케묵은 고사를 귀에 못이 박히도록 들었다고. 하지만 고사는 고사일 뿐 현실에서도 그처럼 잘 되리란 법은 없지."

고지는 자학적으로 웃어 보였다.

"세 대가 뭉치든 다섯 대가 뭉치든 애송이는 애송이야. 실적 부진 앞에서는 맥없이 부러지지. 형님이나 아우는 미련이 철철 넘치는 것 같지만 나는 내 능력을 잘 알아. 그러니까 말이야."

고지가 친한 척 미쓰기의 어깨에 팔을 감았다.

"나는 내 몫으로 되도록 많이 그것도 현금으로 받고 싶을 뿐

---

* 일본 전국시대의 무장. 화살 세 대의 교훈으로 형제의 우애와 가족의 협력을 강조한 인물로 유명하다.

이야."

고지가 자신에게는 경영 능력이 없다고 분명하게 말했다. 그
러니 현금을 받는다고 해도 창업을 할 계획은 없어 보였다.

"미쓰기 씨, 지금 모두가 이왕이면 웃는 얼굴로 해결하고 싶
어 하는 상황이잖아. 그러니까 당신이 노력해 준다면 나는 금전
쪽으로 협력하는 데 인색하지 않아. 아니, 나 한 사람으로 성에
차지 않는다면 나머지 세 사람을 회유해도 좋아. 그 점을 염두
에 두라고. 그럼 난 계속 게임을 해야 하니 이만."

미쓰기와 히라기는 반쯤 쫓겨나다시피 방을 나왔다.

"불쾌하셨다면 미안합니다."

히라기가 면목 없다는 듯 고개를 숙였다.

"고지 씨는 형제 중에서도 유난히 쾌락을 추구하는 면이 있거
든요. 그런데 염세주의 같은 면도 있다고 할까, 아무튼 세상을
네거티브하게 바라보는 경향이 있어요."

네거티브라는 말을 이럴 때 사용하다니 조금 신선했다.

"정말 개성 있는 형제 같습니다."

아무 의미 없이 한 말이지만 히라기는 그렇게 받아들이지 않
은 듯 미쓰기를 살짝 쏘아봤다.

"비꼬고 싶은 마음도 이해합니다만……."

"비꼬다니 당치도 않습니다."

"뭐, 됐습니다. 다음으로 만나실 셋째 아드님 에쓰조 씨는 꽤

정상인입니다."

솔직히 유산상속과 관련된 친족을 조사해 온 미쓰기의 눈에는 정상인의 경계선이 분명하지 않았다. 노골적으로 돈에 집착하느냐 무조건 숨기느냐의 차이뿐이라 하나같이 돈에 미친 사람들 같다는 인상을 받았다.

"아직 서른이 안 됐어요. 구라노스케 씨가 마흔 넘었을 무렵에 얻은 자식이라 다른 형제보다 더 사랑받고 자란 듯합니다."

세 번째 방 앞에서 히라기가 이름을 부르자 안에서 "들어오세요" 하고 부드러운 목소리가 되돌아왔다. 밖에서 손잡이에 손을 대기 전에 안에서 먼저 맹장지 문을 열었다. 성실하고 정직해 보이는 청년이 서 있었다.

"도쿄에서 오신 상속감정사 미쓰기 씨입니다."

"혼조 에쓰조라고 합니다."

에쓰조는 정중하게 고개를 숙이고 방으로 두 사람을 안내했다. 겨우 이 정도 행동에 에쓰조에 대한 호감이 대번에 치솟았다.

"여기까지 오시느라 고생하셨습니다. 아, 앉으세요."

미리 준비한 듯했다. 탁자 앞에 두 사람이 앉을 방석이 깔려 있었다.

"혹시 미쓰기 씨 한 분만 오셨나요?"

미쓰기가 고개를 끄덕이자 에쓰조가 몹시 걱정스러운 듯 말했다.

"실례지만 혼자서 괜찮으시겠어요? 개인이 소유한 산이라고 해도 예전에는 자위대 특수부대의 훈련장으로 사용된 곳이기도 하거든요."

"아, 산림 전체를 걸어서 돌아보는 건 아니고 감정하는 데 필요한 핵심 사항을 파악하기만 합니다. 특수부대 훈련처럼 하는 건 절대 아닙니다."

"그렇다면 다행이지만……. 저희 집안이 상속 문제로 상당히 많은 분께 폐를 끼치고 있어서 더는 피해자를 늘리고 싶지 않거든요."

피해자라니 참으로 과장된 표현이라고 생각했지만 이어지는 말을 듣자 미쓰기도 대답할 말이 궁해졌다.

"불황 여파로 두 건설사가 망했을 때 해고된 직원 중에 세 명이나 자살했습니다. 모두 60세 이상으로 아직 일할 수 있을 정도로 체력이 좋았지만 나무 베는 일밖에 모르기에 실직 후에 이직할 기술도 없어 살길이 막막했습니다. 자살이 다가 아니에요. 해고된 뒤 우울증을 앓은 사람도 적지 않아요."

"……심각하군요."

스스로도 바보 같은 대답이라고 생각했지만 에쓰조는 개의치 않고 말을 이었다.

"남은 건 '혼조 제재' 하나뿐이지만 여기에 딸린 직원만 쉰 명입니다. 말하자면 '혼조 제재'만으로 혼조 그룹 전체를 지탱하고 있는 것이나 마찬가지인데 아버지가 갑자기 돌아가셨죠. 형들은 생각보다 무덤덤하지만 아버지라는 경영자를 잃은 직원들은 몹시 불안해하고 있어요."

두 형과 먼저 만난 미쓰기는 직원들의 마음을 이해할 수 있을 것 같았다.

"최근 2년 '혼조 제재'의 결산 실적은 참담합니다. 땅이나 잉여 산림을 매각해서 메우지 않으면 이번 분기도 위험해요."

"에쓰조 씨는 2년 전부터 경영 공부를 시작하셨습니다."

히라기가 맞장구쳤다.

"지금은 형제분 중 누구보다 위기감을 느끼고 계십니다."

"자살한 직원들은 모두 제 동급생의 아버지였거든요. 장례식장에서 호된 질책을 받았습니다. 너희 아버지와 형이 똑바로 안 해서 자살자가 나온 거라고. 그래서 공부에 매진하기 시작했습니다. 그전까지는 그냥 나태하게 회사에 다니는 임원이었거든요."

미쓰기는 진지한 어투에 호감을 느껴 에쓰조에게 동정심이 생겼다.

"그 심정은 이해합니다."

"그렇다면 부탁드리겠습니다. 부디 '혼조 제재'가 다시 일어설 수 있도록 자산 가치를 높게 쳐 주실 수 있겠습니까?"

"아뇨, 그것과 이건……."

"예전부터 히라기 변호사님께도 부탁드린 일입니다. '혼조 제재'와 혼조 그룹을 구할 수 있는 사람은 저밖에 없습니다. 두 분의 힘으로 어떻게든 저를 그룹의 후계자로 만들어 주세요."

"아뇨, 에쓰조 씨. 그건 다른 형제분들과 협의해야 할 사항입니다. 제가 아무리 고문 변호사라고 해도 말이에요."

"변호사님이 강력히 추천해 주시면 다들 그리 불평하지는 않을 겁니다. 무엇보다 그룹 존속보다 자기 주머니에 돈이 얼마나 들어오느냐밖에 관심 없는 사람들이에요."

"자자 진정하세요, 에쓰조 씨."

히라기는 곤혹한 표정이었지만 어딘가 익숙해 보이기도 했다. 에쓰조의 말대로 전부터 같은 부탁을 여러 번 한 듯했다.

"개인적으로, 제 개인적으로 말입니다. 저도 에쓰조 씨가 회사를 물려받으면 좋겠다고 생각한 때가 있습니다."

"그러니까."

"하지만 고문 변호사로서 말하면 특정 상속인을 편드는 건 도저히 용납할 수 없는 일입니다. 상대가 에쓰조 씨라도 같습니다. 어떤 사정이든 정에 휩쓸리지 않기에 성립되는 자격이죠. 에쓰조 씨라면 충분히 이해하실 겁니다."

고지식하기는 하지만 상식도 갖춘 듯했다. 히라기가 타이르자 에쓰조의 기세가 순식간에 사그라졌다.

"죄송합니다. 조급해지는 바람에……. 이러는 동안에도 회사의 부채가 계속 늘어난다고 생각하니 가만히 못 있겠어요."

생각해 보면 셋째 아들은 인성 좋고 의존심이 강한 사람이 많은 듯하다. 그러나 에쓰조가 의존심 강한 사람 같지 않은 이유는 그만큼 그룹의 위기가 코앞에 닥쳤다는 방증일지 모른다.

"도움이 될지는 모르지만 좋은 평가를 받을 수 있는 요인은 놓치지 않고 감정하겠습니다. 제가 도울 수 있는 일은 그 정도군요."

"저야말로 너무 주제넘게 군 것 같아 죄송합니다. 어쨌든 여기서 지내시는 동안 필요하신 건 구루미에게 말씀하시면 되니 감정사님은 편하게 조사해 주세요."

더 이야기했다가는 좋지 않은 상황이 더 드러나리라 생각했는지 히라기는 인사도 하는 둥 마는 둥 방을 나왔다.

"방금 만난 분이 혼조가의 양심, 에쓰조 씨입니다."

"양심이 있는 사람이라는 건 아주 잘 알겠네요."

"본인 앞에서는 그렇게 말씀하시고서."

히라기가 다시 목소리를 낮췄다.

"만약 제가 유산 분할 협의에 참여할 수 있다면 슬며시 에쓰조 씨를 지지할 생각입니다. 이건 비밀이에요."

아아, 여기에도 양심이 있구나, 미쓰기는 이상하게 안심이 됐다.

"자, 이제 마지막입니다."

미쓰기는 히라기의 안내를 받으며 다시 복도를 걸었다.

조금 걷다 보니 마침내 막다른 곳에 다다랐다. 정면에는 뒷문으로 보이는 문이 있었는데 앞서 걷던 히라기가 그 문을 열자 서양식 복도가 펼쳐졌다.

"사요코 씨가 다카히로 군을 데리고 왔을 때 증축했습니다. 말하고 보니 별채네요."

"이쪽은 왜 서양식으로 만드셨죠? 외관이 좋아 보이지는 않는데요. 게다가 안채 쪽 공간도 여유가 있던 것 같고요."

"이상하게 다카히로 군이 다다미방을 무서워해서요. 그래서 구라노스케 씨가 이런 식으로 증축했습니다."

"다카히로 군 한 사람을 위해 집 한 채를 지었다는 말씀이군요. 역시 손자는 귀여운 법이지요."

히라기는 아무 대답도 하지 않은 채 집 안을 향해 소리쳤다.

"사요코 씨. 변호사 히라기입니다. 상속감정사 미쓰기 씨를 모셔왔습니다"

얼마 지나지 않아 복도 저편에서 여성이 모습을 드러냈다. 이목구비는 단아했지만 묘하게 박복한 분위기였다.

"어서 오세요. 장녀인 사요코입니다."

고개를 깊이 숙이자 긴 머리칼이 앞으로 스르르 쏟아졌다.

"그럼 이쪽으로 드세요. 큰 대접은 못 해 드리지만."

사요코의 권유에 두 사람은 거실로 들어갔다. 이렇게 외진 곳임에도 별채 구조는 교외 중산층 주택과 비교해도 손색이 없었다. 모자가 살기에는 꽤 넓은 감이 있지만 아이가 자라면 금세 좁아지리라.

"먼 곳까지 와주셔서 감사합니다."

다시 머리를 숙이자 미쓰기도 황급히 머리 숙여 인사했다. 이 집에서 사요코가 가장 상식적일지도 모른다는 생각이 성급하게 들기 시작했다.

"히라기 변호사님께 말씀 들었습니다. 워낙 시골이라 여러 가지로 미흡하겠지만 최대한 협조할게요."

"아, 아뇨, 별말씀을. 걱정 마세요."

"다른 형제들은 다 만나셨죠?"

"네."

"아버지가 돌아가신 지 얼마 안 됐는데 정말 모진 자식들이라고 생각하시겠죠."

"상속이 걸려 있으면 어느 집안이나 같습니다."

말하고 나서 대답이 경솔했다는 생각에 후회했다. 사요코의 말에 화답한 대답이었지만 이 자리에서 해도 좋을 말은 아니었다.

"생전에는 이 정도까지는 아니었던 것 같은데 막상 돌아가시고 나니 아버지의 빈자리가 너무 크네요. 시집갔다 온 저조차 그렇게 느낄 정도니 줄곧 함께 산 형제들은 더더욱 그렇게 느끼겠죠. 아버지의 묵직한 존재감이 사라지면서 지금까지 억누르고 있던 것들이 한꺼번에 터져 나온 걸지도 몰라요."

"구라노스케 씨는 저기…… 꽤 강압적인 분이셨습니까?"

"저희 집안뿐 아니라 이 마을에 사는 집들은 어느 집이나 가부장적이에요. 주축 산업이 임업이고 일꾼은 남자만 있으니 아무래도 그렇게 되고 말죠."

그럴 만도 하다고 미쓰기는 생각했다. 여성의 사회진출과 함께 여성의 발언권이 커진 점을 생각하면 여성이 집안일 외에 다른 직업을 갖지 않는 사쿠마 마을에 가부장제가 강하게 남아 있다고 해도 이상하지 않았다.

"그중에서도 저희 집은 특히 그런 경향이 강했던 것 같습니다. 아버지 허락 없이는 차 한 대조차 살 수 없을 정도였으니까요."

가부장제가 만연했다면 분명 사요코도 학대당했으리라 짐작했다.

사요코는 미쓰기의 생각을 꿰뚫어 본 듯 말을 이었다.

"어머니가 돌아가신 후 여자는 저 혼자였기 때문에 무시당한 적도 많았습니다. 시집가면서 겨우 불합리한 친정에서 벗어났지만 부부의 연도 2년 전에 다하고 말았지요."

왜 헤어졌을까.

저속한 의문이 머릿속에 떠올랐을 때 돌연 기이한 소리가 터져 나왔다.

"방금 무슨 소리죠?"

히라기가 난감한 기색으로 머리를 긁적였다.

"잠시 실례하겠습니다."

사요코가 한마디 양해를 구한 뒤 자리에서 일어나 옆방으로 향했다. 다시 나타난 사요코의 팔에는 남자아이가 안겨 있었다.

"혼자 두면 칭얼거려서……."

이 아이가 다카히로인가 보다. 울음을 그친 다카히로는 바닥에 내려서도 사요코의 옷 자락을 꽉 붙잡고 놓지 않았다.

미소를 보여주려고 앞으로 나섰을 때 미쓰기는 다카히로의 표정이 어딘가 정상이 아니라는 사실을 알아차렸다.

허공을 쳐다보는 시선은 미쓰기와 다른 사람들 쪽을 보려고 하지 않았다. 시선은 공허했고 엷은 미소를 띠는 것 같기도 했다.

이상하다는 생각에 돌아보니 히라기가 딱하다는 듯 고개를 끄덕였다.

"아이가 지적장애예요."

사요코가 다카히로의 머리를 쓰다듬으며 중얼거리듯 말했다.

"아이의 증상 때문에 이혼했어요. 남편이 자기 아이지만 애정이 생기지 않는다고 그러더군요."

지독한 아버지라는 말도 하지 못했다.

"그래서 아버지가 권하기도 해서 친정으로 돌아왔어요."

"다카히로 군을 어지간히도 예뻐하셨나 보군요."

"사쿠마에서는 다카히로 같은 아이를 기꺼이 받아들여 주니까요. 그런 풍습이 있거든요."

"풍습이라니요?"

앵무새처럼 되묻자 히라기가 설명을 자처했다.

"'복자'라는 게 있어요. 선천적으로 정신 장애를 앓는 아이는 그 집안에 부를 가져다주는 신과 같은 존재라는 설이 있습니다. 다른 곳이라면 몰라도 여기서 다카히로 군 같은 아이는 환영받고 축복받는 존재죠. 사업이 뜻대로 되지 않던 구라노스케 씨에게 다카히로 군은 기사회생을 상징하는 존재였어요."

구라노스케가 다카히로 한 사람을 위해 굳이 별채를 증축한 이유가 그 때문이었나. 미쓰기는 불현듯 깨달았다.

"감정사님께 꼭 부탁드리고 싶은 게 있습니다."

사요코가 차분한 얼굴로 미쓰기를 바라봤다. 근심을 품은 시선에 얽혀 미쓰기는 꼼짝할 수 없었다.

"아버지와 달리 에쓰조 오빠를 제외한 나머지 형제들은 저와 다카히로를 방해물로 여기는 것 같아요. 이번에 유산 분할 이야기가 나오자 그게 점점 더 훤히 보이더군요."

가부장제에서는 생산 활동을 하지 않는 여자나 어린아이는 권리를 주장할 수 없다. 장애아를 둔 어머니는 더욱 그렇겠지.

"분할 협의 결과가 어떻게 될지 도무지 짐작할 수 없네요. 하지만 저와 다카히로가 누구에게도 신세 지지 않고 살 수 있도록 부디 편의를 봐주실 수는 없을까요?"

사요코가 다시 한번 고개를 깊이 숙였다.

미쓰기는 뭐라고 대답해야 좋을지 생각에 잠겼다.


"상은 이따가 치우러 오겠습니다."

구루미가 저녁 식사를 차린 상을 두고 방에서 나갔다.

근처에 머물 곳이 없으니 저택 빈방에 묵으라며 이 방을 내주었다. 구루미가 구석구석 청소했는지 새 방은 아니지만 깔끔하게 정돈된 방이었다. 간단한 필기를 할 수 있도록 앉은뱅이책상도 마련되어 있었다.

입주 요리사가 솜씨를 발휘했다는 저녁 식사도 운치 있었다. 산나물을 넣고 찐 찹쌀밥에 붉돔 조림, 산나물 샐러드와 국. 소박하지만 하나하나 깊은 맛이 나서 잠깐 료칸 음식이 떠올랐다.

그러나 미쓰기는 한가롭게 젓가락질이나 하며 맛을 즐길 여유가 없었다. 부친에게 물려받은 강력한 권력을 휘두르려는 다케이치로, 염세적이면서 타산적인 면모도 드러내는 고지, 유일하게 호감이 가는 에쓰조, 장애아를 키우는 사요코.

저마다 사정은 다르지만 미쓰기에게 요구하는 것은 자산 가치를 부풀려 달라는 것과 자신에게 협조하라는 것이다. 자신이 변호사는 아니어도 개인적인 견해를 조사 내용에 반영하는 것이 배임행위라는 것쯤은 알았다.

유산을 둘러싼 가족 간 견제나 분쟁은 특별히 드문 일도 아니었다. 하지만 이렇게 마음이 불편한 적은 처음이었다. 단순한 유산 분할 협의가 아니라 사망한 당주의 망령된 고집과 장애아에 대한 멸시가 얽히면서 집안에 불온한 분위기가 소용돌이쳤다. 상속 감정 결과 산림을 비롯한 자산에 가치가 없다면 사요코 모자는 더욱더 짐짝 취급을 받으리라. 그러나 예상보다 큰 가치를 발견한다면 그것은 그거대로 또 다른 분쟁을 불러일으키는 원인이 될 것이다.

"어떻게 굴러가든 머리가 아프네."

혼잣말했을 때 오른쪽 어깨가 근질근질하기 시작했다.

슬슬 등장할 차례인가.

미쓰기는 입고 있던 셔츠 단추를 풀러 오른쪽 어깨를 드러냈다. 크고 작게 찢어진 세 흉터가 난 혹이 모습을 드러냈다.

찢어진 눈이 갑자기 벌어지며 두 눈과 긴 입이 난 얼굴이 됐다.

―뭘 투덜대는 거야. 이 쓸모없는 인간아.

어깨에 생긴 얼굴이 히죽거리며 미쓰기를 힐난했다.

3

"쓸모없다는 말은 너무하잖아, 인 씨."

미쓰기가 따져도 인 씨는 콧방귀를 뀌며 계속 비웃었다.

"오늘 도착했다고. 아직 일은 시작도 안 했는데 무능하다고 매도하다니 참을 수 없군."

─일은 벌써 시작됐다고. 예컨대 조금 전 사요코. 지적장애 아를 데리고 친정으로 돌아온 여자야. 부디 편의를 봐달라고 부탁했잖아. 그럼 거짓말이라도 좋으니 힘이 되어 주겠다고 말해야지.

"무슨 소리를 하는 거야. 평소에는 무책임한 말은 하지 말라고 야단치면서."

─여자한테는 가끔 선의의 거짓말이 필요한 법이야. 그런 것도 모르니 네가 아직도 솔로지.

인 씨가 솔로라는 부분을 강조하며 말했다. 물론 미쓰기가 가장 싫어하는 말이기 때문이었다. 미쓰기가 요란하게 한숨을 내쉬었지만 그렇다고 해서 인 씨가 사정을 봐주지는 않았다. 인 씨는 상식이 있지만 숙주인 미쓰기에게는 유난히 엄했다.

"저기 말이야, 내가 솔로인 건 인 씨가 기생해서잖아. 아무리 멋진 남자라도 이런 몸이면 마더 테레사도 도망갈걸."

─오호, 그런 나이 많은 여성이 취향이었어?

"그런 뜻이 아니잖아."

─걱정 붙들어 매. 내가 기생하든 말든 네 녀석처럼 주변머리 없는 놈은 결혼 같은 거 못 해.

인면창 인 씨가 미쓰기에게 기생하기 시작한 것은 다섯 살 때부터였다. 친가가 있는 지치부의 산속에서 굴러떨어졌을 때 오른쪽 어깨에 상처가 생겼다. 출혈은 심하지 않았지만 들풀 즙 때문에 고름이 생겼는지 상처가 거대하게 부어올랐다.

고열에 시달린 것은 하룻밤뿐이었지만 대신 후유증이 남았다. 부기는 빠졌지만 세 군데에 난 상처가 끝까지 아물지 않았다. 시골의 나이 많은 의사가 진찰한 것도 화근이었다. 아이의 회복력이라면 괜찮을 것이라며 대충 보고 상처를 꿰매지도 않았다.

세 상처는 마치 사람이 눈을 감고 입을 다물고 있는 듯한 모양으로 생겨났다. 통증이 가시자 어린 마음에 재미가 들려 눈 모양 상처를 위아래로 끔뻑끔뻑 움직이거나 입 모양 상처를 뻐끔뻐끔 여닫으며 놀았다.

그러자 어느 날 갑자기 입 모양 상처가 희미하게 벌어졌다.

—내가 장난감인 줄 알아?

어린 미쓰기는 놀라 부모님에게 말했지만 상처는 부모님 앞에서는 침묵했다.

"아무리 아프고 불안하다고 해도 그런 거짓말은 하지 말거라."

아들의 하소연은 엄격한 아버지에게 씨알도 먹히지 않았고 아버지에게 순종적이었던 어머니는 상처에 반창고를 붙여 줬을 뿐이었다.

외아들인 미쓰기는 천성이 내성적인 탓에 친구도 적어서 신체에 생긴 이변에 겁을 집어먹었다. 어깨에 난 상처가 아무도 없을 때만 갑자기 떠들기 때문이었다.

—정말 친구가 없구나.

—사람들이 다가오지 않는 게 네 탓이라는 생각은 안 해?

무서웠지만 의논할 상대도 없었다. 그렇게 어깨에 생긴 상처는 점점 사람의 얼굴로 자라났다. 웃기도 하고 의아한 표정을 짓기도 했다. 미쓰기는 어깨에 생긴 얼굴이 인면창이라고 불리는 괴이한 존재라는 것을 알게 됐다. 요괴, 괴질의 한 종류며 책만 봐도 동서양을 막론하고 체험담이 넘쳐났다.

정체만 알면 공포는 줄어든다. 인면창은 입은 걸지만 몸에 기생하는 만큼 미쓰기에 대해 누구보다도 잘 알았다. 미쓰기는 어느덧 인면창에게 '인 씨'라는 이름을 붙이고 타인의 눈을 피해 대화하기 시작했다.

물론 인면창은 괴이한 현상이고 과학으로 설명할 수도 없다. 동서고금의 목격담도 전설이나 괴담류뿐이다. 막부 말기에는 가쓰라가와 호켄이라는 난방 의사\*가 수필집에 소개했는데 그는 인면창을 그저 얼굴과 비슷하게 생긴 종기로 단정했다. 살이 패여 주름 잡히거나 흉터가 난 부위가 사람의 이목구비처럼 보

---

\*    네덜란드 의사. 난방 의학은 에도시대에 전해진 네덜란드 의학을 뜻한다.

이고 경련하는 환부가 마치 숨을 쉬는 듯 보일 뿐이라고 했다.

그렇다면 현실에서 자신과 대화하며 독립 개체로 머리를 쓸 수 있는 인 씨는 도대체 무엇이란 말인가.

독설도 매일 들으니 점점 익숙해졌다. 탁한 목소리도 거슬리지 않았다. 게다가 인 씨는 의외로 박식해서 의논 상대로는 안성맞춤이었다. 미쓰기도 책을 많이 읽지만 책 내용은 읽은 자리에서 잊어버리는 반면 인 씨는 시간이 지나도 방금 읽은 사람처럼 책의 세세한 내용까지 기억했다.

타인에게 절대로 소개할 수 없이 비밀스러운, 그러나 의지할 수 있는 친구. 괴이한 존재는 이윽고 파트너로 승격됐다. 그러나 문제도 있었다. 의지가 되는 파트너였지만 그는 숙주를 전혀 존중하지 않았다. 도리어 노에 취급했다. 게다가 몸에 기생하는 탓에 절교하고 싶어도 할 수가 없었다. 숙주가 침울하거나 지긋지긋해 해도 개의치 않고 나타나 독설을 한바탕 늘어놓았다.

"그래 뭐, 내 결혼이면 몰라도 이 의뢰는 그리 어려운 건은 아니잖아."

미쓰기는 인 씨의 화살을 피하려고 이야기를 본론으로 되돌렸다.

"혼조가 형제가 이런저런 요구와 부탁을 했지만 유산이라고 해봤자 '혼조 제재'와 폐업 직전인 호텔, 그리고 산림과 유가증권과 귀금속류뿐이지. 요즘 목재 산업은 불황이라 '혼조 제재'

도 심각한 타격을 입었을 테고 히라기 변호사 말을 들어보면 유가증권도 귀금속도 대단한 가치는 없던데. 남은 것은 광대한 산림뿐인데 요즘 산림 같은 건 헐값이야. 저택이나 땅도 마찬가지고. 어쩌면 혼조 그룹이 떠안은 빚이 물려받을 재산보다 많을 가능성도 배제할 수 없어."

　—채무초과 되면 혼조가 형제 모두 상속을 포기할 수밖에 없다는 판단인가.

　"응. 상속 재산이 적고 법정상속인이 많으면 분할 협의가 난장이 되지만 채무초과면 말할 것도 없이 게임 끝이지."

　—결론이 난 이야기라면 넌 누구 편도 안 들고 끝나겠군. 멍텅구리답게 대세에 따라 소극적이고 무책임하고 못미덥게 행동하는 인간이 할 만한 구제 불능의 소극적인 사고방식이로군.

　"……대세에 따르고 소극적으로 행동한다는 건 틀린 말은 아니지만 무책임하고 못미덥다는 말은 좀……. 상속인이 과도한 기대를 하지 않도록 처신하는 건 책임감 있는 행동 같은데."

　—분할 협의를 원활하게 진행해 상속인 모두에게 뭐라도 이익을 안겨 주는 게 상속감정사가 존재하는 이유인데 넌 그냥 성가신 문제나 귀찮은 일을 피하고 싶어서 안이한 결론을 따르려고 할 뿐이잖아.

　"문제를 피하려는 건 당연한 거야."

　—그러니까 네가 평생 멍텅구리란 거다.

"멍텅구리라는 말 좀 그만하면 안 될까?"

―왜? 너 롯페이六兵잖아. 거꾸로 하면 멍텅구리兵六* 맞지.

"그럼 그냥 제대로 롯페이라고 부르면 되잖아."

―너 같은 녀석은 본명으로 불러 주는 것도 아깝다. 멍텅구리면 충분해.

숙주를 본명으로 부르는 것이 그렇게나 대단한 일이냐는 생각에 불만스러웠지만 지금까지 인 씨에게 반항해서 좋았던 기억이 없기에 잠자코 참을 수밖에 없었다. 정말이지 이렇게 집주인을 무시하는 세입자는 들어본 적 없다.

―멍텅구리야. 널 뭐라고 부르는지보다 더 걱정해야 할 게 있잖아.

"그게 뭔데."

―소극적인 주제에 덜렁거리기까지 하는 머리로는 당연한 리스크조차 생각 못 하는 건가, 이런 맹추야. 네가 혼조 구라노스케의 유산은 쥐꼬리만 하다고 했잖아.

"이런 깡시골에 있는 산림이니까. 송이버섯 같은 거나 대량 채취할 수 있으면 몰라도 나무와 잡초만 자라는 곳에 무슨 부동산 가치가 있겠어. 혹시나 몰라서 고정 자산세 평가액을 알아봤는데 다 합쳐 봤자 20만 엔도 안 되더라고. 그게 쥐꼬리지 뭐."

---

\* 미쓰기의 이름인 六兵(롯페이)를 거꾸로 한 兵六는 멍청한 사람, 어리석은 사람을 뜻한다.

인 씨의 얼굴이 기가 막히다는 듯 일그러졌다.

—그건 서류상 이야기잖아. 서류에 적힌 내용은 고작 치수와 지목과 가장 최근 매매 사례를 감안한 예상액일 뿐이야. 실제 땅을 보기도 전에 멋대로 평가하지 말라고.

"하지만."

—하지만이고 나발이고. 실물을 보고 판단하는 게 감정사지. 게다가 네 녀석은 상상력이 말도 안 되게 빈약해서 사태의 중대성을 별로 파악하지도 못하잖아.

막말 같지만 인 씨의 말은 언제나 정곡을 찌른다. 충고를 무시하다가 낭패를 본 적도 있다.

—아까 상속 재산이 적고 법정상속인이 많으면 분할 협의가 난장이 된다고 말했지? 상속 재산이 예상보다 더 많아진다면 더더욱 난장이 되겠지. 적은 돈은 분쟁의 씨앗이 되지만 많은 돈은 싸움에 기름을 붓거든. 너도 그동안 실제로 그런 일을 지겨울 정도로 봤잖아.

"그건 맞는 말이긴 한데. 그 생각은 좀 너무 간 거 아닌가."

—얼씨구. 이런 속 편한 놈 좀 보게.

인 씨는 황당한 눈으로 한숨을 쉬었다. 인면창이지만 표정이 묘하게 풍부해서 직접 말하는 것보다 더 타격이 컸다. 눈썹도 없건만 표정에 희노애락이 어찌나 생생하게 드러나는지 징그러울 정도였다.

—남의 상속 문제를 그렇게나 많이 다뤘으면서 인간의 욕심이 무섭다는 걸 아직도 뼈저리게 깨닫지 못했어? 돈이 엮인 문제는 과하게 추측하는 게 딱 좋아, 바보야. 뭘 모른다니까. 이렇게 세상 물정에 어두워서야. 어휴 이 답답아.

고작 흉터 주제에 욕이 청산유수라고 감탄했다. 그러나 미쓰기에게도 나름의 자존심이 있기에 반박하려고 입을 뗐다.

바로 그때였다.

"저기⋯⋯."

방 밖에서 구루미의 목소리가 들렸다.

"식사 끝나셨으면 상 치워 드릴까요?"

미쓰기는 다시 허둥지둥 셔츠를 입어 인 씨를 숨겼다.

"네네, 들어오세요."

방으로 들어온 구루미는 의심스럽게 주위를 둘러봤다. 미쓰기는 인 씨의 존재를 들킬까 봐 엉뚱한 방향으로 고개를 돌렸다.

"왜 그러십니까?"

"아뇨, 아무것도 아닙니다. 식사는 입맛에 맞으셨어요?"

"아, 훌륭했습니다. 료칸에서 먹는 음식 같았습니다."

대화를 나누는 중에도 구루미의 시선이 자신의 오른쪽 어깨로 쏠릴까 봐 안절부절못했다. 그래서 그만 몸을 비틀어 왼쪽 어깨를 앞으로 내미는 듯한 부자연스러운 자세가 됐다.

"주방장에게 전하겠습니다. 분명 기뻐할 거예요."

상을 들고 나가면서 구루미는 다시 한번 방을 훑었다.

그녀의 모습이 사라져도 아직 안심할 수 없었다. 맹장지 문을 빠끔히 열고 복도를 살피며 사람 그림자가 보이지 않는다는 사실을 확인하고서야 비로소 한숨을 토했다.

"아……, 큰일 날 뻔했어."

미쓰기가 중얼거리는 소리에 인 씨가 셔츠 속에서 따졌다.

—큰일 같은 소리 하네. 저 여자가 들어오고 나서가 훨씬 더 위험했어. 그걸 지금 속인답시고 속인 거야? 너 하는 꼴은 제발 의심해 달라고 고사를 지내는 것 같았다고.

"인 씨의 존재를 눈치챘을까?"

—어깨에 난 종기와 떠드는 놈이 있다고 생각하는 사람이 세상에 어디 있겠냐.

인 씨가 자조하듯 말했다.

—네가 중얼중얼 혼잣말한다고 생각했겠지. 혼자 있는 방에서 밥 먹으며 큰소리로 자문자답했다고.

"……그러면 진짜 이상한 사람으로 찍힌 거 아냐? 누가 봐도 평범한 버릇은 아니잖아."

—어깨의 종기와 대화하는 놈보다야 백만 배는 정상이지. 버릇이 특이한 놈과 미친놈은 하늘과 땅 차이라고.

"오십보백보 같은데."

—버릇이 특이한 놈이니까 주변에 여자가 없는 거지. 종기와

만담하는 놈이라는 사실이 알려지면 주변에 남자마저 사라질 걸. 네게 관심을 보이며 말을 걸어 주는 사람은 기껏해야 정신과 의사뿐일 테다.

"그건 끔찍하군."

―그럼 괴짜로 가자고. 네가 설령 변태라고 욕먹어도 난 상관없으니까.

"내 체면은 뭐가 돼."

―내 알 바냐.

슬슬 일방적으로 욕을 먹는 것도 질렸다. 아무튼 오늘 하루 업무를 소장인 야요이에게 보고하려고 휴대폰을 꺼냈다가 깜짝 놀랐다.

통화권이탈 표시가 떠 있었다.


다음 날, 미쓰기는 이른 아침부터 혼조 저택을 나섰다. 상속 재산의 대부분을 차지하는 산림을 실지조사하기 위해서였다.

외출하려던 찰나 구루미가 물었다.

"도시락 챙겨가시겠어요?"

"도시락은 그쪽 편의점에서 구할 수 있는데요."

"이 마을이 그렇게 센스 있는 동네는 아니랍니다. 잠시만 기다려 주세요."

구루미는 쓴웃음을 지으며 주방으로 모습을 감췄다. 잠시 후

손에 신문지 꾸러미를 들고 돌아왔다.

"급한 대로 준비했지만 이거라도 챙겨가세요."

꾸러미를 열자 주먹밥이 세 개 들어 있었다. 주방장이 만들었는지 구루미가 만들었는지 모르지만 어쨌든 고마웠다. 감사 인사를 하고 주먹밥 꾸러미를 배낭에 넣었다.

혼조 저택에서 산림까지 1킬로미터도 안 되기에 걸어서 이동했다. 고개를 들어 올려다보니 장마철 특유의 묵직한 하늘이 보였고 바람도 습기를 잔뜩 머금었다. 비가 내리기 전에 조사를 마치면 좋겠지만 미쓰기는 헛웃음이 나올 정도로 날씨 운이 없었다. 안 그래도 외출을 싫어하는 성격인데 비가 내리지 않았으면 할 때 꼭 억수같이 쏟아졌다.

기분 나쁜 예감과 함께 걷다 보니 마침내 산으로 이어지는 급경사 비포장 시골길이 나타났다. 비포장길이지만 폭이 넓은 까닭은 벌채한 나무를 운반할 때 이용하는 길이기 때문이었다. 실제로 덤프트럭이 여러 번 왕복하며 패인 바퀴 자국 때문에 길이 울퉁불퉁했다.

풀숲을 헤치고 산으로 들어가자마자 시야가 좁아졌다. 가뜩이나 날씨가 흐린데 높은 수목에 가려 햇빛조차 들지 않았다. 그 탓에 공기가 한 단계 더 무거워진 것 같았다.

그러나 이상하게도 미쓰기의 걸음은 무거워지지 않았다. 처음 들어온 산이지만 친근한 기분이 들었다.

확실히 어릴 적부터 외출을 좋아하지 않는 성격이기는 했지만 그것에는 인 씨의 등장이 큰 영향을 미치기도 했다. 평소에 셔츠로 숨기기는 하지만 인 씨를 달고 있는 어깨로 인파 속을 걷는 것이 불안했기 때문이었다. 그러나 친가에 갈 때면 어김없이 산으로 놀러 갔기 때문에 원래부터 산속으로 들어가는 것에 거부감이 없었다.

언덕을 오르니 도중부터 길이 갑자기 좁아졌다. 아무래도 여기서부터 길이 끊기는 듯했다. 그 앞으로는 사람 한 명이 겨우 지나갈 수 있을 정도로 좁고 험한 산길이 이어졌다.

미쓰기는 산을 오르던 중 언뜻 본 수목의 종류를 세었다. 대부분은 삼나무였고, 다음으로 소나무, 노송나무 순으로 많았다.

"어째서 하필이면 값을 후려치기 좋은 삼나무만 잔뜩 심은 걸까. 계획성이 없다고 해야 하나, 안목이 떨어진다고 해야 하나."

혼잣말을 하자 오른 어깨가 꿈틀거렸다. 얼굴을 꺼내 달라는 신호였다. 셔츠 단추를 풀자 인 씨가 재빨리 떠들기 시작했다.

─정말이지 지혜나 지식이라고는 한쪽 귀로 듣고 한쪽 귀로 흘리는 놈이로군. 일부러 삼나무 숲을 만든 이유는 혼조 가문의 경영 방침이 아니라 당시 농림수산성이 내놓은 정책 때문이다.

"오호."

─오호, 라는 소리가 나와? 그렇게 사사건건 대충 흘려들으니까 머리에 입력이 안 되잖아. 잘 들어. 이 정책은 혼조 그룹의

흥망과 관련 있다고. 혼조 그룹의 경기가 가장 좋았던 시기는 1960년대잖아. 전쟁이 끝난 후 복구와 도시 개발로 국내 목재 수요가 급증해 농림수산성이 대규모 삼나무 숲 조성을 권장한 시기와 딱 겹쳐. 삼나무는 빨리 자라고 건축 목재로도 안성맞춤 이거든.

"그래? 그런데 목조 건축이 적어진 데다 외국에서 저렴한 건축 자재를 수입하게 되면서 혼조 그룹이 기울기 시작한 거지?"

─똑똑한 척 떠드는데 그건 일본 임업 전체가 몰락한 대표 이유로 일반 상식이거든. 새삼 대단한 걸 찾은 듯 우쭐대지 마. 내 얼굴이 다 빨개지니까.

인 씨의 얼굴이 붉어진다는 말은 오른쪽 어깨가 붉게 부어오른다는 뜻이다. 그 꼴을 상상하니 왜인지 웃음이 삐져나왔다.

"그건 그렇고 여전히 박학다식하네."

─……너 말이야, 사람 어깨에 붙어 있기만 하는 존재가 왜 숙주보다 똑똑한지 생각해 본 적 없어?

"그냥 인 씨가 똑똑하니까 그런 거겠지. 나처럼 일에 쫓기지 않으니 끊임없이 사색에 잠길 시간도 많을 테고."

─인면창을 부러워하기 전에 그 닭대가리처럼 기억력 떨어지는 머리 좀 어떻게 해 봐. 내 지식은 전부 네가 보고 들은 내용으로 쌓았을 뿐이라고. 멍텅구리, 어렸을 때 친구가 없어서 책만 들입다 읽었잖아. 난 네가 읽은 내용을 모조리 기억하거든. 그

런데 숙주인 너는 읽자마자 그 자리에서 까먹잖아. 그 차이야.

"그 쪼그마한 얼굴 어디에 그런 뇌가 박혀 있을까."

—글쎄. 분명 눈에 보이지도 않을 정도로 작겠지. 그래도 네 뇌보다는 훨씬 크고 주름도 많을 거야.

산길을 더 올라가니 양옆에 잡초가 자라 있고 슬슬 짐승이 다니는 길이 나타나기 시작했다.

습도는 더욱 높아졌고 얇은 셔츠를 입었음에도 땀이 흥건했다.

"있잖아, 인 씨. 아무리 걸어도 삼나무랑 노송나무밖에 안 보여. 이만 돌아가자."

—아직 한 시간도 안 됐잖아. 그따위로 하면서 잘도 감정사입네 떠드는군. 좀 더 구석구석 살펴봐.

별로 위안이 되지는 않지만 혼조가의 산림은 서로 이어져 있어서 전체를 둘러볼 때 타인의 산을 넘나들지 않아도 됐다. 그렇지 않았다면 미쓰기의 부실한 다리로 구석구석 관찰하는 데 한 달 넘게 걸렸으리라.

산속으로 들어갈수록 나무들이 더욱 빽빽해졌다. 목재 수요가 감소하면서 벌채나 간벌을 게을리했기 때문일 것이다. 점점 바람이 통하지 않았다. 고온다습, 열대우림 환경에 가까워지는 듯했다.

조금 더 걷다가 눈앞에 오래된 가건물을 발견했다. 문은 잠겨 있지 않고, 안에는 전기톱과 손도끼 같은 도구가 아무렇게나 놓여 있었다. 도구가 하나같이 잔뜩 녹슨 상태인 것으로 보아 더는 사용하지 않는 도구를 보관하는 창고인 듯했다. 마침 점심을 먹을 시간이라 미쓰기는 창고 안에서 식사하기로 했다.

소박한 맛이 나는 주먹밥은 계속 먹어도 전혀 질리지 않았다. 깊은 숲속이라는 장소도 한몫해서 더욱 맛있게 느끼는지도 몰랐다.

"사실 이런 자연이 가장 큰 자산이지."

무심코 중얼거린 말에 진심이 드러났다. 미쓰기가 도시에 살고 있어서 괜히 그런 감상에 젖는 것이기는 해도 이 정도로 녹음이 푸르른 곳은 드물었다. 어차피 임업이 쇠퇴해서 벌채와 간벌도 하지 않는다면 차라리 국정공원*이나 다른 무언가로 추천해서 자연 그 자체를 파는 것도 상책 아닌가.

─또 또, 이거 봐. 이 자연을 관광자원으로 개발하자는 둥 부질없는 망상만 하지.

별개 생명체지만 미쓰기의 신체 일부이기도 하다. 정곡을 찔려도 새삼 놀랍지 않았다.

"망상이라니 말이 심하네. 이 푸르른 대자연을 유용하게 활용하기에 가장 좋은 방법 아닌가?"

─이 울창한 삼림 어디가 돈이 된다는 거야. 너 말이야, 국립

---

* 국립공원에 준하는 명승지로서 환경성 대신(大臣)이 지정하고 지자체에서 관리한다.

공원이든 국정공원이든 한번 지정되면 관리비가 얼마나 나오는지 알아? 관리비가 드는데 입장객이 없으면 적자가 난다고. 그 적자는 도대체 어떻게 메울 생각인데, 바보야.

"하지만."

─멍텅구리, 머리가 아주 꽃밭이지? 그저 외부인인 주제에 무책임하게 핑크빛 이상론을 말하는 것뿐이야. 버스도 제대로 다니지 않고 편의점 하나도 없는 데다가 휴대폰은 통화권이탈이 뜨는 곳이야. 이런 동네에서 365일 사는 사람에게 자연이 돈보다 더 소중할 것 같아? 산 하나 팔아서 도시에 집 한 채 마련해 살 수 있다면 당장에 그렇게 할 거다. 그걸 아주 잘 보여주는 좋은 예가 바로 혼조가 형제잖아. 그 녀석들에게도 이 광활한 삼림은 처치 곤란이야. 셋째 아들인 에쓰조조차 다른 형제처럼 감당 못 하겠다잖아.

"그건 알지만. 그렇다고 이상론을 욕하며 후려칠 것까진 없잖아. 세상에는 냉정한 현실을 받아들이지 못하는 사람도 적지 않으니까 말이야."

─상속감정사인 네가 할 말은 아니지. 그것이 감정 대상이라면 더욱더 현실적인 시선으로 평가해야만 한다고, 어이구 밥통아.

"인 씨, 자연 싫어해?"

─인면창이 자연 속 생물이라는 생각이라도 하는 거야?

인 씨의 밉살맞은 입은 도무지 그칠 줄을 몰랐다. 인면창과의 대화를 기록한 문헌 등은 본 적도 없지만 인 씨가 음식을 요구한 적은 한 번도 없었다. 생각해 보면 숙주인 미쓰기로부터 영양분을 섭취하기 때문에 식사가 필요 없다는 점도 납득이 갔다. 차라리 미쓰기가 곡기를 끊으면 인 씨의 독설도 조금은 누그러들까 싶지만, 그랬다가는 미쓰기의 체력만 고갈될 것 같아서 한 번도 시도해 본 적은 없었다.

주먹밥을 다 먹은 미쓰기는 무거운 엉덩이를 뗐다. 지적측량도를 보며 다음 경로를 확인했다.

"이 일대에 자라는 나무는 죄다 같아. 더 걸어 봤자 별 의미 없어."

—입 말고 다리를 움직여.

"그야 인 씨는 편하겠지. 움직일 다리가 없으니까."

—대신에 너보다 열 배는 더 머리를 굴리고 있거든.

인 씨의 타박을 받으며 산등성이로 나갔다. 이곳에서 직진해서 올라가는 것이 정상으로 가는 가장 가까운 길이었다.

그런데 도중에 어쩔 수 없이 걸음을 멈출 수밖에 없는 광경과 맞닥뜨렸다.

산사태로 높이 수십 미터에 걸친 경사의 단층면이 깨끗하게 드러난 것이었다. 지층은 위부터 주황색, 붉은색, 검은색 세 가지로 나누어져 있었다.

"저거 대박인데."

절벽 윗부분은 나무를 완전히 베어낸 상태였다.

─나무를 베어낸 만큼 보수력이 약해졌겠지. 그래서 다른 부분보다 비를 더 흡수해서 산사태가 일어나기 쉬워진 거야.

인 씨는 잠시 단층면을 바라보더니 미쓰기를 노려봤다.

─일단 저 경사면 아래로 내려가 봐.

"뭐라고? 겨우 여기까지 올라왔는데."

─군말 말고 내려가. 화장을 지우니 맨얼굴이 보이잖아. 산의 가치를 파악하는 데 이보다 좋은 재료가 어디 있겠어?

입은 험해도 인 씨가 충동적으로 명령하는 일은 거의 없다. 경험으로 알기에 미쓰기는 투덜거리면서도 경사면 아래까지 내려갔다.

─각 지층의 샘플을 채취해 둬.

"그런 게 왜 필요한데?"

─토지 가옥 조사사와 보석감정사 자격으로 지질 분석까지 할 수 있겠어? 웅?

"석유라도 나온다는 말이야?"

─나온다면 더할 나위 없지. 그렇다면 상속 재산 규모를 다시 검토해야 할 거야. 자, 빨리 채취하라고.

그리하여 미쓰기는 손가락이 흙으로 범벅이 되도록 땅을 파는 신세가 됐다. 채취한 흙은 두꺼운 병에 밀봉해 토양분석 시설로 보내라는 명령을 받았다.

# 4

채취한 흙의 분석을 의뢰한 지 이틀 후, 미쓰기는 히라기와 함께 혼조 가문의 가족이 모인 자리에 동석했다.

이 소집은 결코 미쓰기가 원해서 열린 것이 아니었다. 아무래도 아직 모든 상속 재산 감정이 끝나지도 않았는데 중간에 보고하는 것은 내키지 않았다. 애초에 중간 보고는 아무 의미도 없다고 생각했다.

그러나 상속인들의 생각은 달랐다. 미쓰기가 사쿠마 마을에 발을 들여놓은 지 꼬박 사흘, 슬슬 대략적인 상속 재산 규모가 나오지 않았을까 기다리다가 목이 빠질 지경이었던 것이다. 그만큼 정신적 혹은 금전적 여유가 없다는 뜻이었다.

미쓰기와 히라기, 상속인들과 기미코, 남자 주방장인 사와자키까지. 저택에 거주하는 사람들이 연회방에 모두 모였다. 구루미는 다다미방을 무서워하는 다카히로를 돌보아야 해서 이 자리에 없었다. 혼례나 장례 때 사용하는 듯한 약 15평이나 되는 다다미방은 여덟 명이 다 들어가고도 널널했다.

고용인인 사와자키는 몰라도 상속인들은 하나같이 긴장을 감추지 못했다. 돈에 눈이 멀었다는 말은 너무 음험한 표현이지만 형제의 눈빛이 달라졌다는 점은 부인할 수 없었다. 이들의 긴장이 전염됐는지 그런 눈빛에 익숙한 미쓰기도 심장이 요란하게 뛰었다.

"먼저 말씀드리겠습니다."

히라기의 인사로 보고가 시작했다.

"형제분들의 요청으로 상속 감정을 보고하는 자리를 마련했습니다만, 이 자리는 어디까지나 중간보고일 뿐입니다. 자세한 내용은 추후 미쓰기 감정사님께서 설명하실 텐데 부동산감정과 관련해 아직 확정할 수 없는 사항이 있기 때문입니다. 더불어 '혼조 제재'와 '사쿠마 호텔'의 수지에 대해서도 결산과 차이가 있으므로 아직 발표할 단계는 아닙니다."

"회사와 호텔이 채무초과 상태라는 건 아오."

다케이치로가 끼어들었다.

"결산보고는 보나 마나지. 작년도에 두 회사를 합쳐 8천 만 엔이 채무초과 됐어. 올해도 변동 없거나 까딱하면 초과분이 늘어날 테지. 경영 일부를 맡았으니 그 정도는 알아."

"'혼조 제재'에 관해서라면 현시점의 손익도 말할 수 있어요."

에쓰조가 반쯤 원망 섞인 목소리로 끼어들었다.

"우리의 관심사는 그 손실분을 다른 재산으로 충당할 수 있냐는 겁니다."

"난 장황한 설명 따위 못 듣는다고."

고지까지 덩달아 훼방을 놓았다. 흥분한 어린아이 같은 언행이었지만 세 사람 모두 반응이 비슷한 것으로 보아 형제는 형제였다. 평소 행동거지는 달라도 이런 상황에서는 자연스레 본성이 나왔다.

"그럼 감정사님. 부탁드립니다."

히라기가 미쓰기에게 배턴을 넘기고 서둘러 물러났다. 자못 성가신 분위기에 볼멘소리가 튀어나올 것 같았지만 상속인들의 시선이 따가워 도망칠 수도 없었다.

될 대로 되라는 심정으로 미쓰기는 형제 쪽으로 몸을 돌렸다.

"그럼 감정이 확정된 부분부터 발표하겠습니다. 우선 유가증권류인데, 대부분 '혼조 제재' 주식입니다. 그밖에 자산주가 섞여 있어서 지난주 말 종가 기준 총액 150만 엔. 귀금속이 42만 엔 상당. 그리고 이 저택의 토지가 80만 엔, 건물은 안타깝게도 평가 대상에서 제외되겠습니다."

"잠시만. 이런 훌륭한 일본식 가옥이 평가 대상에서 제외된다고?"

다케이치로가 목소리를 높이며 항의했다. 자신이 나고 자란 집이 평가액 제로라는 말을 들으면 누구라도 불만을 표출하고 싶겠지. 그러나 이에 대한 답변은 확실하게 준비해 뒀다.

"저도 일본식 건축물의 온갖 호화로운 특징을 집대성한 훌륭한 저택이라고 생각합니다. 그러나 목조가옥의 법정 내용연수는 22년으로 해당 기간을 넘기면 평가 대상에서 제외됩니다. 호화 저택이지만 막상 매매하려고 하면 매입자의 취향과 기호에 따라 가격이 좌우되기 때문에 개성이 돋보일수록 값을 매기기 어렵다는 단점이 있습니다. 별채인 서양식 건물은 아직 지은 지 오래되지 않았지만 증축 부분인 점을 감안하면 역시 평가 대상에서 제외됩니다."

"하지만 땅만 해도 80만 엔이라는 건 너무 낮은 거 아닌가?"

"공시가격을 참고해 산출한 금액입니다. 물론 실제 가격과의 괴리를 의심하는 분도 있겠지만 교통편까지 포함한 주거 환경을 고려하면 자연스러운 가격입니다. 덧붙여 별도 갱지 세 군데는 합산해도 348만 엔입니다."

"348만 엔?"

다케이치로는 애원조로 말했다.

"말도 안 돼. 그 땅을 다 합치면 약 1,500평이라고. 그런데 그 돈밖에 안 된다고?"

"갱지라고 해도 지목상 농지로 되어 있으니까요. 가장 큰 요인은 모든 토지가 시가화 조정 구역이라 허가 없이 새 주택을 지을 수 없기 때문입니다."

감정은 철두철미하게 객관성을 바탕으로 낸 결과다. 유래나 소유자의 애착을 제외하고 오로지 시장가격을 근거로 산출한다. 주관적일 수밖에 없는 소유자로서는 부아가 치밀 만도 했다.

미쓰기의 경험상 외진 지역에 사는 사람들에게서 뚜렷하게 보이는 현상이었다. 시골일수록 자산이라고 부를 만한 것은 부동산밖에 없기에 아무래도 토지를 고집하게 된다. 그 가치를 낮게 평가받으면 자신의 인격까지 폄하 당했다고 착각하게 된다.

아니나 다를까 나란히 앉은 혼조가의 상속인들은 생각지도 못한 낮은 금액에 얼굴이 하얗게 질렸다.

지금까지 합계 620만 엔, 넷이서 사등분 하면 한 사람당 155만 엔. 상속 재산으로는 좋지도 나쁘지도 않은 무난한 금액이지만 최소 '그룹'이라는 이름을 달고 있는 기업체의 상속인들에게는 납득할 수 없는 액수다.

"'혼조 제재'와 '사쿠마 호텔'의 채무초과를 고려하면 상속 자체가 리스크를 떠안는 조건이죠."

에쓰조가 자조하며 말했다. 하기야 에쓰조는 '혼조 제재'의 경영권을 손에 넣으려는 목적이 있으니 방금 한 말은 다른 형제를 향한 견제라고 생각하는 편이 맞을 것이다.

"무슨 소리야. 딱히 회사를 물려받지 않으면 자기 몫은 그대로 챙길 수 있잖아. 한 사람당 150만 엔 남짓밖에 안 된다는 건 충격이지만 뭐, 아예 아무것도 못 받는 것보다야 낫지."

고지는 시선을 들어 천장을 바라보며 아무 말이나 던졌다. 사요코는 이쪽을 쳐다보려고 하지도 않았다. 사와자키는 처음부터 관심 없는 듯 줄곧 무표정했다.

이 상황에서 새로운 사실을 알려도 좋을까, 미쓰기는 순간 고민했다. 하지만 사전에 히라기와 논의했을 때도 쓸데없이 숨기지는 말자고 마음먹은 참이었다. 자신의 짐작을 반드시 발표하자고 결심했다.

"마지막으로 산림 일곱 군데 말입니다만, 순수하게 부동산 자체 가치만 말씀드리면 그야말로 떨이 수준이라고 할 수 있는 가격입니다. 여기에는 자란 나무의 목재 값은 포함되지 않지만 현재 목재 시장 상황을 보면 나뭇값보다 벌채와 운반비가 더 나오기 때문에 계산에 넣지 않는 게 더 나은 수치일 겁니다."

"결국 산은 얼마라는 말이오? 이러쿵저러쿵 긴 설명은 됐어. 단도직입으로 말하시오."

"아직 감정 중입니다."

그러자 다케이치로는 조금 성이 난 기색이었다. 상속 재산 감정 결과가 낮아 몹시 분개한 듯했다.

"방금 말을 들어 보면 부동산 자체 가격은 아는 것 아닌가. 그런데 감정 중이라니 무슨 소리지?"

"지하자원 감정이 끝나지 않았습니다."

다케이치로와 나머지 형제는 여우에 홀린 표정을 지었다.

"그게 도대체 무슨 말이야?"

"며칠 전에 실지조사를 하려고 가장 가까운 산에 올랐습니다. 그때 산사태로 지층이 세 층 아래까지 훤히 드러난 곳을 발견했지요."

"아아, 고타이산 말인가. 거긴 지반이 약해졌으니까."

"문득 떠오른 생각이 좀 있어서 각 지층 샘플을 민간 분석시설에 보냈습니다. 그리고 오늘 아침에 그 결과를 받았습니다."

미쓰기는 옆에 둔 가방에서 파일을 꺼냈다. 토양분석 보고서로 전문용어가 가득한 총 열 장짜리 문서였다. 아마 이 보고서를 읽어도 전부 이해할 수 있는 사람은 지질 전문가뿐이리라. 이렇게 말하는 미쓰기도 30퍼센트 정도밖에 이해하지 못했다.

다만 글은 딱딱하지만 내용에서는 분석 담당자의 예사롭지 않은 흥분이 전해졌다. 저택 안이든 밖이든 통화권이탈 구역이라서 혼조가에 배선된 인터넷 회선을 빌려 회답을 기다렸고 보고서를 받은 시각이 오전 4시 30분. 날짜로 셈하면 샘플을 받자마자 분석을 시작해 결과가 나오자마자 보고서를 보내온 듯했다. 그 속도에서 담당자가 얼마나 흥분했는지 알 수 있었다.

"실은 표층에서 세 층 아래 퇴적층에서 몰리브덴이 검출되었습니다."

"몰리브덴?"

형제 중 가장 총명해 보이는 에쓰조가 앵무새처럼 되물었다. 그러니 형제 모두가 처음 듣는 단어라고 생각해도 좋을 것이다. 하기야 미쓰기도 잘난 척할 계제는 못 됐다. 보고서를 읽기 전까지만 해도 그런 대단한 물건이리라고는 상상조차 하지 못했다.

"저도 지질조사나 토양분석에 관해서는 문외한이라서 보고서에 적힌 대략적인 내용을 그대로 읽겠습니다. 궁금한 점이 있으면 나중에 말씀해 주세요. 제가 취합해서 그쪽에 확인하겠습니다."

미쓰기는 미리 양해를 구하며 설명하기 시작했다.

몰리브덴. 원소 기호 Mo, 크로뮴족에 속하는 원소 중 하나. 은백색의 단단한 금속으로 비중은 10.23, 녹는점 2,620℃, 끓는점 4,650℃의 고융점금속. 고온에서 급격하게 산소와 할로겐과 반응한다. 자원으로는 북남미에서 세계 사용량의 과반수를 생산한다. 인체 필수 요소인 미네랄로 요산 생성과 조혈작용에 관여한다.

그러나 생체보다 오히려 산업에 더 큰 영향을 미친다. 각종 합금강의 첨가 원소로 사용되는 산화몰리브덴 외에도 황화 몰리브덴은 윤활유나 엔진오일의 첨가제 등 다용도로 폭넓고 유용하게 쓰인다.

"특수강인 자동차와 항공기의 엔진이나 터빈 부품으로 사용되며, 최근에는 하이브리드 자동차나 로켓의 전자기판, 휴대폰 등의 액정 패널에도 사용된다고 합니다. 그런데 이렇게나 중요한 광물자원임에도 일본 내에는 매장량이 낮아 수입에 의존하는 현실입니다. 핵심은 희소가치가 높은 자원이라는 뜻입니다."

이야기 도중부터 모두의 눈빛이 노골적으로 달라졌음을 알아차렸다.

"조금 조사해 봤는데 사쿠마 마을은 이웃 기후현과의 경계에 위치했죠. 실은 군수성*이 전시에 레이더 등 전자기기 생산을 늘리기 위해 기후현에서 몰리브덴 광산을 채굴했다더군요. 그 역사를 생각해 추론하면 사쿠마 마을 바로 밑, 혼조가가 소유한 산 아래에 몰리브덴 광맥이 잠들어 있다는 이야기는 무척 납득할 만합니다."

"그 몰리브덴 말인데."

기분 탓인지 다케이치로의 목소리가 바싹바싹 타들어 가는 듯 들렸다.

"도대체 가치가 얼마나 되지?"

"아직 전체 함유율도 광산 면적도 밝혀지지 않았기 때문에 저도 정확한 답변을 드리기 어렵습니다. 다만 분석 보고서를 보면 근래 극히 드문 함유율을 기대할 수 있다는 소견이 적혀 있습니다. 아까도 말씀드렸지만 일단 국내에서는 채굴할 수 없는 광물 자원입니다. 수입에 의존하지 않고 이 광물을 채굴할 수 있다면 산 자체를 매각해 버리는 것보다 몰리브덴 광산으로 굴리는 편이 더 큰 파급 효과를 기대할 수 있을지 모릅니다."

"그 말은 예컨대 임업을 대체할 새 산업을 일으킬 수 있다는 뜻인가?"

---

\* 전시에 군수 물자 생산을 늘리기 위해 설치한 일본의 행정기관.

"저는 창업 관련 일을 한 적이 없기에 장담할 수 없습니다. 하지만 부정할 근거도 없지요. 어쨌든 더 광범위하고 치밀한 조사가 필요할 테니 최종 감정 결과를 보고하기까지 시간이 더 필요합니다."

"그건 상관없소."

다케이치로는 거만하게 내뱉었다. 다른 형제가 침묵한 이유는 장남이 모두의 마음을 대변하기 때문이리라.

"그런 사정이라면 한 달이 걸려도 불만 없어."

"시굴 조사를 해야 할 수도 있습니다."

"그것도 상관없소. 조사하는 데 필요하다면 돈 정도는 대도록 하지."

몇 분 안에 손바닥 뒤집듯 태도가 변했다. 내심 어이가 없었지만 물론 내색하지 않으려고 노력했다.

"이것 참, 솔직히 말해서 뭐 하는지도 모를 상속감정사니 뭐니 하는 양반한테 의뢰하기 좀 망설여졌는데 미쓰기 감정사한테 부탁한 건 만점짜리 정답이었어."

"아니, 아직 최종 감정 결과가 나온 건 아니라서……."

"아, 그래도 산 일곱 군데를 헐값에 팔게 되지는 않게 됐잖나. 앓던 이가 단번에 빠진 것 같군."

다케이치로는 입을 놀릴수록 기분이 한껏 좋아졌다. 고압적인 인상은 여전히 지울 수 없지만 본성은 의외로 단순한 호인일지도 모른다.

"어떻소, 감정사 선생. 미리 축배를 듭시다, 한 잔 걸쳐야지."

"아아, 그거 듣던 중 반가운 소리네. 요즘 사업은 망해가고 아버지는 돌아가시고 재수 없는 일만 줄줄이 터졌는데."

다케이치로의 제안에 고지가 찬성하자 갑자기 우르르 대세에 따르는 분위기가 됐다. 손위 형제 둘의 의견이 일치하면 나머지 두 사람은 따를 수밖에 없는지 에쓰조와 사요코도 반대하지 않았다. 아니, 가만히 보니 그 두 사람도 마음의 짐을 던 듯 경직된 얼굴이 풀려 있었다.

"사와자키, 지금부터 잔치 준비를 하게."

다케이치로의 갑작스러운 요구에도 과묵한 요리사는 목례한 뒤 주방으로 사라졌다.

사와자키의 실력이 좋은 것인지, 아니면 갑작스러운 주문에 대응할 준비가 되어 있던 것인지 한 시간 후 작은 연회가 시작됐다. 미쓰기의 눈앞에 차례차례 상이 차려졌다.

"자자자자자, 감정사 선생. 한잔합시다."

다케이치로가 한껏 신이 난 가운데 지금까지 한마디도 하지 않던 기미코의 목소리도 그에 못지않은 색기가 흘렀다.

"역시 도시에서 오신 감정사님은 안목이 다르시네요. 산에서 자라는 나무뿐 아니라 땅속 지층까지 감정하시다니. 정말 수완가시라니까."

며칠 전에는 뱀 같은 눈을 하더니 지금은 뱀처럼 감겨왔다.

"아뇨, 지층을 본 건 정말로 우연이었습니다."

"어머나 어쩜, 겸손도 하셔라. 역시 근사하시다니까."

노련한 기생 같다는 인상이 점점 강해졌다. 진한 화장품 냄새
까지 코를 찔러와 미쓰기는 마치 변두리 바에 앉아 있는 기분이
었다.

"부탁해요, 감정사님."

부탁의 내용이 어렴풋이 짐작이 가는 만큼 목덜미가 뻣뻣해
져 좀처럼 움직일 수 없었다. 간신히 기미코가 지나갔는데 이번
에는 고지가 들이댔다.

"솔직히 까놓고 말해서 처음 봤을 때부터 보통 아닌 인물인
줄 알았지, 감정사 선생 말이야. 이 양반 참 물건일세."

'댁'과 '당신'에서 '선생'으로 격상된 것인가. 고지 역시 기회를
노리는 데는 귀신같았는데 형을 보고 배운 듯했다. ·

"새 광물자원을 채굴할 수 있다면 푼돈보다는 사업을 펼치는
게 맞지. 이래 봬도 내가 또 한 경영 센스 하거든."

자신도 모르게 귀를 의심했다. 고지를 멀뚱멀뚱 쳐다봤지만
아무래도 농담은 아닌 듯했다. 처음 인사하던 자리에서 모리 모
토나리 일화를 예시로 들며 자신은 경영 센스가 없다고 분명히
밝힌 일은 벌써 잊은 것일까. 잊었다면 절망스러울 정도로 기억
력이 나쁜 사람이고, 잊지 않았다면 뻔뻔하기 짝이 없는 사람이

었다.

적어도 에쓰조는 정상적인 반응을 보이겠지 하고 기대했는데 그 역시 평정심을 지킬 수 없는 모양이었다. 몹시 열띤 눈으로 미쓰기를 바라보며 멋대로 무언가 납득한 모습이었다.

"역시 제가 사람 보는 눈은 틀리지 않았습니다. 부탁드리자마자 곧바로 산림의 자산 가치를 높여주시다니."

"아뇨, 그러니까 그건 정말로 우연히 발견한 겁니다."

"우연이건 뭐건 광물자원 지식이 없었다면 조사 과정에서 발견하지도 못했겠죠. 그런 꼼꼼한 면이 역시 우리 감정사님이다 싶습니다."

단층면을 보자마자 광물자원 매장 가능성을 떠올린 것은 전적으로 인 씨 덕분이다. 아무리 칭찬을 받아도 비꼬는 소리로밖에 들리지 않았다. 숙주와 기생생물은 한몸이라고 생각하기도 했지만 그런 독설가와 한데 묶인다니 별로 달갑지 않았다.

"그 건도 잘 부탁드립니다."

히라기와 결탁해서 에쓰조를 그룹 후계자로 추대하는 건을 뜻하겠지만 이것도 지금에 와서는 상황이 완전히 달라졌다. 방금까지만 해도 경영권 따위는 거들떠보지도 않던 고지까지 추파를 흘린 것이다. 거의 무풍 상태였던 경영권의 행방이 순식간에 혼돈에 빠졌다. 자칫하면 분할 협의에서 경영권을 누가 물려받느냐로 분쟁이 일어날 수 있는 위험까지 있었다.

도움을 청하듯 사요코를 바라봤는데 사요코는 사요코대로 간절한 시선으로 되받아쳤다. 사요코의 부탁이 다카히로를 지키는 것이라는 사실을 아는 만큼 특히 큰 효과를 발휘했다.

우리 모자를 모른 체하지 마세요.

이 집에서 벗어나게 해 주세요.

시선의 무게를 느낀 것은 실로 오랜만이었다.

결국 그 자리에 있는 혼조가 전원에게 술잔을 받고 바보같이 성실하게 분위기를 맞추다 보니 식사를 반도 못 해서 완전히 취기가 돌고 말았다. 그런데 술이 센 다케이치로와 고지가 때마침 미쓰기의 잔에 술을 따르려고 했다. 쉬지 않고 마시는 두 사람은 지극히 멀쩡한 얼굴로 그런데 몰리브덴이라는 게 뭐냐는 둥 새삼 질문해 왔다.

슬슬 자제력과 인식 능력이 희박해지기 시작하던 참에 히라기가 구세주처럼 나섰다.

"미쓰기 감정사님, 너무 급하게 마신 것 같네요. 그만 마셔야 하지 않을까요? 방으로 돌아가 쉬는 게 어떻겠습니까?"

"그, 그러겠습니다."

"그럼 방까지 바래다 드리겠습니다."

마침 혀도 꼬부라져서 히라기의 말을 넙죽 따르기로 했다. 한심한 이야기지만 걸음까지 비틀비틀 불안해서 방까지 데려다준다는 타이밍 좋은 제안이 기꺼웠다.

어깨를 빌려 방으로 돌아왔다. 히라기는 곧바로 나가지 않고 울적한 모습으로 미쓰기를 바라봤다.

"저기압이에요."

"그러니까요. 아, 아침부터 쏟아질 것 같더니 안 오네요. 장마철인데."

"날씨 이야기가 아니라 유산 분할 협의가 흘러가는 방향이 이상해졌다는 말입니다."

히라기가 시선을 맞추고 싶은지 미쓰기처럼 다다미 바닥에 앉았다.

"갑자기 몰리브덴광 이야기를 들었을 때는 감정사님이 복신福神으로 보였죠. 불황과 경영난에 허덕이는 혼조 그룹을 궁지에서 구해 주는 구세주로 말입니다."

"그, 그거 참. 감사합니다."

"그런데 아까 설명을 듣고 보니 점점 역병신으로 보이기도 하더군요."

"복신에서 역병신이라니, 엄청난 반전인데요."

"반전이라기보다는 받아들이기 나름의 문제겠죠. 복을 내려 줘도 받는 사람의 마음가짐에 따라 길이 될 수도 있고 흉이 될 수도 있으니. 몰리브덴 채굴이 가능해지면 싸구려 애물단지에 불과했던 산림이 단번에 보물산이 돼요. 상속인들의 눈빛이 달라지는 것도 당연하죠."

"눈빛이 달라진 건 저도 눈치채긴 했습니다."

"그 눈빛이 어떤 종류인지도 파악했습니까? 지금까지는 현금 1엔 한 푼이라도 더 많이 차지하고 싶어 하는 수준의 욕심이었는데 그게 보물찾기 같은 이야기로 확장되는 바람에 경영권이니 주도권이니 하는 쟁탈전으로 바뀌었네요."

"그 쟁탈전이 설마 몰리브덴 채굴 회사를 세우겠다는 둥 그런 겁니까?"

"설마가 사람 잡는다죠. 남자 형제는 죄다 그 생각뿐이에요. 숨만 겨우 붙어 있는, 당장 망해도 이상하지 않은 회사를 새단장해서 되살리겠죠. 광물을 채굴하는 데 벌채 기술을 얼마나 응용할 수 있을지는 알 수 없지만 당장은 직원을 자르지 않아도 될 겁니다. 아니지, 그보다 장래가 유망한 대표 신사업으로 권세를 떨칠 수 있겠죠. 명예욕 덩어리와 쾌락주의의 화신 같은 인간들에게 이처럼 매력 있는 이야기도 없을 겁니다. 성실하게 직원들의 살림을 걱정하는 선인이라고 해도 상황은 비슷하고, 그들의 삶을 도우려고 다소 물불 가리지 않을 우려도 있어요."

히라기 입장에서는 대놓고 누구라고 말할 수는 없겠지만 형제의 인성을 옆에서 지켜보는 미쓰기에게는 이만큼이나 분명한 이야기도 없었다.

"산의 가치가 헐값으로 끝났다면 실망한 상속인들의 우는 소리만 들으면 됐죠. 하지만 엉겁결에 황금알을 낳는 거위를 발견해서 원래는 일어나지 않을 수 있었던 불필요한 다툼이 일어날지도 몰라요. 감정사님을 역병신이라고 표현한 이유는 바로 그 때문입니다."

"분할 협의가 예상보다 험악해질 거라는 말입니까?"

"막대한 재산을 눈앞에 두고 저 형제가 언제까지 겸양의 미덕을 발휘할 수 있을까요. 돈은 없으면 갖고 싶죠. 하지만 있으면 더 더 갖고 싶어지는 법입니다. 인간의 욕심이란 게 그렇거든요. 유산 상속 일을 해온 감정사님이니 모를 리 없겠죠."

'피로 피를 씻는 상속 전쟁'이라는 식상한 관용구가 뇌리를 스쳤다. 그러나 히라기의 말도 일리가 있고 분할 협의가 파란만장해지리라는 것도 쉽게 예상할 수 있었다. 아마 히라기와 미쓰기를 자신의 편으로 끌어들이려는 움직임도 활발해지리라.

고용된 몸이라면 누구의 편도 들지 않고 공정하게 중립을 지키는 것이 당연한 최선책이다. 여차하면 고문 변호사인 히라기에게 모조리 떠넘기면 되지 않을까, 미쓰기는 무의식중에 무책임한 방향으로 도망쳤다.

"아무튼 혼조가는 화약고가 되고 말았어요."

미쓰기가 도망치려는 것을 아는지 모르는지 히라기는 몹시 뒤숭숭한 이야기를 했다.

"감정사님은 아직도 인간의 욕심이 얼마나 무서운지 몰라요. 시골내기의 집념을 아직 겪어본 적조차 없는 것 같은데. 나는 말입니다, 처음부터 무서워서 견딜 수 없었습니다. 눈치챘는지 모르겠지만 아까 중간보고하던 자리는 서로가 서로를 견제하는 수준이 아닌 분명하게 방해꾼 취급하는 분위기가 팽배했죠. 그게 위험한 상태가 아니면 뭐란 말입니까."

미쓰기는 비몽사몽 중에 되풀이되는 히라기의 넋두리를 들었다.


맥없이 곤드레만드레 취한 미쓰기가 눈을 떴다. 누군가가 몸을 난폭하게 흔들어 깨웠기 때문이었다.

"일어나요, 미쓰기 씨. 어서 일어나요!"

눈을 뜨니 머리 위에 구루미의 얼굴이 있었다.

"아. 언제 잠들었지."

"빨리 일어나세요. 불이 났어요."

"네에?"

미쓰기의 입에서 한심한 목소리가 튀어나왔다. 구루미는 개의치 않으며 미쓰기의 팔을 잡고 강제로 일으켜 세웠다.

"어디에 불이 났다는 말입니까?"

"여기 말고요. 창고에 불이 났어요."

몽롱한 머리로 창고 위치를 떠올렸다.

"분명 본채에서 수십 미터는 떨어진 곳에 있었죠? 거리가 있으니까 불길이 옮겨붙을 위험은 별로……."

"그래도 일단 대피해야죠!"

아직 돌아오지 않은 판단력을 겨우 가동한 결과 구루미의 말에 따르는 것이 최선이라는 생각이 들었다.

구루미의 부축을 받아 저택을 나오자 창고 쪽이 몹시 밝았다. 잠이 덜 깬 눈을 비빌 것도 없이 창고는 시뻘겋게 불타오르고 있었다. 채광창으로 붉은 혀가 널름거리며 밤하늘을 검은 연기로 물들였다. 열풍이 미쓰기가 있는 곳까지 불어닥치며 불꽃의 위력을 과시했다.

고지와 에쓰조와 사요코 모자가 멀리서 불타는 창고를 지켜봤다. 창고라고 해도 고가의 골동품류는 넣어두지 않았을 테고, 그 부분은 상속 재산을 조사하는 과정에서 미쓰기도 직접 확인했다. 전소하더라도 피해는 최소한으로 끝날 터다.

이윽고 멀리서 들려오는 사이렌 소리에 미쓰기는 마음이 놓였다.


다음 날, 창고가 불탄 자리에서 다케이치로와 기미코의 사체가 발견됐다.

2 첫 번째 너구리는
불에 타 죽고

# 1

혼조가 창고는 본채에서 30미터 떨어진 곳에 있다. 따라서 불길이 옮겨붙을 위험은 적었지만 마을 소방대가 늦게 도착한 데다 도로가 좁아 대형 소방차가 진입하지 못한 탓에 결국 창고는 거의 전소했다.

회반죽을 바른 건물이라고는 해도 보관하던 물건이 오래된 가구와 문서, 헌 옷으로, 불에 타기 쉬운 물건이라 더욱 빨리 연소됐다. 날이 밝은 뒤 현장 모습이 훤히 드러나자 창고는 벽 일부만 남기고 지붕과 내부는 거의 잿더미로 변해 있었다.

아직도 자욱한 흰 연기와 검은 연기, 그에 더해 진동하는 소화제 냄새가 한데 섞여 눈과 코를 따갑게 찔렀다.

미쓰기는 불현듯 구역질이 났다. 자극적인 냄새 속에 맡아서는 안 될 냄새가 섞여 있다는 생각이 들었다.

"사방의 벽이 열기를 가둔 데다 채광창과 환기구로 산소가 끊임없이 공급되니 창고 안이 완전히 안 타고는 못 배기죠. 그럴듯한 소각로가 만들어진 형국이에요."

연배가 있는 소방대원이 설명했는데 그렇게 완벽하게 타 버린 잿더미 속에 말도 안 되는 존재가 섞여 있었다.

미쓰기는 담은 작은 주제에 구경꾼 본능은 남달라서 보지 않아도 되는 현장을 굳이 들여다봤다. 자신의 집이 아닌 이상 파괴나 소실된 흔적은 마음을 들썩이게 했다. 그런데 경찰이 아직 도착하지 않아서 창고 안에 사람이 있으리라고는 아무도 예상하지 못했던 것이다.

"사람이 죽었어."

소방대원의 목소리에 멀찍이 둘러싸고 있던 구경꾼들 사이에 불온한 술렁임이 일었다. 미쓰기는 본능적으로 몸을 내밀어 목소리가 난 방향으로 시선을 돌렸고 상황을 확인하고 나서 맹렬히 후회했다.

간신히 사람 형태를 한 검게 탄 사체 두 구가 덮쳐오는 불꽃에 맞서듯 권투 선수처럼 두 팔을 올린 방어 자세를 하고 있었다. 성별도 나이도 판별할 수 없고 당연히 누구인지도 알 수 없었다.

조금 전에 맡은 냄새가 사람이 불에 탄 냄새였다고 깨달은 순간 본격적으로 욕지기가 위를 자극해 황급히 구경꾼 무리에서 뛰쳐나왔다.

그러나 이미 늦었다. 대나무 숲에 들어가기 직전, 미쓰기는 저택 정원에 요란하게 토했다.

―새삼 말하는 것도 바보 같지만.

인 씨가 참으로 기가 막히다는 듯 말했다.

―그 냄새를 맡은 순간 큰일 났다는 생각이 안 들던?

"들었어."

―네 녀석이 옛날부터 그로테스크한 것에 내성이 없다는 건 알았지. 참고로 군자는 위험한 곳에 가까이 가지 않는다는 속담 알지?

"애초에 난 군자가 아니거든."

―군자는커녕 애만도 못하지. 다섯 살 아이도 학습 능력이 조금은 있다고.

"그런데 누구와 누가 죽은 거지?"

후우. 어깨에 파인 흉터에서 숨이 새어 나왔다. 말할 것도 없이 인 씨가 내뱉은 한숨이었다.

―아까 모여 있던 구경꾼들 확인 안 했어? 다케이치로와 기미코 부부가 없었잖아.

"그럼 그 두 사람이……."

―……혼조 저택 부지 안에 있는 창고라고. 혼조가의 누군가

가 갇혀 있었을 거라고 생각하는 게 정상이야.

지금까지 상속에 얽힌 분쟁을 잔뜩 보고 들었지만 아직 사람이 희생된 사건은 접한 적은 없었다.

"동반 자살일까?"

―왜 하필 가장 가능성 없는 것부터 떠올리누, 이 바보는.

"살인이라니 불길하잖아."

―불길 같은 소리 하네. 네가 어젯밤에 몰리브덴 함량에 대해 한바탕 떠들고 나서 상속인들이 재산에 더욱 집착하기 시작했잖아. 잘하면 큰돈을 만질 수 있으니까. 그런 상황에서 자진해서 불구덩이로 걸어 들어가는 달관자가 저기 있다고?

"뭐, 없겠지."

―없는 정도냐? 유산은 피상속인의 유언이 없는 한 형제 수대로 등분해서 상속받게 되어 있어. 바꿔 말하면 상속인이 줄어들수록 한 명당 챙길 수 있는 몫이 는다는 말이야. 그건 부동산인 산도 마찬가지야.

더 설명하지 않아도 알았다. 다케이치로 부부가 살해됐다면 그 동기는 틀림없이 유산 때문이었을 터다.

"그럼 그 두 사람을 창고에 가둔 다음 방화했다는 말이야?"

―꼭 그렇다고만은 할 수 없지.

인 씨는 태연자약하게 말했다.

―가두려면 나름대로 계략을 짜야 하고, 창고의 존재를 아는

부부가 두 눈 뜨고 가만히 갇힐 리도, 저항하지 않았을 리도 없어.

"수면제로 재우거나 몸을 움직일 수 없게 하는 약을 쓰거나 묶어두지 않았을까?"

─수중에 수면제 같은 기똥찬 물건이 있다면 모르겠지만, 그건 귀찮은 작업이야. 강제로 제압하려면 약을 쓰거나 단단히 묶어야 하는 시간과 수고가 들지. 가장 편한 방법은 숨통을 끊은 뒤 창고에 불을 지르는 걸 거야.

"하지만 팔을 들고 방어하는 자세였잖아. 그건 불에 타 죽기 직전까지 살아 있었다는 증거잖아."

─너 오징어 구워 본 적 없어? 생물은 불에 타면 단백질이 변성돼서 젖혀지거나 오그라들거나 하잖아. 불에 탄 사체든 다른 원인으로 사망한 사체든 불에 타면 근육이 열 응고돼서 일단 관절부가 이리저리 꺾여. 그래서 그런 자세가 된 거야. 권투 선수 같은 자세라고 해서 불에 탄 사체에서 자주 볼 수 있는 현상이지. 그런 기본도 까먹은 거냐, 이 맹꽁아.

인 씨가 알고 있다면 자신도 언제 어디선가 문헌을 읽었을 텐데 도무지 기억나지 않았다. 또 다른 자신이 똑똑하다고 생각하면 좋을 텐데 늘 욕만 먹으니 열등감만 쌓였다.

"죽이고 나서 창고에 불을 지르는 게 무슨 의미가 있지? 상속인을 줄이는 게 목적이라면 죽이기만 하면 되잖아."

후우. 오늘 두 번째 한숨.

—머리 좀 굴려라, 머리 좀. 당연히 뭔가 증거를 없애려고 불을 질렀겠지.

"증거라니?"

—칼로 찔러 죽였다면 찔린 흔적으로 흉기를 특정할 수 있어. 끈 같은 걸로 목을 졸랐다면 이 역시 삭흔으로 흉기를 특정할 수 있지. 흉기가 뭔지 알면 자연히 용의자 특정으로 이어지겠지. 범인은 그걸 피하고 싶었던 거다.

"그건 어디까지나 인 씨의 추측이잖아."

—이런 깡시골 경찰이라도 의문사는 사법 해부로 보내. 조만간 결과가 나올 거야.

이윽고 사쿠 경찰서에서 허겁지겁 달려왔다. 지역 명사의 집에서 발생한 화재라는 사실만으로도 시골 경찰을 움직이는 요인이 되겠지만 전소된 창고에서 불에 탄 사체가 두 구나 나왔으니 당장 달려오지 않을 수 없었다. 그래서일까, 사쿠 경찰서 경찰이 도착한 직후에는 나가노 현경의 경찰차가 왔다.

그 이후는 인 씨가 예상한 대로 흘러갔다. 관할 경찰관이 현장에 직접 경찰 통제선을 쳤고, 블루 시트로 천막을 설치하면서 혼조가 관계자와 미쓰기는 집에 발이 묶였다. 조사가 끝날 때까지는 멋대로 이동하지 말라는 의미 같았다.

가장 늦게 온 사람은 히라기였다.

"제가 말했잖습니까."

얼굴을 마주하자마자 히라기가 미쓰기를 몰아세웠다.

"당신이 몰리브덴 이야기를 꺼내자마자 상속 다툼이 최악의 결과를 불러오고 말았어요."

"자, 잠시만요."

살인사건까지 자신의 탓으로 돌리니 참을 수 없었다.

"저는 상속감정사로서 당연히 해야 할 일을 했을 뿐……."

"아무리 그래도 타이밍이 너무 나빴어요. 감정사님을 역병신이라고 표현한 건 심한 언사였나 싶었는데 그 말을 하자마자 하루아침에 이 지경이 되고 말았다고."

히라기는 마치 미쓰기가 범인이라도 되는 것처럼 그를 비난했다.

"저기 말이에요, 변호사님. 저도 조사가 끝날 때까지는 외출하지 말라는 말을 들었습니다. 피해자 중 한 명이에요. 히라기 변호사님이야말로 저보다 훨씬 더 혼조가와 관련 있는 관계자 아닙니까."

"그렇긴 하지만 사건과는 무관해요. 창고에서 불이 날 즈음에는 변두리에 있는 내 집에 있었으니까."

히라기의 집이자 사무소는 혼조가에서 자동차로 한 시간 이상 걸리는 곳에 있다. 집에 있었다는 사실을 증명한다면 확실히 견고한 알리바이가 있다고 할 수 있다.

"불이 난 시각 등 밝혀진 게 있습니까?"

"소방대장과는 친한 사이거든요. 6월 10일, 그러니까 오늘 새벽 1시 넘어서 신고가 들어왔다고 하네요. 현경도 그 사실을 바탕으로 그 시간대에 알리바이가 없는 관계자를 조사하는 듯하고요."

"불에 탄 사람이 정말로 다케이치로 부부입니까? 혹시 다른 사람 아니에요?"

"둘 다 방에 없고 근처에서 모습을 찾을 수 없다고 하더군요."

히라기는 미간에 주름을 잡은 채 미쓰기를 쏘아봤다.

"사체가 저렇게 탔지만 DNA 감정이나 치과 기록 대조로 본인인지 아닌지는 금방 나올 겁니다. 현경 쪽에서도 검시가 끝나는 대로 시신을 의대 법의학교실로 보낸다고 들었어요."

그 까맣게 탄 사체를 이번에는 해부한다니. 그 광경을 상상하는 것만으로도 속이 다시 울렁거렸다.

"감정사님. 경찰 수사가 시작되기 전에 확인해 두고 싶은데."

"네, 말씀하세요."

"설마 당신이 한 짓은 아니겠지?"

"아, 정말 이러시기입니까?"

농담조로 대답했지만 히라기의 눈은 웃지 않았다. 미쓰기가 당황해 고개를 저었다.

"저, 저기 말입니다. 경찰은 관계자라고 지칭했지만 전 정말 관계없습니다. 상속인도 아닌 제가 다케이치로 부부를 죽여서 무슨 이득을 본답니까?"

"직접 이득은 없겠지만 상속인 중 누군가의 의뢰를 받았다면 이야기는 달라지지. 예컨대 장녀 사요코 모자. 당신은 그 모자를 몹시 동정하는 것 같았는데 사요코 씨에게 사례금을 받고 상속인들을 없애 달라는 부탁을 받았다거나…….."

"농담이라도 그런 말 마세요, 정말로. 형사님이나 다른 사람이 듣고 진짜인 줄 알면 어떡합니까."

"벌써 그럴 가능성까지 염두에 뒀을걸. 아무리 시골이라도 경찰은 경찰이에요. 절대로 무능하지 않죠."

무능하지 않은 것과 미쓰기를 용의선상에 올리는 것이 무슨 관계가 있는지. 반박하고 싶었지만 자신의 언변으로는 보란 듯이 반박할 수 없다는 생각에 의욕이 꺾였다.

"믿어 주세요. 제가 아무런 관계도 없는 사람을 죽이고 불이나 지르는 그런 남자로 보입니까?"

"잔인해 보이지는 않지만 우유부단하고 여색에 약한 남자로는 보이는군요."

"무슨 그런 말씀을."

"제 눈에 그래 보일 정도니 의심하는 게 직업인 경찰에게는 더더욱 그래 보일지도 모르죠."

"아이고."

"저로서는 감정사님을 믿을 수밖에 없어요. 여자의 유혹에 휘둘릴 것 같기는 하지만 그렇다고 사람을 죽일 만한 배짱이 있어 보이지는 않거든요. 다만, 경찰이 끈질기게 따라붙으면 분할 협의에 지장을 줄 우려가 있으니 의심받을 만한 행동은 엄중히 자제해 주세요."

어째서 자신이 의심받지 않도록 애써야 하는지 모르겠지만 히라기의 명령을 거스를 수는 없었다. 미쓰기는 본의와 다르게 고개를 끄덕였다.

히라기에게서 벗어나자마자 곧바로 셔츠를 젖히고 인 씨에게 말을 걸었다.

"왜 당연히 내가 의심스럽다는 말을 들어야 하는지 모르겠어."

─유산 상속 관계자인데 당일 알리바이가 없으면 당연히 용의선상에 오를 수 있겠지. 동기니 뭐니 하지만 멍텅구리라면 그 여자의 꼬임에 넘어가도 이상하지 않아. 히라기 아저씨, 사람 보는 눈이 정확하네.

"인 씨까지 그렇게 말하기야?"

─다들 네가 기회주의자 같고 미덥지 못하고 무슨 생각하는지 모를 사람이라고 생각하니까. 게다가 동정 냄새가 나서 기분 나빠.

"마지막 말은 뭐야."

─넌 돈 관련 일을 하면서도 남을 너무 믿어. 사람을 믿고 축복하는 사람은 신부나 목사 정도야. 아, 그리고 호구 잡은 사기

꾼도.

"무슨 뜻이야. 내가 사람을 너무 믿는다니."

―너 히라기를 티끌만큼도 의심하지 않잖아. 처음부터 의심 인물에서 제외했지?

"자동차로 한 시간 넘게 걸리는 곳에 살잖아."

―불을 지른 시간과 사망 추정 시각이 꼭 같다고만 할 수 없지. 어젯밤 상황쯤은 아무리 닭대가리라도 기억하겠지?

어젯밤에는 생각지도 못하게 상속 재산이 늘어날 전망에 기분이 좋아져서 다케이치로가 작은 잔치를 벌였다. 시간이 지날수록 그들은 곤드레만드레 취하기 시작했고 이윽고 완전히 기분 좋은 모습으로 각자 방으로 돌아갔다. 운전해야 하는 히라기도 제법 마신 것으로 기억했다. 그날 히라기는 택시를 불러 집으로 돌아갔다고 했다.

―다들 자기 방에 들어가 있었는데 다케이치로 부부나 히라기가 어디서 뭘 했는지 증언할 수 있는 놈이 과연 있을까. 다케이치로 부부를 창고 안에서 죽여 놓고 시한식 발화 장치를 이용해 방화하는 방법도 있어.

"시한식 발화 장치?"

―장치를 준비해 놓고 창고에서 나온 뒤 몇 시간 후에 불을 붙이는 거야. 그때 범인은 멀리 떨어진 곳에 있지. 알리바이를 만드는 데 고전적이고도 간단한 방법이야.

"그건 어떤 장치야?"

─그걸 내가 어떻게 아냐.

인 씨는 또 어이없다는 듯 말했다.

─중요한 사실은 장치 같은 게 아니라 다케이치로 부부가 언제 어떤 식으로 살해됐느냐야. 그 내용에 따라 필요한 정보가 달라지고 네가 주장해야 할 내용도 달라질 거야.

"하지만 경찰이 사건 관계자에게 수사 정보를 알려 주지는 않잖아."

미쓰기는 불안에 사로잡혔다. 터무니없는 의심을 받고서 기분 좋을 사람은 없고, 까딱 잘못 말했다가는 더욱더 용의자 취급을 받을 가능성도 있다. 애당초 스스로를 지킬 만한 언변이나 처세에 자신이 없기에 물건을 감정하는 직업을 선택한 것이다.

"수사 정보 같은 걸 어떻게 얻는다는 거야."

─한심한 소리 좀 하지 마. 내게 조금 생각이 있어.

"……나쁜 계략은 아니겠지?"

─네 몸을 지키려는 방책이야. 잘 들어, 지금부터 내가 하는 말을 하나도 빼먹지 말라고. 밥통아.


자신의 방에서 대기하기를 두 시간, 형사 두 명이 모습을 드러냈다.

"상속감정사란 특이한 직업이군요."

처음 말을 건 사람은 나가노 현경 형사부 수사1과의 후지시로 라는 형사였다. 건네받은 명함에 순사부장*이라고 적혀 있었다. 미쓰기와 비슷한 또래였는데 처음부터 눈빛이 사나웠다. 사람을 의심하는 게 전문이라고 해도 지나치게 노골적이지 않은가.

다른 한 명은 20대 중반으로 보이는 남자로 이와마라고 소개했 다. 겉보기에는 후지시로의 보조 역이었지만 역시 시선에 의심 이 가득해서, 마치 자신이 지명수배범이 된 듯한 착각이 들었다.

"그러니까 저기, 상속감정사라는 직업은 말입니다……."

미쓰기의 설명을 전부 들은 후지시로는 이해한 얼굴로 고개 를 끄덕여 보였지만 여전히 의심 가득한 시선을 숨기지 않았다.

"어젯밤 자초지종은 히라기 고문 변호사한테 들었습니다. 무 엇보다 혼조가가 소유한 산에 유망한 자원이 매장되어 있다고 미쓰기 씨가 발표하자마자 분위기가 단번에 변했다던데요. 그 리고 잔치가 열린 직후에 사건이 일어났다라."

미쓰기 때문에 살인이 일어났다는 듯한 말투였다.

"창고 안에서 불에 타 죽은 사람은 역시 다케이치로 씨와 기 미코 씨입니까?"

"슬슬 부검이 시작될 때니 나중에 결과를 알려드리겠습니다. 하지만 부부가 아직도 모습을 드러내지 않는 점으로 보아 분명

---

* 한국 경찰의 경사 계급에 해당하는 일본 경찰의 계급.

그 두 사람이겠죠."

분명, 이라는 한마디에 힘이 실렸다.

"이로써 상속인이 한 명 줄었으니 그만큼 나머지 사람에게 상속 재산이 많이 돌아가겠지. 살인 동기로 이보다 강력한 것은 없을 거예요. 정말이지 죄를 지으라고 고사를 지냈군."

넌지시가 아니라 명확히 미쓰기의 직업을 비난했다.

농담이 아니었다. 애초에 몰리브덴 매장은 인 씨가 지질조사를 떠올린 데서 비롯됐다. 어째서 자신만 불합리하게 비난받아야 하는가.

"상속 재산의 가치를 감정하는 일이니 저를 탓하지 마세요. 게다가 제가 수사 진척을 도울 수 있을지도 모릅니다."

두 형사가 의아한 표정을 지었다.

"한 가지 여쭙고 싶습니다만 형사님들은 저를 용의자 중 한 사람으로 보십니까?"

"······현재로서는 어젯밤 집 안에 있던 사람은 모두 참고인입니다. 전속 요리사인 사와자키 씨와 가정부인 스즈하라 구루미 씨도 마찬가지. 특정 인물을 의심하지는 않습니다."

"방금 유산 상속 말고 더 강력한 동기는 없다고 말씀하셨잖아요."

"그야 뭐."

"이 자리에서 말씀드리지만 제가 상속인 중 누군가의 부탁으로 두 사람을 살해했다는 추리는 현실성이 지극히 떨어집니다."

"호오. 이유는?"

"청부살인이라는 건 자동으로 공범자를 만드는 일이니까 모처럼 많은 유산을 상속받더라도 공범자에게 평생 갈취당할 위험이 있죠. 심한 경우에는 자신의 몫을 전부 빼앗길 수도 있습니다. 정말로 욕심 그득한 사람이라면 그런 불리한 방법을 선택했을까요?"

"일리가 있군요."

여유가 넘치는 척하지만 내심 조마조마했다. 하나부터 열까지 인 씨가 시킨 대로 후지시로에게 말했지만 어디까지 통할지는 미쓰기의 언변에 달려 있었다.

"저에 대한 혐의가 옅어진 시점에서 부탁이 있는데, 저나 히라기 변호사님에게 수사 정보를 흘려 주시면 좋겠습니다."

입을 열려는 후지시로를 미쓰기가 재빨리 가로막았다.

"제대로 된 이유가 있습니다. 저는 히라기 변호사님의 의뢰로 상속 감정을 맡고 있는데 업무 중에는 상속인에게 가장 적절한 조언을 해 주는 것 외에도 상속 발생 후 절차와 유산 분할 협의를 지원하는 일까지 해요. 따라서 사건이 조속히 해결되지 않으면 유산 분할 협의 진행에도 지장을 줄 겁니다. 변호사님도 저도 혼조가의 상속 문제에만 시간을 빼앗기는 건 전혀 바라는 바가 아니고요."

"꽤 그럴싸한 제안이군요. 히라기 변호사에게 의뢰를 받았다면 미쓰기 씨도 비밀보호 의무라는 말을 잘 알겠죠."

"물론입니다. 그러니까 수사상 숨겨야 할 정보 같은 것은 말고 언론이 보도해도 상관없는 범위 말입니다. 부검 보고서라든지 감식 보고서라든지."

"그건 완벽한 수사 정보 누설 아닌가."

"하지만 말입니다, 만에 하나 상속인 중 누군가가 용의자로 체포되면 혼조가의 고문인 히라기 변호사님이 변호인이 되겠죠? 공판에 들어가면 수사자료는 변호 측에도 다 넘어갈 겁니다. 어차피 그럴 거라면 공판 전에 알려 주나 나중에 알게 되나 마찬가지 아닙니까."

후지시로는 불쾌한 듯 얼굴을 찌푸렸지만 마음을 다잡은 듯 미쓰기를 유심히 살폈다.

"아까 수사 진전에 도움을 줄 수 있다고 했죠?"

"그와 관련된 정보를 제공하는 게 거래 조건이라고 생각하시면 되겠습니다."

"어젯밤에 뭔가 중요한 사실을 목격하거나 듣기라도 했습니까?"

"아아, 그건 전혀 아닙니다. 맥없이 술에 잔뜩 절어서 잠들었는데 구루미 씨가 깨워서 정신을 차렸을 때는 이미 불길이 치솟고 있었거든요."

"그럼 우리에게 무엇을 제공할 수 있다는 겁니까."

"혼조가 소유의 산에 얼마나 많은 몰리브덴이 매장되어 있는지, 자산 가치가 총 얼마나 되는지. 상속 감정에 추가 조사가 필요해서 결과가 나올 때까지 상속인들은 제정신이 아닐 겁니다."

"뭐, 그렇겠죠."

"저는 결과를 누구보다 먼저 알 수 있는 위치에 있습니다. 상속 재산이 궁금한 사람은 제게 접근하려 하겠죠. 실제로 어젯밤 연회 자리에서도 그런 움직임이 있었거든요."

"상속인이 접근해서 유익한 정보를 당신한테 흘린다는 말입니까?"

"인간이란 어지간해서는 돈 관련 이야기하기를 꺼리죠. 특히 형사님 앞에서는."

후지시로는 불쾌한 얼굴로 입을 다물었다. 이 상황에서 깔리는 침묵은 기대감을 수반했다. 거절할 생각이었으면 즉시 답했을 테니.

"잘 생각해 보세요. 형사님들이 말씀해 주시는 정보들은 언제가 됐든 나중에 법정에서 공개될 정보예요. 하지만 제가 넘길 정보는 저만 아는 정보죠."

몹시 오만한 말투였지만 이 또한 인 씨의 작전이었다. 협상할 때는 위압적인 태도가 딱 좋다며 인 씨가 바람을 넣었다.

고민하던 후지시로의 시선이 갑자기 떨어져 나갔다.

"지금껏 몇백 명을 조사하면서 사람 보는 눈을 좀 키운 줄 알았는데 아직 멀었군. 미쓰기 씨, 어리숙한 얼굴로 꽤 무자비한 거래를 하는군요."

"칭찬입니까?"

"글쎄요, 어느 쪽이려나. 아무튼 또 이야기를 들으러 올 테니 그때 잘 부탁합니다."

후지시로와 이와마가 방을 나간 뒤에도 미쓰기는 맹장지 문 틈으로 고개만 내밀고 동정을 살폈다. 두 사람의 모습이 멀어지자 그제야 맹장지 문을 닫고 안도의 한숨을 내쉬었다.

"후우, 떨렸어."

ㅡ그깟 대화로 떨리다니 도대체 얼마나 쫄보인 거야. 앞으로 계속 상대해야 하는데.

"그야 인 씨는 아무 걱정 없겠지. 늘 숨어 있을 뿐, 실제로 말하는 사람은 나니까."

ㅡ호오. 그럼 내가 직접 저 사람들 앞에서 떠들까? 적어도 너보다는 달변일 거다.

"……방금 한 말은 취소. 하지만 정말 이걸로 된 걸까? 상호 협력 약속까지는 받아내지 못했는데."

ㅡ까딱하면 복무규정에 어긋날 만한 이야기야. 그걸 그 자리에서 바로 결정할 수 있겠어? 도대체 네 머릿속엔 뭐가 들었냐.

"하지만."

─자, 상황을 봐. 그 대답은 스트라이크 존으로 들어 온 공을 놓친 말투가 아니었어. 십중팔구 받아치러 올 거야. 그게 어떻게 되돌아올지는 모르지만.


## 2


우려한 만큼 의심받지는 않았는지 아니면 협상이 빛을 발했는지 사쿠마 마을을 벗어나지 않는다면 계속 일해도 좋다는 답이 후지시로에게서 돌아왔다. 불이 난 창고만 아니면 어디든 들어가도 좋다는 허가도 받았다.

사건의 추이가 어떻든 감정 일은 계속하고 싶었다. 미쓰기는 '후루하타 상속 감정'을 통해 더욱 자세한 지질조사를 민간회사에 의뢰해 뒀다. 사흘 후 조사비용 견적을 내준다는 듯했다. 미쓰기로서는 그때까지 산림 조사를 되도록 많이 진행해 두고 싶었다.

예보로는 강수확률 60퍼센트. 배낭에 우의를 챙기고 방을 나왔다.

"아, 벌써 외출하세요?"

현관으로 향하던 미쓰기를 구루미가 발견했다.

"오늘도 산을 보러 가시나요? 그럼 도시락 가져가세요."

"매번 감사합니다."

"아니에요, 손님이 계시는 동안 세 끼 모두 챙겨 드리라고 하셨거든요."

"수사 관계자도 손님에 해당합니까?"

"형사님들은 저기 그러니까, 초대받지 못한 거시기라서요."

구루미는 목소리를 낮춰 말했다.

"고지 씨나 다른 분들은 소금을 뿌리라는 둥 소란을 피웠을 정도거든요. 죄송하지만 그분들은 이웃 마을 편의점까지 원정을 다녀야 해요. 저나 사와자키 씨는 전혀 상관없지만 말이에요."

"그래도 구루미 씨나 사와자키 씨도 힘드시잖아요. 날마다 하는 일에 경찰 조사까지 받아야 하니."

조사라는 말을 들은 구루미의 얼굴이 어두워졌다. 일일이 솔직하게 반응하니 그런 이야기를 나누어도 마음이 편했다. 설령 그것이 일상에서 일어난 범죄 수사에 관한 이야기일지라도, 아니, 비참한 사건이 벌어지는 중이기에 오히려 안정감이 절실했다.

"어젯밤에는 다들 술을 많이 드시고서 방으로 돌아갔어요. 마지막으로 불 점검과 문단속은 제 담당이어서 어제는 어땠느냐고 꼬치꼬치 캐묻더라고요."

"아아, 그러고 보니 저를 깨운 사람도 구루미 씨였죠."

"어땠냐고 물어도, 다들 잠들어 있었고…… 예외는 사와자키 씨뿐이었어요."

"사와자키 씨는 깨어 있었습니까?"

"저와 사와자키 씨는 술을 마시지 않아서 취하지도 않았으니까요. 창고에서 불이 난 것을 가장 먼저 발견하고 소방서에 신고한 사람도 사와사키 씨예요. 그분이 절 깨워 주기도 했고요."

"가장 먼저 발견했다고요? 그러면 경찰과 소방서로부터 질문 세례에 엄청 시달렸겠어요."

"절대 놓아주지 않더라고요. 그래서 오늘 아침부터 식사 준비가 계속 늦어져서⋯⋯."

면목 없다는 듯 말했지만 구라노스케가 떠난 직후 장남 부부마저 사망한 혼란스러운 상황에 식사를 챙겨 주는 것만으로도 대단하다며 감탄했다.

"경찰 조사는 처음이었는데 정말이지 같은 질문을 몇 번이나 하던지⋯⋯. 저는 사람들을 깨우러 다녔을 뿐인데 몇 시에는 어느 방에 갔냐, 사람들 주량은 각자 얼마나 되냐. 전담 간호사도 아닌데 그런 것까지 기억할 리 없잖아요."

의심을 그대로 드러내던 후지시로와 이와마의 시선을 떠올렸다. 그 시선이 미쓰기에게만 향한 것이 아니라면 그들의 공정성만은 칭찬해야 마땅했다.

문득 구루미를 보니 얼굴을 감추듯 고개를 숙이고 있었다. 그제야 비로소 그녀가 겁에 질렸다는 사실을 깨달았다.

이래서 자신은 눈치 없는 사람이라고 반성했다. 살인으로 의심되는 사건이 발생했고, 심지어 한 지붕 아래에 범인이 있을 가능성이 컸다. 이 사실에 겁먹지 않을 여자는 드물 것이다.

"겨우 어제 잔치를 했는데 아직도 믿기지 않아요. 다케이치로 씨 부부가 그렇게 돌아가시다니."

"······혹시 화재 현장을 봤습니까?"

"사체가 있으리라고는 상상도 못 했으니까요······. 큰일이에요. 잊으려고 해도 금방 또 떠올라 버려서. 감정사님은 어떠셨어요?"

"저는 뭐, 어떻게든 했죠."

"대단하시네요. 미덥지 못해도 역시 남자······ 앗, 죄송해요."

불에 탄 사체를 보자마자 요란하게 토했다고 자백할 수 없는 상황이 됐다. 다음 말을 잇지 못하자 구루미가 말했다.

"그런 거에 진짜 약해요. 익숙해지지 않는달까, 트라우마랄까."

"설마, 전에도 비슷한 일이 있었습니까?"

"전에는 고양이였지만요. 초등학생 때 귀여워했던 고양이가 있었는데 학교 갔다가 돌아오니 안 보였어요. 어두워질 때까지 샅샅이 뒤졌는데 그래도 못 찾았어요."

"고양이는 변덕스러운 동물이니까요."

"우리 고양이, 불에 타 죽었어요."

몹시 고저 없는 목소리였다.

"아침에 현관 앞에 놓여 있었어요. 까맣게 탄 고양이가. 정성스럽게 풀어 놓은 목줄이랑 같이요."

"누가 그런 짓을 했답니까."

"글쎄요. 자기가 했다고 스스로 나설 사람은 없으니까요. 소문으로는 혼조가의 둘째나 셋째 아들 짓일 거라고 하더군요."

"네? 고지 씨나 에쓰조 씨요?"

"당시에 둘 다 그런 소문이 끊이지 않던 사람들이었거든요."

고지는 몰라도 성실해 보이는 에쓰조까지 그런 나쁜 짓을 저지르고 다녔다니 상상하기 어려웠다.

하지만 잠시 뒤 생각을 고쳤다. 초등학교나 중학교 때 자신의 주변에도 못된 짓을 하던 아이들이 양손을 꼽고도 모자를 정도였다. 그런데 20년이나 지나 다시 만나서 보면 모두 멀쩡하고 상식적인 어른으로 자라 있었다. 어릴 적 저지르는 나쁜 짓은 어쩌면 홍역 같은 것일 수도 있다. 그런 맥락에서 생각하면 소년 시절 에쓰조가 했던 짓을 이해하지 못할 것도 아니었다.

"아직도 잊히지 않아요. 고양이한테 등유를 뿌렸는지 새까맣게 타고 나서도 기름 냄새가 심했어요. 자세도 이상하게 비틀렸고요. 그래서 두 사람의 사체를 봤을 때 동물은 다 똑같구나 하고 바보 같은 생각을 했어요."

구루미는 한기를 느낀 듯 스스로 양어깨를 감싸 안았다.

아차 했을 때는 이미 늦었다.

나쁜 버릇이었다. 앞에 있는 사람의 기분을 배려하지 않고 생각한 대로 말하고 상대가 말하는 대로 내버려 두는 것. 상대가 눈물을 흘리거나 괴로운 심정이리라 예상해도 저지하지 않는다. 그런 점이 눈치가 없다는 평을 듣는 이유일 테고 친한 친구를 만들지 못하는 이유였다.

"저는 혼조가에서 일한 지 오래됐어요. 고등학교를 졸업하고 얼마 지나지 않아서였으니까 햇수로 6년이네요. 이제 이 집안 식구들한테도 제법 익숙해지고 내 집처럼 마음이 편한 것 같기도 하다고 생각했는데. 이런 사건이 일어나니 좀."

이야기가 점점 무거워져서 미쓰기가 끼어들었다.

"히라기 변호사님한테 혼이 났어요. 제가 몰리브덴 같은 걸 발견하지 않았다면 상속 다툼도 이렇게 과열되지 않았을 거라고. 생사람 잡는다 싶었죠."

"생사람 잡는 게 아니긴 하죠."

구루미는 조금 원망스러운 듯했다.

"다투는 금액이 클수록 싸움도 치열해지잖아요. 그 산이 그냥 평범한 산이었다면 이런 피비린내 나는 사건으로 이어지지 않았을 거예요."

"구루미 씨까지 그런 소리를 합니까?"

"감정사님이 나쁘다는 게 아니에요. 하지만 계기를 만든 사람은 분명 감정사님이죠."

미쓰기는 구루미에게 주먹밥을 받고서 혼조가를 나섰다. 산길에 들어설 무렵 또다시 오른쪽 어깨가 꿈틀거리기 시작했다. 인 씨의 밉살맞은 입이 떠들어댈 전조였다.

"하고 싶은 말이 있나 보네."

셔츠를 젖히자 곧바로 인 씨가 삼백안으로 미쓰기를 쏘아봤다.

—아직 말하기 싫어.

"아직이라니 무슨 소리야."

—여전히 둔하다니까. 그러니까 이날 이때까지 솔로지.

"이야기가 갑자기 왜 거기로 튀는데."

—아까 구루미가 한 말 말이야. 여러모로 흥미로운 정보를 제공했는데 네 녀석은 아무것도 파고들지 않았잖아.

"그도 그럴 것이 딱하잖아. 초등학생 때 생긴 트라우마 이야기라고. 떠올리기만 해도 그렇게 겁에 질리던걸. 거기서 더 파고들라니 도대체 얼마나 비정한 놈이 되라는 말이야."

—더 비정한 놈이 있다는 걸 잊었어? 고양이가 아니라 사람을 둘이나 죽였다고. 게다가 그놈은 상속인 중에 있을 가능성이 커.

"파고들라니 무엇을 어떻게 파고들라고?"

—너한테 그런 임기응변을 기대한 내가 잘못이지. 이런 놈을 어디다 써먹을꼬.

인 씨의 잔소리는 그로부터 12분 동안 이어졌다. 팔 할이 미쓰기에 대한 욕, 나머지 이 할이 과거 발생한 방화 살인의 사례 검토였는데 어느 쪽이든 기분 좋은 이야기는 아니었다. 기분이 상당히 처질 무렵, 목적지인 산림의 경계가 점점 모호해졌다.

지적측량도는 백지에 소유 물건의 형상과 면적, 인접지와의 위치 관계를 나타낸 도면인데 산림은 여느 토지와는 달리 건조물도 없고 초목만 우거져서 번번이 경계가 불분명해졌다. 보통 경계표라고 불리는 말뚝을 경계의 절점에 설치해서 기준으로 삼고 각각의 경계표를 연결해 경계선을 만들었다.

미쓰기가 당황한 이유는 기준이 되는 경계표를 찾을 수 없기 때문이었다. 경계표는 보통 바람과 눈을 견디려고 금속이나 플라스틱 같은 튼튼한 재질로 만드는데 혼조가가 소유한 산의 경계표는 나무판으로 만들어졌다. 게다가 오랜 세월 사용되면서 썩었는지 땅에 묻혔는지 어디 있는지조차 알 수 없었다.

난감해서 이러지도 저러지도 못하는데 좁고 험한 산길을 내려오는 남자의 모습이 눈에 들어왔다. 농사일하는 사람인지 들일을 하는 차림새였다. 마을 일은 마을 주민에게 묻는 것이 제일이다. 미쓰기는 붙임성 좋게 남자에게 다가갔다.

"말씀 좀 여쭙겠습니다. 산의 경계선이 어디인지 알려 주실 수 있나요?"

남자는 미쓰기를 머리끝부터 발끝까지 훑더니 의심스러운 표정을 감추지 않았다.

"이 동네에서 못 보던 얼굴인데?"

"근방의 산림을 조사하는 사람인데요……."

"아아, 구라노스케 씨네 산을 평가한다고 타지 사람이 온다더니 당신이구만."

아무래도 혼조가의 유산 분할 협의 이야기가 널리 소문이 난 모양이다. 남자의 말투가 그다지 호의적이지 않다는 사실을 눈치챘지만 대화를 그만둘 수도 없었다.

"가치 평가라고 하시면, 뭐 맞습니다. 혼조가가 소유한 산을 확인하고 싶은데 말뚝이 어디 있는지 보이지 않네요."

남자는 한동안 미쓰기를 노려보다가 이내 콧방귀를 뀌더니 손에 들고 있던 낫 끝으로 산길 위쪽을 가리켰다.

"저기 호코라*가 보이지?"

남자가 가리킨 곳에 호코라 같아 보이는 것은 없었고 뚫어지게 쳐다보니 개집 무너진 것 같은 흔적이 보였다.

"호코라 앞에 낡은 말뚝이 박혀 있어. 그 말뚝 너머가 혼조가네 산이야."

"저게 호코라인가요?"

"원래는 번듯했지. 그런데 다케이치로 씨가 그 집안 산에 이

---

* 길가나 대형 신사 경내에 있는 소형 신사.

딴 거 만들지 말라며 부숴 버리는 바람에 지금은 저 모양으로 흔적만 남았어."

"부숴 버렸다니…… 호코라를 말입니까?"

"아무리 대단한 존재라도 신앙심 없는 자의 눈에는 보잘것없는 오두막으로만 보이나 보지."

몹시 빈정거리는 투였다.

"다케이치로 부부가 불에 타 죽었담서?"

"아. 아뇨, 아직 다케이치로 씨 부부라고 결과가 나온 건 아닙니다."

"그 남자라면 불타 죽어도 싸지, 고것 참 깨소금 맛이다."

"그런 말은 너무 대놓고 하지 않는 게 좋을 것 같은데요."

"응? 뭐야, 그 집에 고용됐다고 편드는 거야?"

"죽으면 다 부처*라고 하지 않습니까."

"예외도 있는 법이야. 다케이치로가 바로 그런 인간이지. 그 화상 장례는 언제누?"

"경찰에서 시신을 인수하고 나서라고 들었습니다."

"혼조 집안 사업에 밥줄 걸린 놈들이 적지 않으니 장례는 성대하겠지만 진심으로 점잖게 애도하는 조문객은 한손에 꼽고도 남을걸? 마음 같아서는 관에 오줌을 휘갈기고 싶어 할 놈이 있

---

* 착한 사람도 나쁜 사람도 죽으면 모두 평등하다는 것을 의미한다.

어도 이상하지 않아."

이야기를 듣기만 해도 불온한 느낌이 더욱 심해졌다. 남자가 주변을 신경 쓰지 않고 거리낌 없이 지껄이는 이유는 누가 들어도 상관없다고 생각하기 때문이리라.

"그 빌어먹을 자식은 말이야. 젊었을 때부터 자기는 혼조가의 대를 이을 후계자라며 제멋대로 구는데 아주 가관도 아니었어. 마을 사람들이 그 집안 회사에 고용된 몸이라는 걸 기회 삼아 나이 어린 아가씨에게 손을 대는 둥 남의 마누라를 마음에 품는 둥 뇌가 다리 사이에 달렸나 싶은 놈이었지. 그놈이 전 마누라랑 헤어진 이유도 절반은 여자 밝히는 남편한테 오만 정이 다 떨어져서잖아."

"나머지 반은요?"

"기미코가 매일 같이 못살게 굴었으니까."

"매일 같이라니…… 설마 전 사모님과 기미코 씨가 같이 살았다는 말입니까?"

"뭐야, 몰랐어? 본부인인 히와 씨가 버젓이 있는데 다케이치로가 기미코를 첩으로 삼고 당당하게 집으로 끌어들였다고. 천성이 온순한 히와 씨가 그 요망한 악녀를 당해낼 재간이 있나. 옆에서 보면 다케이치로와 기미코 둘이서 히와 씨를 못살게 굴어서 내쫓으려고 작정한 것 같았어. 견디다 못한 히와 씨는 혼조가를 뛰쳐나갔지. 아아, 덧붙여서 말일세. 다케이치로가 여자에게만 못된 짓을 한 건 아니야."

"더 있다고요?"

"그럼. 다케이치로라는 인간은 악행 종합 세트였으니까. 본래 혼조 가문은 이 일대 산림의 주인이어서 여기 사는 사람은 대부분 그 집에 목줄 잡힌 고용인이야. 즉 왕과 하인이지. 그 자식이 일으킨 교통사고의 책임을 직원에게 떠넘기거나 술김에 여자를 건드려도 항상 구라노스케 씨가 묵인하니까 악행이 점점 더 심해졌어. 그놈한테 쓴맛을 본 사람을 세자면 두 손 두 발을 다 써도 한참 모자랄 지경이라니까."

"그런데 사쿠마 마을 경제는 혼조가의 사업으로 돌아가잖아요."

"그래서 그 집안 사업이 기울면서부터 분위기가 이상해졌어. 불평불만은 대체로 경기가 나빠지고 나서야 수면 위로 떠오르거든."

남자는 상스러운 웃음을 띠더니 미쓰기의 어깨에 친한 척 손을 얹었다.

"마을 사람들이 당신 소문을 내고 있는데. 어떤 소문인 줄 알아?"

"아뇨."

"유산 가치를 평가하러 오자마자 곧바로 다케이치로가 꼴까닥했잖아. 당신은 그야말로 복신이라나 뭐라나."

남자는 유쾌한 일이 더는 없다는 얼굴로 떠났다.

역병신에서 복신으로 다시 격상된 미쓰기는 찝찝한 마음을 삭였다. 스스로 외부인이라고 생각했지만 히라기와 마을 사람에게는 그렇지 않은 모양이다.

—여어, 복신님.

이럴 때만 신이 나서 놀려대는 존재가 바로 인 씨였다.

—기뻐해야지. 단번에 마을 영웅이 됐는데.

"……재밌냐?"

—그야 남의 일이니까.

"일심동체 아니었어?"

—이심동체거든.


아니나 다를까 산림 조사 도중부터 비가 내리기 시작했다. 우의로 갈아입고 나서부터는 빗방울이 피부에 느껴질 정도로 후드득 떨어졌다. 하늘을 올려다보니 자못 무거워 보이는 구름이 낮게 깔려 있었다.

빗줄기가 곧바로 속도와 기세를 높이며 억수같이 쏟아졌다. 우의를 입었는데도 피부가 따가울 정도로 강한 빗발이었다. 그런데 익숙하지 않은 산길이라서 다리가 마음대로 따라주지 않았다. 길에 패인 구덩이나 잡초가 앞길을 방해했다. 우물쭈물하는 사이에 우의 틈새로 미지근한 빗물이 새어 들어왔다. 이대로는 저택에 도착하기 전에 물에 빠진 생쥐 꼴이 되고 말 것이다.

막 체념하던 그때, 앞이 보이지 않을 정도로 쏟아지던 빗줄기 너머로 자동차 한 대가 다가왔다.

경찰차였다.

좁은 산길 어귀에 멈춘 차가 헤드라이트를 켰다. 다가가서 운전석을 확인하니 후지시로가 운전대를 잡고 있었다.

타, 하고 손짓했다.

조수석 문을 여니 후지시로뿐이었다. 이와마나 다른 동승자는 없었다.

"제가 타면 시트가 젖을 텐데요."

"괜찮습니다. 문을 계속 열고 서 있으면 안 젖어도 될 시트가 더 젖겠죠. 빨리 탔으면 좋겠는데."

그의 말에 조수석으로 몸을 밀어 넣고 허둥지둥 우의를 벗었다.

"덕분에 살았습니다. 이렇게 퍼부어 대서 어떻게 돌아가나 싶었는데……. 저택까지 태워 주시는 거죠?"

"물론입니다. 다름 아닌 미쓰기 씨를 픽업하려고 여기까지 차를 끌고 왔으니까요."

"이거 참 고맙습니다."

"그쪽이 한 제안에 답하기 위해 나온 겁니다. 절대로 마중 나온 게 아닙니다."

"……그러시겠죠."

"우선 대답부터 하죠. 하겠습니다. 저도 허용 범위 안에서 수사 정보를 공개하죠. 미쓰기 씨가 넘기는 정보와 교환하겠습니다."

후지시로가 혼자서 온 이유가 짐작이 갔다. 자동차 안은 밀실이다. 사람들을 따돌리고 대화를 나누기에 이만큼 적절한 장소는 없다.

"이와마 형사님에게는 비밀입니까?"

"복무규정 위반이니까. 만약의 경우 흙탕물을 뒤집어쓸 놈은 적을수록 좋죠."

"그렇군요."

"물론 이 거래에 대해 절대 아무에게도 말하면 안 됩니다."

"물론입니다."

"그럼 어서 미쓰기 씨부터 이야기를 시작하시죠. 혼조 가문에 대해 뭔가 쓸 만한 정보를 들었습니까?"

"저기, 다케이치로 씨는 평판이 그리 좋지 않은 것 같더군요."

미쓰기는 농사일을 하고 돌아가던 남자에게 들은 다케이치로의 소문을 그대로 전했다. 피해자로 추정하는 남자의 나쁜 평판이기에 분명 유용한 정보이리라 생각했지만 예상과 달리 후지시로의 표정은 딱딱했다.

"다케이치로의 평판은 우리도 탐문을 해서 압니다. 여자를 심하게 밝힌 데다 혼조가 장남이라는 지위를 등에 업고 설친, 말도 못 할 안하무인이었다더군. 구라노스케의 위세 때문에 입을 다물고 있던 사람들도 그가 갑자기 세상을 뜨자 쌓였던 울분을 풀려고 벼르고 있었어요. 악행도 그 정도면 선대의 충신이 떠나고도 남겠죠."

"그런데 형사님. 불에 탄 자리에서 발견된 사람은 역시 다케이치로 부부입니까?"

"그들 부부방에 남아 있던 모발과 사체에 타고 남은 모발을 대조한 결과 일치했습니다. 만약을 위해 상세 DNA 감정도 진행할 테지만 일단 다케이치로 부부가 맞다고 보면 될 겁니다."

"산 채로 불에 탔습니까?"

"사인은 소사燒死가 아니라 질식사. 연기를 마신 게 아니라 두 사람 모두 목이 졸려 살해당했습니다. 기도에서 그을음이 발견되지 않았고 또 화상흔도 없었으니 분명 사망한 뒤 불에 탔을 겁니다."

산 채로 불에 타 죽은 것이 아니라는 사실을 알고 아주 조금 안도했다.

"문제는 목을 손으로 졸랐는가. 손으로 졸랐는지 끈 같은 것으로 졸랐는지 알 수 없어요. 손으로 조르든 끈으로 조르든 경부에 반드시 흔적이 남습니다. 그 흔적을 보면 어떻게 죽었는지 밝힐 수 있는데 다 타 버린 이상 판별할 수 없죠."

"두 사람을 차례로 목 졸라 죽일 수 있겠습니까? 범인이 누구든 피해자가 몸부림치기 시작하면 아웃일 텐데요."

"둘 다 잔치에서 술을 마셨으니 취해서 잠든 사이에 처리했겠죠."

"몇 시쯤 살해됐습니까?"

"6월 9일 밤 11시부터 다음 날 새벽 1시 사이. 화재를 목격한 시간이 1시 넘어서니까 살해된 직후에 불을 질렀다고 보는 게 타당할 겁니다."

"본인들 방에서 살해당했습니까? 아니면 창고에서?"

"지금 단계에서 제공할 수 있는 정보는 여기까지군요."

후지시로가 액셀을 밟았다. 차가 자갈 밟는 소리를 내며 움직이기 시작했다.

"회사 직원과 인근 주민이 사갈처럼 혐오하던 남자를 아내와 함께 살해하고 범행 흔적을 지우기 위해 창고째로 불태웠다. 아주 단순한 사건으로 볼 수도 있습니다. 하지만 한편으로는 유산 상속과 연관된 계획 살인일 가능성도 여전히 남아 있죠."

"창고 문은 안 잠겨 있었습니까?"

"안 잠겨 있었습니다. 애초에 변변치 않은 물건들만 보관하고 있어서 평소에 잠그지 않는 것 같았어요."

즉 두 사람을 창고 안으로 유인한 뒤 그곳에서 살해했을 가능성도 있다는 뜻이다.

"강도일 가능성은 어떻습니까?"

"다케이치로 부부의 방에서 현금이나 귀금속류를 도둑맞은 흔적은 없습니다. 가능성이 아예 없는 건 아니지만 한없이 낮아요."

"창고는 안에서부터 불탔다고 들었습니다. 휘발유나 다른 뭔가를 뿌렸을까요?"

"등유. 겨울에 사용하는 석유 난로 때문에 폴리에틸렌제 용기에 담은 등유를 창고에 비축해 뒀다더군요."

미쓰기 나름대로 곰곰이 생각했다.

목을 조른 흔적을 없애려고 사체를 태운 것이라면 피해자를 살해한 장소가 어디냐가 중요해진다. 피해자의 방에서 죽였다면 창고에서 등유를 꺼내와 방에 불을 지르면 된다. 강도라면 손쉬운 이 방법을 선택하리라.

그러나 내부의 범행이라면 분명 흔적을 지우려고 저택을 통째로 불태워 버리는 행동은 꺼릴 터다.

하지만 창고에서 살해했다면 창고만 불태우면 된다. 일부러 등유를 옮기는 수고를 덜 수도 있다. 그러나 그렇게 가정하면 범인은 창고에 등유를 보관한다는 사실을 알고 있던 셈이다.

결국 돌고 돌아 같은 결론에 도달했다.

역시 범인은 저택 안에 숨어 있을 가능성이 매우 크다.

# 3

미쓰기는 마을 주민 몇 명과 말을 주고받았지만 다케이치로 부부의 죽음을 슬퍼하는 목소리는 끝내 들을 수 없었다. 죽는다고 모두 부처가 되는 것은 아닌 듯 애도보다는 원망의 목소리가 더 컸다. 오히려 그들 부부가 죽음으로써 봉인되었던 것이 겉으로 드러났다고나 할까.

혼조가에 대한 불평불만이 상당히 쌓였던 듯하다. 구라노스케가 갑자기 세상을 떠났을 때 불만이 분출되지 않은 이유는 명색이나마 다케이치로의 영향력 때문에 눈치를 봤기 때문일 것이다. 달리 말하면 차남인 고지 이하 형제에게는 다케이치로만큼의 위세가 없다는 의미였다.

죽은 자에게 돌을 던지는 것은 칭찬받을 행동은 아니지만 지금까지 혼조가 일족이 지독한 악명을 떨친 만큼 원한은 크고 뿌리 깊었다. 저택 주변에 사는 주민에게서는 이런 소리도 들었다.

"그 경우 없는 인간이 말이야, 본처랑 첩을 한집에 살게 했을 때도 남의 마누라한테 추파를 던졌다고."

"경영자 노릇이라도 제대로 하면 아랫도리를 어떻게 휘두르던 내 알 바인가? 그런데 자기 아버지 회사를 모기보다도 쉽게 찌부러뜨린 인간이라니까."

"옛날부터 으스대는 것하고 그 짓거리밖에 잘하는 게 없었거든. 그러니 조상님께 고개를 들 수 없었지."

"기미코 씨도 여간내기가 아니었어. 눈만 돌리면 제일 잘 보이는 곳에 주인이 떡하니 있는데 반성은커녕 호가호위했으니까 말이야. 길가에서 우리랑 마주치면 새침을 이만저만 떠는 게 아니었다니까. 젊은 나이와 외모만으로 혼조가에 들어앉은 주제에 안주인 행세를 하더라고. 참나, 아주 요도기미*가 따로 없었지. 물론 요도기미의 발가락 때만도 못하지만."

"도대체가 말이야, 자기가 방만하게 경영한 탓에 회사가 망했는데, 임원 보수를 챙기자마자 도산 처리를 하더라고. 직원들한테는 쥐꼬리만 한 퇴직금이었는데. 남한테 원한을 사서 살해당했다고 불평할 만한 처지가 아니야."

사람의 가치는 관 뚜껑을 덮은 후에 정해진다는데 다케이치로 부부는 역시 덕을 베풀지 않은 듯 보였다.

다만 미쓰기가 외부인이라는 사실을 차치하고도 동정할 수 있는 점이 있었다. 죽은 두 사람이 마을 주민뿐 아니라 형제에게도 애도 받지 못한다는 사실이었다. DNA 감정을 마친 뒤 시신 두 구가 반환돼 경야 자리가 열렸는데 연회방에 모인 형제는 서로 위로의 말을 전혀 입에 담지 않았다.

기미코라는 여성은 천애고아였는지 달려온 친족 한 명 없었

* 도요토미 히데요시의 첩.

다. 그래서 경야에 모인 사람은 혼조가 사람뿐으로 조문객이 없어서 형제는 마음 놓고 입을 가볍게 놀리기 시작했다.

장남 부부를 멸시할 권리가 가장 큰 사람은 자신이라는 듯 고지가 먼저 신호탄을 쏘았다.

"범인이 누군지는 몰라도 죽이는 것만으로는 성에 차지 않았나 보지? 그래도 창고까지 태우는 건 좀 아니지 않아? 민폐도 정도껏 끼쳐야지."

다케이치로 부부의 죽음보다 창고가 불에 탄 것이 더 재앙이라는 투였다.

"대단히 가치 있는 물건을 보관하던 건 아니지만 저래 봬도 자산이라고. 범인을 잡으면 반드시 배상 청구를 하겠어."

"그런데 고지 형."

곧바로 에쓰조가 끼어들며 참견했다.

"아무리 민사소송에서 이겨 봤자 상대방에게 지불 능력이 없으면 판결문 같은 건 그냥 휴지조각이야. 소송하는 의미가 없다고."

"아아, 그런 거라면 괜찮아. 범인이 이 중 누구라면 상속인이 한 명 줄어들잖아. 민사소송을 거는 것보다 더 의미 있지."

"무시할 수 없는 소리를 하네."

"딱히 무시할 필요 없어. 창고에 등유를 보관한다는 사실은 이 집 사람이라면 누구나 알아. 반대로 집안 사람 말고는 아무도 모른다는 말이지. 아무리 생각해도 이 집에 사는 인간의 소행이야."

구석에 있던 미쓰기는 자신과 같은 생각에 조금 놀랐다. 하지만 에쓰조는 이미 그 점까지 고려한 사람처럼 얼굴색 하나 변하지 않았다.

"그럴듯한 논리지만 현경 형사들에게는 통해도 관할서인 사쿠 경찰서에는 안 통해."

"뭐라고?"

"이 주변에는 아직 목조주택이 압도적으로 많아. 다들 바보가 아니니 등유나 인화성 도료, 봄베류*는 도구실이나 본채 밖에 보관하지. 즉 이 집 사람이 아니라도 연료를 본채에 두지 않는다는 건 누구나 아는 사실이라고. 저택에 창고가 있다면 등유는 그곳에 보관하리라 생각하는 게 당연해. 그런 건 비밀도 아니야. 그러니까 외부 사람이 범인일 가능성도 충분해."

"외부인은 상속과 관계없잖아."

"돈을 노린, 유산을 노린 범행이라고 단정 짓지 마. 작은 형도 큰 형이 사람들에게 얼마나 원한을 샀는지 알잖아. 시기가 시기야. 지금 큰 형을 죽이면 가장 먼저 우리 형제가 의심받겠지. 그걸 노린 범행이라고 볼 수도 있잖아."

---

*  고압 상태의 기체를 저장하는 데 쓰는, 두꺼운 강철로 만든 용기류.

그렇게 볼 수도 있구나. 미쓰기는 감탄했다. 게다가 에쓰조의
지적이 정곡을 찔렀는지 고지는 구태여 부정하려 들지 않았다.

"직원들도 마을 사람들도 다 다케이치로 형을 싫어했으니까.
기미코 씨도 마찬가지고. 그건 네 말이 맞아. 그런데 원한만으
로 사람을 두 명이나 죽일 수 있을까 생각해 보면 그건 또 다르
단 말이야. 사람을 움직이는 힘은 역시 돈이야. 게다가 우리 형
제 누구도 형과 기미코한테 애틋한 마음 같은 건 없잖아?"

"나도 똑같이 취급하지 마."

사요코가 곧바로 이의를 제기했다.

"난 큰 오빠와 아무렇지 않게 지냈어. 기미코 씨한테 시누이
노릇도 하지 않았고."

"그런 건 아무렇지 않게 지냈다고 하는 게 아니야. 호박씨 깠
다고 하는 거지. 너도 분명 여러 가지로 그 부부가 꼴도 보기 싫
었을 거야. 시집갔다가 이 집으로 돌아온 뒤로 다케이치로 형에
게 이런저런 소리를 들은 거 내가 모를 줄 알아?"

"그걸 아는 사람이 왜 안 말렸을까?"

"그야 난 둘째니까. 내 권한으로 어떻게 할 수 있는 게 아니야."

"내가 큰 오빠한테 싫은 소리 듣는 걸 즐겼잖아."

돌연 형제 싸움이 벌어지는가 싶어 긴장했는데 뜻밖의 방향
에서 제지의 목소리가 들려왔다.

"고인의 영전이네. 그런 이야기는 제사가 끝난 후들 하시게."

제단 앞에서 경을 읊던 구지*가 형제를 나무라는 눈빛으로 처다봤다. 제사가 한창인데도 태연히 집안싸움을 벌이는 형제도 형제지만 그것을 지금까지 참은 구지도 대단하다고 미쓰기는 생각했다. 아마 혼조가 형제의 사이가 나쁘다는 것은 온 마을 주민이 아는 사실이겠지. 구지의 침착한 태도에서 혼조가에 대한 체념과 경멸을 알 수 있었다.

경야에는 저택 거주자만 참석하자고 제안한 히라기의 배려에 새삼 고개를 끄덕일 수밖에 없었다. 정작 히라기는 우려하던 일이 일어났음에도 미쓰기 옆에서 그저 오만상만 지을 뿐이었다. 이 자리에 다카히로가 없다는 사실이 그나마 다행이었다. 그 아이까지 있었다면 더욱 혼란스러웠을 것이다. 별실에서 아이를 돌보는 구루미에게는 미안하지만 역시 장례식에 다카히로가 참석하는 것은 적절하지 않았다.

다카히로가 참석하지 않은 데는 또 다른 이유가 있었다. 언젠가 히라기가 말한 '복자'라는 풍습에 얽힌 이야기였다. 집안에 부를 가져다준다는 복자는 과연 귀한 존재지만 경사의 상징이므로 조사에 참가하는 것은 금기라고 한다. 설명을 듣고 보니 수긍이 가는 이야기이기도 하고, 애초에 장례식에 다카히로가 얼굴을 내민 적은 없는 듯했다. 그러므로 다카히로를 돌봐야 하

---

* 신사의 제사를 맡는 최고위 신관.

는 구루미도 마찬가지인 셈이었다.

구루미가 없는 대신 주방장인 사와자키가 말석에 자리를 잡았다. 저택 안에서 얼굴을 보는 것은 이제 두 번째인데 과묵을 갑옷처럼 둘렀는지 도통 말이 없어서 성품을 파악할 수 없었다. 하기야 사와자키가 이런저런 말을 해서 미쓰기가 인물 평가를 해봤자 인 씨가 신랄하게 깎아내릴 테지만.

경야 자리에 조용히 앉아 있지만 사와자키의 체격은 숨길 수 없었다. 미쓰기는 주방장이라는 말을 들으면 언제나 선이 가는 남자를 떠올리는데 사와자키는 키가 180센티미터를 훌쩍 넘는 대장부로, 옷을 입었어도 근육질임을 알 수 있었다. 상박은 미쓰기보다 두 배는 굵었고 손가락 끝도 격투가처럼 투박했다. 사전에 요리사라고 소개하지 않았다면 경호원이라고 착각했을 것이다.

문득 의심이 솟았다.

다케이치로 부부는 창고 안에서 죽었다. 후지시로의 말에 따르면 기도에 그을음이 남아 있지 않았다고 하니 산 채로 불길에 휩쓸리지는 않은 듯하다.

문제는 두 사람이 스스로 창고로 향했는지, 아니면 납치나 다름없이 끌려갔는지다. 저택 안에서 살해하면 소리가 새어 나가거나 목격될 우려가 있다. 그러니 범행 장소는 저택 밖을 선택할 것이다. 두 사람의 사체가 창고에서 발견됐다는 사실은 자연스러운 결과였다.

어떤 이유로든 다케이치로 부부가 자진해서 창고로 갔다고 생각하기 어려웠다. 미쓰기도 자산평가 때문에 내부를 살핀 적이 있지만 창고는 이름일 뿐이고 실은 헛간 같은 상태였다. 적어도 부부가 한밤중에 찾을 만한 장소는 아니었다.

그렇다면 남는 것은 어떠한 방법으로 납치됐을 가능성이다. 다케이치로 부부가 어떤 상태였든 성인 두 명을 창고까지 옮기는 데는 상당한 수고가 필요하다. 그러나 고지와 에쓰조는 미쓰기와 체격이 비슷했고 사요코는 논외였다.

사와자키라면 어떨까. 그 체격이라면 다케이치로 부부를 동시에 메고 나르는 것도 가능해 보인다. 동기는 무엇인가 하는 문제가 생기지만 상대가 다케이치로 부부라면 아주 예상 못 할 것도 아니다. 죽은 뒤에도 이렇게나 멸시를 받는 인물들이니. 살아생전 고용인에게도 지독하게 굴었으리라 쉽게 상상할 수 있었다.

곰곰이 생각에 잠겨 있는데 히라기가 팔꿈치로 쿡 찔렀다.

"미안해요, 감정사님. 어쩌다 보니 반강제로 참석하게 했네요."

"아뇨, 저는 전혀 아무렇지 않습니다. 뭐, 겨울 베옷도 안 입은 것보다 낫다고 하지 않습니까."

히라기가 돌연 목소리를 낮추며 미쓰기의 귓가에 입을 가까이 댔다.

"이걸로 족합니다."

"네?"

"이 자리에 혼조 그룹 임원이라도 불렀으면 분명 차기 총수를 누구로 뽑느냐로 시끄러워졌을 테니."

"네!? 장남인 다케이치로 씨가 돌아가셨으니 차남인 고지 씨가 후계자가 되는 거 아닙니까?"

"이런 촌 동네의 몰락해 가는 기업에도 계파가 있어요. 구라노스케 씨가 1인 경영으로 권세를 떨칠 때는 눈에 띄지 않았지만 갑자기 돌아가시고는 모습을 드러내기 시작했죠. 유산 상속과 회사 경영권은 별개인데 각각 다케이치로 씨를 미는 파와 고지 씨를 미는 파, 그리고 에쓰조 씨를 미는 파로 갈라졌어요."

"그런데 다케이치로 씨마저 이렇게 돌아가셔서⋯⋯."

"여기는 아직 가부장제가 건재해서 부친상을 당한 뒤 장남이 회사를 물려받는 건 당연한 수순입니다. 그런데 후계 1순위가 이런 식으로 죽으면 나머지 두 파가 다케이치로 파를 흡수해서 이전보다 더욱 반목하게 되죠. 아니, 이미 실제로 일어나는 일이에요. 고문 변호사로 이사회에도 참석했지만 눈 뜨고 못 볼 지경이었지."

"그런데 변호사님. 기업 유지를 가장 중요하게 생각한다면 누가 봐도 다음 총수는 에쓰조 씨가 더 어울릴 텐데요."

"누구나 뛰어난 상전을 바라는 건 아니니까."

히라기는 빈정대는 웃음을 지으며 어쩔 수 없다는 듯 고개를 저었다.

"확실히 에쓰조 씨는 성실하고 그룹의 미래도 진지하게 고민하죠. 경영 공부도 열심히 하고. 하지만 경험이 부족한 젊은 리더를 불안해하는 사람이나 고지 씨를 적극 지지하는 사람도 엄연히 존재해요. 가마에 타는 사람이 멍청하면 메는 사람은 훨씬 편하겠죠?"

"허울 좋은 꼭두각시란 말입니까?"

"상황에 따라서는 꼭두각시가 더 나을 때도 있는 법. 현재 혼조 그룹을 지탱하는 건 구라노스케 씨의 심복들이에요. 저마다 생각은 다르겠지만 그룹을 존속하고 싶어 하는 마음만은 일치하죠. 어설프게 약삭빠르면서 융통성 없는 에쓰조 씨가 휘젓고 다니느니 경영에 관심 없어 보이는 고지 씨를 태운 가마를 메는 편이 그룹에게 더 이득이다. 그렇게 생각하는 겁니다."

설명을 듣고서야 비로소 이해했다. 하기야 그런 상황에 회사 임원이 조문을 온다면 아무리 영전이라도 다툼이 일 것 같았다.

"역시 고문 변호사시군요. 판단이 빠르십니다."

"이것도 경야까지예요."

히라기는 공허하게 탄식했다.

"내일 장례식에서는 그러지도 못합니다. 가족만 몰래 모여 장례를 지내자고 제안도 했지만 이사회에서 거부했죠. 차기 총수로 거론되던 인물의 장례니 회사 관계자가 참석하지 않으면 체면이 안 선다는 논리였는데 그것도 맞는 말이어서 반박할 수 없었습니다."

"그럼 내일은."

"아무리 그래도 제단 앞에서 멱살잡이하는 일은 일어나지 않을 것 같지만…… 아니, 안심하지 않는 게 좋겠죠. 무슨 일이 일어나도 이상하지 않아요."

"겁주지 마세요."

"겁주는 거 아닙니다."

히라기는 미쓰기를 몰아세우듯 얼굴을 들이밀었다.

"전에도 말했지만 감정사님은 시골 사람을 몰라요. 일반 상식이 통하지 않는 시골의 생리를 모른다고. 몰상식한 사람은 죄책감 없이, 깊게 생각하지 않고 속마음을 말할 때가 간혹 있죠. 솔직한 게 미덕이라고 믿어요. 헛소리죠. 친구 사이에서도 쉽게 말하지 못하는 속내를 직장에서 떠벌리면 어떨 것 같습니까? 그건 공동체를 파괴하는 짓밖에 안 돼요. 하지만 평지에 사는 사람은 전체를 내다보지 못해요. 그래서 신중하지 못한 발언을 적절하지 않은 장소에서 떠드는 바람에 돌이킬 수 없는 사태를 일으키죠."

"너무 과한 생각 아닙니까?"

"고문 변호사로서는 지나치게 생각하는 게 딱 좋죠."

스스로를 타이르듯 말한 히라기는 입을 다물고 더는 말하지 않았다.

다음 날 혼조가 저택 부지 내에서 장례식이 거행됐다. 조문객 대부분은 그룹의 임원과 직원이었다. 그에 더해 사쿠마 마을의 명사라고 불리는 사람들이 한자리에 모였는데 저택의 넓은 부지는 이들을 모두 수용하고도 여전히 여유가 있었다.

"시골에서 집을 지을 때 마당과 방 구조를 터무니없을 정도로 넓게 만드는 이유는 이렇게 관혼상제를 집에서 지내는 걸 전제로 하기 때문이죠."

경야에 참석하는 바람에 잠을 충분히 자지 못했는데도 히라기는 조금도 피곤해 보이지 않았다. 이 강건한 면이 문제 많은 혼조 가문의 고문 변호사가 갖춰야 할 조건이겠지, 미쓰기 마음대로 해석했다.

"그런데 핵가족화와 저출산 고령화가 이런 시골에도 드리웠어요. 이제 저택 부지는 휑뎅그렁해지고 사는 사람도 줄어들어 방 청소도 힘에 부치는 상황이죠. 이 넓은 저택이 살아 숨 쉬는 건 수십 년에 한 번 있는 관혼상제 날밖에 없어요. 크고 넓은 저택은 권세를 과시하기 위한 존재였지만 이제는 오히려 몰락의 상징이 될 수도 있고요. 이것도 아이러니라면 아이러니군요."

"그래도 장관이네요. 집에서 장례 치르는 걸 동경하는 마음도 조금 있거든요."

"자신의 장례를 성대하게 치르고 싶어 하는 건 권력자의 천성 같은 것이니까요. 동경하는 사람이 있을 수도 있겠네요. 난 사양이지만."

미쓰기는 조문객 인파를 바라봤다. 어림잡아 2백 명 정도 될까? 아무리 몰락해 가는 기업이라고 해도 차기 총수 후보였던 남자의 장례이기에 분위기는 엄숙했고 빈소의 규모와 참석자 수만 보면 성대했다. 히라기는 빈소에서 멱살잡이가 벌어질까 봐 걱정했지만 장례식에서는 있을 수 없는 일이었다. 뱃속에 저마다 속셈을 품은 조문객들도 이 분위기에서는 송곳니를 숨기지 않을까 미쓰기는 낙관했다.

그러나 이번에도 히라기의 지적이 적중했다. 미쓰기는 몰상식한 그들을 과소평가한 것이다. 조문객들이 방명록을 적고 식순에 따라 장례가 진행되면서 시작 전에 깔렸던 긴장이 느슨해졌고 소곤거리는 소리가 조금씩 나오기 시작했다.

"이런 자리에서 이런 말하기 뭐하지만, 다케이치로 씨가 사망한 지금 하루라도 빨리 후계자를 정해야 해."

처음 목소리를 낸 사람은 '혼조 제재'의 임원 같았다. 엄숙한 장례 속에 울려퍼진 구린내 나는 한마디는 입을 열 기회만 호시탐탐 노리던 자들에게 판을 차려준 꼴이었다. 실제로 그 말을 시작으로 조문객 몇 명이 차기 총수에 적합한 자의 이름을 저마다 입에 올리기 시작했다.

"죽은 사람을 욕하고 싶지는 않지만 다케이치로 씨는 참, 선대의 경영 능력은 물려받지 못하고 있으나 마냐 한 점만 닮아서는."

"그래, 맞아. 영웅호색이라는데 영웅도 뭣도 아닌 놈이 색만 밝혀서야 그냥 발정난 개가 아니고 무에야. 발정난 개한테 회사를 맡길 수는 없지, 암."

"그것참 맞는 말씀 하셨소. 고인에게는 미안하지만 어울리지 않는 자리였어. 이로써 그룹의 수명이 조금 연장됐군 그래."

미쓰기가 있는 자리에서 10미터는 떨어졌는데도 대화가 그대로 들려왔다. 장례식장에서 고인의 욕을 태연하게 내뱉는 수준에 현기증이 났다.

"그렇다면 역시 차기 총수는 에쓰조 씨가 되겠군. 그 사람이라면 기울어가는 혼조 왕국을 다시 일으켜 세울 거야."

"어이, 잠깐만. 그건 너무 섣부른 판단 아닌가. 그야 에쓰조 씨는 성실하지만 그게 다야. 선대 같은 카리스마가 없다고. 총수로 추대하는 데 이의는 없지만 경험을 쌓기까지 기다리는 것도 하나의 방법이야."

"그러니까 말일세. 그때까지는 고지 씨를 원 포인트 릴리프*로 등판시키자고."

---

* 야구에서 특정 타자 또는 타자 한두 명만을 상대하기 위해 등판하는 구원투수.

"고지 씨 같은 사람한테 맡겼다가는 에쓰조 씨가 경험을 쌓기도 전에 그룹이 망할걸요. 와타나베 씨 당신은 고지 씨를 마음대로 조종할 생각이겠지만."

"뭐요? 이 양반이. 모로미자와 씨 당신이야말로 똥인지 된장인지 모르는 에쓰조 씨를 멋대로 조종할 속셈이잖아. 당신 속셈이 훤히 들여다보인다고."

처음에는 작은 소리로 말하더니 순식간에 고함에 가까워졌다. 제단 근처에 있던 혼조가 형제에게도 들리는 듯 그들이 불편한 표정을 지었다.

"속 보이는 건 당신이겠지. 옛날에 그, 저, 뭐냐, 궁금하다며 사 모은 골프 회원권이 휴지 조각이나 다름없어지면서 빚 때문에 쪼들린담서."

"사돈 남 말하네. 오랫동안 '혼조 제재'의 금고지기 노릇을 하면서 젠체하더니 요즘 결산 시기가 다가오니까 똥줄이 탄다며. 설마 숫자에 장난질이라도 했남?"

"이게, 보자 보자 하니까 뚫린 입이라고. 지금 말 다 했어?"

"다 했다. 어쩔래."

아무리 그래도 비난받아 마땅한 몰상식한 태도에 상식 있는 관계자가 말리러 오지 않을까 기대했지만 그럴 기미는 전혀 보이지 않았다. 미쓰기가 유일하게 상식인이라고 믿는 히라기는 다케이치로 부부의 영정 앞에서 조문객들의 승강이를 방관했다.

미쓰기에게 이 소란을 말릴 힘은 없었다. 말릴 수 있는 인물은 히라기 정도였다.

히라기에게 지그시 시선을 보내니 상대도 눈치챈 듯 변명 어린 시선을 보내왔다. 미쓰기처럼 둔한 남자도 신물이 난 자의 표정을 읽을 수 있었다. 고문 변호사이기에 구라노스케 사후에 비슷한 광경을 여러 번 지켜봤을 것이다.

이윽고 히라기는 고개를 가로저으며 벗어 놓은 구두를 신고서 진창으로 걸어 들어가는 얼굴로 조문객 틈을 비집고 들어갔다.

"와타나베 씨와 모로미자와 씨, 그리고 여러분. 회사의 새 인사와 관련해서는 내일 이후 이사회에서 논의하시죠. 아무리 그래도 이곳은 장례식장입니다. 그런 적나라한 이야기는 삼가 주시기 바랍니다."

"아니, 히라기 변호사님. 당신은 상속 절차에 지장만 없으면 그만이겠지만 우린 아니라고."

"그래. 회사 일은 장례고 뭐고 기다려 주지 않는다고. 임원으로서 더는 대표 자리를 비워둘 수 없소."

"적어도 장례식장에서 논할 사항은 아닙니다."

"아니, 무슨 소리요 변호사님. 죽은 다케이치로 씨 앞이니까 속을 터놓고 할 수 있는 말도 있는 거지. 다행히 혼조 그룹 주요 인사가 한자리에 모였으니까 딱 좋은 기회라면 기회지."

"여러분한테나 좋은 기회겠죠."

"우리만 그런 게 아니오. 저기 앞에 있는 유족들께도 좋은 기회일걸?"

"맞아. 차라리 이 자리에서 후계자를 정해 버리면 뒤탈도 없겠지. 누가 누굴 밀었고 무슨 말을 했는지, 여기라면 증인도 많고."

"지금 여기는 고인을 추모하는 자리입니다."

"변호사님, 내 자꾸 찌그렁이를 붙는 것 같지만 말입니다. 그 부부를 진심으로 추모하는 사람이 대체 몇이나 있을 것 같소?"

"진심 문제가 아니라 예의 문제입니다."

"예의. 흥, 예의라고? 예의로 사업을 할 수 있다면 이렇게 고마울 데가 있나."

"유족 앞에서 고인의 욕은 삼가 주세요. 그룹이 아무리 어려운 시기라도 말입니다."

"변호사님. 당신도 말로는 고고한 척하지만 속으로는 다케이치로 씨를 마뜩잖게 생각하지 않았소."

멀리서도 히라기의 굳은 얼굴이 보였다. 정곡을 찔렀나.

"그런 적 없습니다."

"임원들이 눈치채지 못한 줄 알았소? 선대가 돌아가시고 나서 아직 정식 절차조차 밟지 않은 인간이 당신을 마치 하인 부리듯 했지. 오랜 세월 고문 변호사를 지낸 것도 선대에 대한 사명감 때문이었을 거요. 그걸 혼조 가문을 향한 충성심이라고 착각해 당신을 비서 대리 정도로만 여겼어. 우리도 같은 취급을 받았거든. 그러니 아주 잘 알지."

"여기 모인 조문객도 선대의 장남이니 참석했을 뿐이야. 다케이치로 씨나 기미코 씨의 인품 때문에 온 게 아니라고. 그러고 보니 기미코 씨도 당신을 하인 부리듯 했지."

"그래 맞아, 언제였지? 충동적으로 이사회에 나타났을 때도 변호사님한테 차 심부름을 시키는 등 했잖우. 옆에서 보는데 내가 다 민망하더군. 어디서 굴러먹다 온지도 모를 그런 개뼈다귀 같은 여자의 시중이나 들다니 당신도 싫었잖소. 변호사님 입장에서는 전처인 히와 씨를 쫓아낸 원수 같은 존재니까. 증오해 마땅한 여자가 지시를 해대니 열이 뻗치지."

"히와 씨는 관계없습니다!"

드물게 히라기의 말 끝이 튀어 올랐다.

"이제 혼조가와는 상관없는 사람입니다."

"그렇게 만든 사람이 바로 기미코 씨잖소. 변호사님도 히와 씨가 편했잖소. 히와 씨가 집에 있는데 기미코 씨를 들여앉혔을 때도 꽤나 반발하며 다케이치로 씨에게 대들었잖소."

"그건 혼조가에 대한 세간의 평판이 너무 안 좋으니까……."

"딱히 안 숨겨도 돼요. 아무튼 기미코 씨와는 정반대 성격인 청아한 미인 마님이었으니. 변호사님이 편들어 주고 싶어 하는 마음도 충분히 이해가 가지."

"뭘 이해한단 말입니까. 계속 그런 불경한 말을 하시면 퇴장시키겠습니다."

히라기는 어지간히 분노가 치솟았는지 일방적으로 대화를 끊고 자리로 돌아왔다.

"못 볼 꼴을 보였습니다."

"아닙니다."

"사람들 앞에서, 심지어 장례식장에서 그런 꼴이라니. 게다가 타고난 목소리까지 크고. 이래서 시골내기는 안된다니까."

"방금 거론된 히와 씨라는 분은……."

"감정사님과는 관계없는 일입니다."

파고들 틈을 허락하지 않는 말투에 미쓰기의 질문도 흩어져 사라졌다.

그러나 방관할 수 없었다. 조금 전 이야기가 사실이라면 히라기가 기미코를 싫어할 이유가 있는 셈이다. 히라기 본인에게 확인할 수 없다면 다른 사람에게 사정을 물어야 한다.

고문 변호사의 일갈이 효과가 있었는지 조문객의 몰상식한 발언이 뚝 끊겼다. 장례식은 다마구시* 봉헌에서 구지의 퇴장까지 멈추지 않고 진행됐고, 마지막으로 고지가 인사하는 순서가 찾아왔다.

* 비쭈기나무 가지에 베 혹은 종이를 단 것으로, 장례식이나 신사의 의식 때 신께 바치는 제물.

"저기."

고지가 마이크를 들고 냉소적인 얼굴로 조문객들에게 말했다.

"생각해 보면 바로 얼마 전에도 아버지의 장례를 치렀는데, 집안에 요즘 흉사가 연달아 일어났습니다. 이것도 저희 일가가 지금까지 악행과 부도덕한 짓을 저지른 업보라고 생각하면 이해가 가기도 하여……."

숨기지 않는 어투에 미쓰기는 깜짝 놀랐지만 고지의 성품을 속속들이 아는 조문객 중에는 눈살을 찌푸리는 자는 있어도 눈이 휘둥그레지는 자는 한 명도 없었다.

"그래도 돌아가시고 나서 이렇게 남들처럼 추모를 받았으니 형님 부부도 분명 편히 눈을 감았을 겁니다. 식이 진행되는 동안 식장에 이런저런 잡음이랄까, 들으라는 듯한 악담이랄까 계파 싸움이 요란하게 새어 나왔지만 이도 고인의 장례에 어울리는 해프닝이라 할 수 있겠죠. 여하튼 남의 불행이나 싸움을 세끼 밥보다 더 좋아하던 형님이셨으니. 뭐, 그렇게 됐습니다만 사리사욕의 일각을 볼 수 있었던 장례식에 참석해 주셔서 대단히 감사합니다. 혼조가 유족을 대표해 못난 제가 대신 인사드리겠습니다."

자못 사람을 깔보는 인사였지만 기이하게도 이 장례식 분위기와는 맞아떨어졌다.

다케이치로 부부의 시신은 변두리 화장장으로 옮겨졌다. 화장장 대기실에 모인 사람은 유족과 구지, 히라기, 그리고 미쓰기뿐이었다.

시신이 완전히 재가 되기까지 1시간 40분 정도 걸린다고 했다. 그동안 미쓰기는 그저 앉아 있을 수밖에 없어 어쩐지 마음이 불편했다. 지금까지 여러 장례식에 참석했지만 이렇게나 가시방석 같은 장례도 드물었다.

고지도 에쓰조도 사요코도 허공을 바라볼 뿐 서로 말을 섞지 않았다. 고인에 대한 애도의 마음으로 입을 다문 것이 아니라 입을 열기만 하면 욕이 난무할 것을 알기 때문이리라. 죽은 자를 애도하기는커녕 서로의 속내를 탐색하는 듯한 긴장감에, 관계없는 미쓰기도 위에 구멍이 뚫리는 기분이었다.

드디어 영원 같던 1시간 40분이 지나고 두 사람은 유해가 됐다. 원래라면 상황에 맞게 침울해야 할 수골하는 자리가 이렇게 건조한 분위기일 줄은 생각도 못 했다.

다케이치로의 유골은 새하얀 데다 골반부터 대퇴골까지는 뚜렷하게 남아 있었다. 이 사실에 직원들까지 감탄의 목소리를 낼 정도였다.

"생전에 병을 앓으셨으면 그 부위 뼈는 화장해도 붉게 남습니다. 그런데 고인은 정말로 건강한 분이셨던 것 같군요. 게다가 허리부터 그 아래 하반신은 매우 튼튼하셨던 모양입니다."

"그야 그렇게나 허리를 흔들어 댔으니 튼튼할 만도 하지."

고지가 던진 농담에 웃는 사람은 한 명도 없었다.

성가신 일은 유골을 담은 백목함을 누가 드는가였다. 세 형제는 그 역할을 서로 떠넘겼고 결국 기미코의 유골함은 사요코가, 다케이치로의 유골함은 놀랍게도 히라기가 옮기기로 했다. 장남의 유골을 고문 변호사의 손에 들려 옮기는 일이 종종 있기는 하지만 흔하지는 않다. 실제로 백목함을 품에 든 히라기는 몹시 비참한 얼굴이어서 소리 없는 항의가 미쓰기에게도 들렸다.

일가와 두 사람의 유골을 실은 차가 사쿠마 마을 공동묘지에 도착했고, 혼조가 가족묘에 봉안하는 것으로 장례가 모두 마무리됐다.

"잘됐네, 기미코 씨. 가족묘에 안치돼서."

사요코의 마지막 말이 위로였는지 조롱이었는지 미쓰기는 판단조차 할 수 없었다.

저택으로 돌아오자 구루미가 마중 나왔다.

"다들 고생하셨습니다."

집으로 들어가기 전에 손을 씻고 입을 헹구며 몸을 정결히 하고 구지가 소금을 뿌리며 불제 의식을 치렀다. 그저 관습에 불과하다는 것을 알지만 왜인지 마음이 평온해졌다. 경야부터 화장까지 마음을 가라앉힐 틈이 없었던 탓인 듯하다고 미쓰기는 해석했다.

미쓰기는 평소대로 자신이 머무는 방에서 저녁을 먹기로 했다. 연회방에서는 혼조가 형제와 히라기가 한창 음복 잔치를 하는데 자신은 피곤하다는 핑계로 빠진 것이다. 그런데 본인만 식사를 따로 들여 달라고 부탁한 이유는 달리 있었다.

"오래 기다리셨습니다."

구루미가 내온 상은 음복을 겸한 초밥 메인 식사였다. 사와자키는 초밥 장인은 아니라고 들었지만 그래도 겉보기에 슈퍼마켓에서 판매하는 포장 초밥보다는 훨씬 나았다.

"감정사님도 고생 많으셨어요. 종일 장례에 참석하시느라."

"구루미 씨야말로 수고했어요. 이틀 동안 다카히로 군을 돌봤잖아요."

"다카히로를 돌보는 건 수월해요."

그 말 뒤에 분명 '그 형제와 얼굴을 맞대는 것보다는'이라는 말이 숨어 있었다.

"아까 히라기 변호사님께 들었어요. 장례식장에 조금 무례한 조문객이 있었다고."

그 상황을 '조금'이라고 표현하다니 히라기답다고 생각했다.

"친척도 아니니 지루하셨죠?"

"지루한 게 다 뭡니까, 내내 긴장해서 마음 편할 틈이 없었습니다."

"……감정사님의 상식으로는 무척이나 무례했다는 뜻이군요."

"제 상식이 문제가 아니라, 이 동네에서는 장례식 자리에서 고인을 욕하는 게 당연합니까?"

"고인과 조문객 나름이라고 생각해요, 아무리 뭐라 하셔도."

"그, 그건 그렇겠죠. 실례했습니다."

"뭐, 예상은 했지만요."

구루미는 짧게 탄식했다. 그 모습이 히라기와 매우 닮아서 혼조 가문을 섬기는 자는 한숨이 습관이 되어 버렸을지도 모른다고 생각했다.

"저보다 히라기 변호사님이 몇 배는 힘드셨어요."

"이미 익숙할 대로 익숙해서 별생각 없으실 거예요."

"아뇨, 무책임한 발언의 화살이 변호사님한테 향했거든요."

구루미가 뜻밖이라는 표정을 지어서 장례식장에서 일어났던 일을 설명했다.

"그렇게 전 부인 히와 씨와의 사이를 조롱했습니다."

"너무하네요. 불똥이 튀었네요."

불똥이라니, 그렇다면 전혀 뜬소문은 아니라는 뜻인가.

혼조가 형제나 히라기 본인에게는 물을 수 없어도 구루미라면 이야기를 들을 수 있을 것 같았다. 일부러 식사를 가져다 달라고 부탁한 이유가 바로 그것이었다.

"구루미 씨가 혼조가에서 일하기 시작했을 때 히와 씨는 아직 이 저택에 살고 있었죠?"

"네."

"어떤 분이셨어요? 뭐든 기미코 씨와는 정반대인 분이었다고 들었는데."

"기미코 씨는 여러모로 화려한 걸 좋아하셨으니까요. 모신 기간은 짧았지만 히와 씨는 어딘지 조심스러운 인상이셨어요."

"저기, 대답하기 굉장히 어려운 질문인데요."

"그래도 물으시는 건 억지로라도 대답하라는 뜻인가요?"

"직업 윤리가 허락하는 범위에서는요."

"돌려 말하는 건 못하는 성격이라서요. 이 집 사람들은 절대 에둘러 말하지 않거든요."

"곤란하군요……."

아무래도 정말로 곤혹스러운 얼굴이었는지 잠시 후 구루미가 활짝 웃었다.

"감정사님은 정말 솔직하시네요."

이 나이에 어린 여자에게 솔직하다는 말을 들어도 전혀 기쁘지 않았다.

"감정사님이 알고 싶으신 게 히와 씨가 혼조가를 떠난 이유인가요?"

"작은집과 동거하는 건 드문 경우지만 한집에 살 때 주도권은 본처인 히와 씨에게 있었겠죠. 호적상 아내이기도 하고. 그런데 히와 씨가 나갔다는 건 말이 안 돼요."

"감정사님, 이 동네는 아직 가부장제가 뿌리 깊은 건 아시죠?"

"이번 후계 문제가 바로 그 상징 같더군요."

"가부장제 속에서 며느리가 존재하는 이유가 후계자를 낳기 때문이라고 생각하지 않으세요?"

구루미의 말투가 살짝 뾰족했다.

"달리 말하면 아이를 낳지 못하는 여자는 설 곳 따위 없다는 말이에요."

"그럼 히와 씨는……."

"돌계집이었어요."

"돌계집?"

"석녀라고 하죠. 옛날에는 결혼한 지 3년이 지나도록 아이가 생기지 않으면 이혼당했대요."

"그럴 수가. 그런 부부는 세상에 흔하잖아요."

"사쿠마 마을은 감정사님이 사는 세상과 시간의 흐름이 달라요. 휴대폰과 컴퓨터는 있어도 여기 사람들은 1950년대에 살고 있어요."

"그럼 히와 씨는 후사를 낳지 못해서 며느리 실격. 그런데 기미코 씨도 아이가 없었잖습니까."

"그만큼 젊으니 아직 가능성이 있다는 뜻이었겠죠. 히와 씨, 정말 다정하고 착한 분이셨는데."

"히라기 변호사님은 히와 씨를 가엾어했죠?"

"직업상 여성 인권에 정통하셨죠. 혼조가 안에서는 가장 정상인 분이시니 다케이치로 씨가 이혼 이야기를 꺼냈을 때도 필사적으로 말리셨어요. 하지만 당시에 아직 선대 주인어른이 살아 계셨거든요."

"아아, 구라노스케 씨도 이혼을 권하셨군요."

"권했다고 해야 하나, 명령에 가까웠죠. 다케이치로 씨는 손 안 대고 코 푼 격으로 바로 결정 났어요. 히와 씨에게는 거부권도 없었고요. 그래서 변호사님은 더욱더 화가 나셨죠."

어딘가 달관한 분위기의 히라기가 분노하는 광경은 좀처럼 상상하기 어려웠다.

"다케이치로 씨뿐 아니라 주인어른께도 대드셨어요. 하지만 변호사 주제에 건방지다고 호통을 들었죠."

"여성 인권 문제는 둘째치고 그 변호사님이 고용주에게 그렇게까지 의견을 표출하는 건 드문 일 아닙니까. 지금의 히라기 변호사님을 보면 그리 열정 넘치는 분이라는 생각은 들지 않는데."

그러자 구루미가 호기심 섞인 얼굴로 가까이 다가왔다.

"변호사님의 마음이야 제가 알 턱이 없지만 나름대로 생각이 있으셨던 것 같아요. 히와 씨가 친정으로 돌아가고 나서도 한동안 연락하셨던 것 같으니까요."

"저, 이제 와서 죄송한데 변호사님 사모님은 있으시죠?"

"네, 계세요. 그런데……."

구루미는 말을 하다가 입을 다물었다. 유부남이든 독신이든 동정할 만한 처지라는 뜻인가. 아니면 불륜을 부정하지 않는다는 뜻인가.

"아무튼 친정에서 히와 씨를 따뜻하게 맞아 준 걸 기뻐하셨어요. 그 후 이야기는 모릅니다."

"히와 씨의 처지를 동정했다면 같은 처지의 사요코 씨도 동정하셨겠네요?"

분명 긍정할 줄 알았는데 뜻밖에도 구루미는 말을 얼버무렸다.

"모두 같은 처지라고 할 수는 없죠."

"두 사람의 차이는 아이가 있느냐 없느냐 정도잖아요."

"다카히로가 복자라는 사실 만으로 전혀 다르죠. 주인어른이 유서도 남기지 않고 돌아가셨으니 공개되지는 않았지만, 자칫하면 유산을 남김없이 모조리 다카히로가 상속받을 수도 있었어요."

"그런 어처구니없는 일이. 왜냐면 그 아이는."

"물론 사요코 씨나 누군가를 후견인이라는 형태로 세운다는 전제였지만 다카히로를 눈에 넣어도 안 아플 정도로 예뻐한 주인어른이라면 있을 수 없는 일은 아니었죠."

"그 이야기가 현실이 된다면 사요코 씨가 실질적인 혼조 그룹의 후계자가 되는 셈인데. 확실히 같은 처지는 아니네요."

"그래서 변호사님의 반응에 차이가 있었다고 생각해요. 어디까지나 제 추측이지만."

히라기 본인에게 확인하지 않았기에 그야말로 추측이었다. 그러나 미쓰기는 구루미의 추측이 틀리지만은 않다고 생각했다.

구루미가 문득 눈썹을 찡그렸다.

"감정사님 설마, 변호사님이 다케이치로 씨 부부를 죽였다고 의심하시나요?"

"아니, 설마요."

미쓰기가 황급히 고개를 저었다.

"두 사람이 살해당한 시간, 변호사님은 본인 집에 있었으니까. 범행은 불가능해요."

"의심하지 않으시는군요."

"네, 천지신명을 걸고 아닙니다."

"그렇다면 됐어요."

구루미는 납득한 듯 고개를 끄덕이고 방을 나갔다. 미쓰기는 닫힌 맹장지 문을 다시 열고 구루미가 복도 저편으로 사라지는 모습을 확인한 뒤 문을 닫았다.

"아아! 피곤해 죽겠다아."

천장을 보고 소리쳤다. 혼조가 형제가 있는 연회방과는 멀리 떨어져 있기에 사람들 귀에 닿을 염려는 없었다.

아니지.

혼조가 형제보다 못된 놈에게는 그대로 들렸다.

—바보냐.

예상대로 인 씨가 곧바로 움직이기 시작했다. 미쓰기는 어쩔 수 없이 셔츠를 젖혀 인 씨를 드러냈다.

—네가 피곤할 일이 뭐가 있어. 경야부터 장례식까지 그냥 멍하니 앉아 있기만 했으면서. 마네킹이야?

"인 씨도 알잖아. 내가 그런 짓눌릴 것처럼 답답한 분위기에 얼마나 약한지."

—예민하다고 할 정도로 주변 일에 민감한 것도 아니고, 대담하다고 할 만큼 담력이 센 것도 아니면서. 하나부터 열까지 얼뜨니 이놈을 어디에 써먹을꼬.

"말이 심하네."

—이것도 콘돔 다섯 개는 끼운 거랑 맞먹을 정도로 부드럽게 말한 거야.

"상스럽기까지."

—흥. 장례식장에서 망자를 욕하는 놈들보다는 훨씬 품위 있지.

그 말은 부정할 수 없었다. 인 씨의 입은 상스럽지만 품성은 비열하지 않다. 인면창 나름대로 어진 사람은 존중하고 사람을 겉모습만으로 판단하지 않았다. 가장 중요한 사실은 성격 외의 것으로 사람을 차별하지 않는다는 점이었다. 인 씨가 매사 소극적인 미쓰기를 깔보는 이유야말로 그 성격 때문이지만 자신이 소심하다는 것은 스스로도 인정하기에 불합리하다고 생각하지 않았다.

"그건 그렇고, 인 씨의 지시대로 정보를 모았어. 그룹 내분이나 히라기 변호사와 히와 씨의 관계 같은 거. 그런 이야기를 들은 이상 히라기 변호사도 의심할 수밖에 없지."

—저기, 두 사람의 사망 추정 시간이 오후 11시부터 오전 1시 사이라는 건 알지? 게다가 사인은 불에 타서가 아니라 목이 졸려서야. 그 시간 히라기는 본인 집에 있었다고 했지. 그 알리바이를 어떻게 무너뜨릴 생각인데?

"그건……."

—생각지도 못하게 등장한 동기에 눈이 멀어서 알리바이를 까맣게 잊고 있잖아. 머리는 털 나라고 있냐?

"늘그막에 빠진 사랑은 집착하기 쉽다는 말도 있잖아."

—그건 도대체 어디서 들은 정보야. 설사 히라기가 유부녀인 히와를 연모했다고 해도 구라노스케와 다케이치로 부자에게 냉대받았다는 사실 정도로 두 사람을 죽이겠어?

"아니, 노년의 사랑이라는 건."

—작작 해라. 그딴 생각은 집어치워.

"그건 그렇고 석녀라고 쉽게 이혼당하다니 이상해."

—상식 같은 건 사는 곳에 따라 달라지는 법이지. 적어도 이 마을에서는 그게 정의였어. 석녀 이야기가 나오기 전에 이미 멍

텅구리 너도 직접 봤잖아. 그런 사고방식이 남아 있는 흔적을.

"그런 게 어디 있었어?"

인 씨는 들으라는 듯 크게 탄식했다.

—도대체 눈을 어디 달고 다니는 거야. 산을 감정하러 갔을 때 호코라가 있던 흔적이 있었잖아. 그건 자식 점지를 기원하는 호코라라고.

"오호, 그렇구나."

—점지를 기원하는 호코라가 있었다는 말은 석녀를 꺼리는 풍습이 존재했다는 증거야. 석녀를 싫어하는 이유는 아이를 낳지 못하기 때문만은 아냐. 석녀는 부정해서 길가에 소변을 누면 초목이 시든다거나 결혼 상대 남자가 시름시름 앓다가 죽는다거나 마을이 쇠한다거나 하는 별 거지 같은 오래된 미신이 있거든.

"지독하네."

—그만큼 집안의 대가 끊길까 봐 두려워했다는 거지. 저출산이나 인구 소멸이 딱히 새로운 이야기가 아니라고.

"그럼 히와 씨가 이혼당한 건 사쿠마 마을에서는 상식적인 일이라는 구루미 씨의 말이 옳았구나."

—차별은 대부분 무지에서 비롯돼. 석녀에 대한 예비지식만 있었어도 구루미의 이야기를 쉽게 이해할 수 있었을 거야. 조금은 부끄러운 줄 알라고, 무식한 녀석아. 무엇보다 히라기보다 동기가 더 강한 용의자가 나타났잖아.

"사요코 씨 말이야?"

—석녀 풍습이 짙게 남아 있는 지역이라면 마찬가지로 복자 풍습도 뿌리 깊게 남아 있다고 봐도 이상하지 않지. 친정으로 돌아온 이유가 다카히로 때문이었다고 해도 사쿠마 마을의 풍습과 구라노스케의 성격을 아는 사요코로서는 개선장군 같은 입장 아니었을까. 그런데 구라노스케가 유서를 남기기 전에 죽어 버려서 계획이 죄다 틀어졌지.

"하지만 사요코 씨 혼자서 다케이치로 부부를 창고까지 옮기기는 어려워. 그 점은 어떻게 생각해?"

—동기가 강력한 용의자라고만 했잖아. 조금쯤은 스스로 생각해. 맨날 인면창 같은 거에 의지하지 말라고.

"네가 할 말이야?"

—난 네 일부거든?

저 유리할 때만 한 몸을 주장하니 눈꼴이 시렸다.

"에쓰조 씨가 주장한 외부 범인설은 어떻게 생각해? 창고 안에 등유를 보관하는 사실을 가족만 아는 건 아니라는 이야기. 돈이나 유산 목적이 아니더라도 여러 사람에게 원한을 산 것 같기도 하고."

—죽여야 할 정도의 동기냐 아니냐 문제겠지. 기본적으로 범죄는 경제 효율이야. 죽여서 얻을 수 있는 대가가 노고에 비해 크냐 작냐. 머리를 좀 쓰는 놈이라면 가성비를 고려하겠지.

"다케이치로 씨의 경영 실패로 직장을 잃은 사람이나 평소에 몹쓸 짓을 당한 사람은 뼈에 사무칠 정도로 원한이 깊지 않을까."

—그러니까 말이야, 단순히 짐작이 아니라 제대로 된 근거를 바탕으로 생각하라고 했잖아. 재취업이 어렵다고 전 직장 대표를 죽이고 싶을까? 인격이야 어떻든 직함이 일단 회사 경영자인 남자에게 무례한 짓을 당했다고 저놈 죽여야지 하냐고.

"그럼 뭘 근거로 생각해야 해?"

—범죄가 발생하는 요소는 크게 세 가지로 나뉘어. 첫째 동기, 둘째 방법, 셋째 기회. 이 세 가지가 모두 들어맞는 사람을 찾는 거야. 범인은 반드시 이 세 가지 조건 안에 숨어 있거든. 하지만 지금은 정보가 너무 적어.

"저기, 확인차 묻는데 우리가 탐정 흉내를 내야 하는 이유가 뭘까? 형제 중에 범인이 있으면 그만큼 상속인 수가 줄어드니까 그만큼 유산 분할을 협의하기 편해지겠지만 절차 자체가 간소화되는 건 아니잖아."

—그런 것도 모르고 냄새를 맡고 다닌 거야?

"처음에 안 알려 줬잖아."

—취미야.

"엥?"

—항상 네 어깨에 붙어서 맨날 굽실거리며 사무실에서 서류

작업만 하는 걸 보니 지루해 죽을 지경이야. 가끔은 이런 자극적인 사건이 있어야 내 회색 뇌세포*가 죽지 않지.

"나한테는 이득이 없잖아."

—있고 말고. 숙주인 네 입장에서 내 기분이 좋은 것과 나쁜 것, 어떤 게 좋겠누?

미쓰기는 대답할 말이 없어 입을 다물었다. 인 씨는 지독한 놈이어서 기분이 좋을 때는 빈정거리고 말지만 기분이 나쁠 때는 거의 쉬지 않고 욕을 퍼붓는다. 비슷한 듯하다고 얕보면 안 된다. 거의 한 시간 동안 욕먹으면 멘탈이 무너지기 때문이다. 게다가 인 씨는 미쓰기의 열등감을 이보다 더 정확할 수 없을 정도로 찔러대기 때문에 감당할 수 없었다.

—기생 생물에게 영양분을 공급하는 게 숙주의 의무야. 그 정도는 명심해 두라고, 멍청아.

"인 씨가 사건에 관심을 보이는 건 상관없지만. 현재로서는 정보가 부족하잖아. 장례식장에서 입수한 정보를 밑천으로 또 후지시로 형사와 의견을 교환하라는 말이야?"

—감식 작업도 부검도 얼추 끝났어. 멍텅구리야. 사체 발견 현장을 대략 기억하지?

* 애거사 크리스티의 작품에 등장하는 명탐정 푸아로가 자신의 뛰어난 두뇌를 지칭하는 표현이다.

"사체 발견 직전까지 계속 진화 작업을 했잖아."

—그래. 저택 부지를 수많은 소방대원이 뛰어다니고 소화제니 물이니 범벅이 되어서 현장이 질퍽거렸어. 설령 범인이 족적을 남겼다고 해도 불을 끌 때 지워졌을 거야. 후지시로를 찔러봐도 새 정보를 끌어내는 건 어려울 거야. 새로운 정보가 생기기를 기다리자.

"새로운 정보라니?"

—당연한 걸 뭘 물어. 두 번째 사건 말이야.

"살인이 또 일어날 거라고?"

—범인의 목적이 유산이라면 당연히 계속 일어나겠지. 상속인이 적을수록 좋으니까.

"……지금 이 상황, 즐기고 있는 거 맞지?"

—아까부터 말했잖아. 도대체 같은 말을 몇 번이나 해야 직성이 풀리겠어?

"그 조문객들 못지않게 몰상식하다고 생각하지 않아?"

—'투박하고 거칠지만 부끄러운 짓은 하지 않는다*'

"뭐야, 그게."

—이런 말도 일일이 설명해 줘야 해? 자기가 읽은 책 정도는

---

* 일본의 사업가로 일본국유철도 총재를 지낸 이시다 레이스케가 국철 총재 취임 후 국회에서 남긴 명언. 일본 경제소설의 아버지 시로야마 사부로의 소설인 『투박하고 거칠지만 부끄러운 짓은 하지 않는다—시로다 레이스케의 생애』의 제목이기도 하다.

기억하라고. 안 그래도 무식한데 다른 사람이나 스마트폰에 의존하다가는 진짜 망둥어 대가리가 될걸.

"망둥어 대가리는 뭐야."

―더 심각한 바보가 된다는 말이야.

설마 이런 사건이 계속 일어날 리 없다. 미쓰기는 단순하게 믿었다. 어쨌든 다케이치로 부부가 살해된 지 아직 사흘 남짓이라 주위에 경찰이 연신 어슬렁거렸다. 설령 인 씨의 예언이 적중한다고 해도 시일이 조금 더 지난 뒤의 일이리라 판단했다.

그러나 미쓰기는 잊고 있었다.

사물을 읽는 시각과 상황 판단은 인 씨가 늘 자신보다 두 걸음은 앞선다는 사실을. 그리고 미쓰기의 시각은 대부분 낙관론에 지나지 않아서 가끔 빗나간다는 사실을.

그날 밤, 미쓰기는 피곤하기도 해서 목욕을 마치고 밤 11시에 잠자리에 들었다.


다음 날, 이번에는 저택에서 떨어진 물레방앗간에서 고지의 사체가 발견됐다.

3
두 번째 너구리는
목을 매달고

# 1

미쓰기가 사건 소식을 들은 것은 경찰이 현장에 도착한 지 얼마 지나지 않았을 때였다. 아침 식사를 마치고 방에서 쉬고 있는데 구루미가 뛰어 들어온 것이다.

"방금 고지 씨가 사체로 발견됐대요."

날벼락 같은 소식에 미쓰기는 칠칠치 못하게 입을 반쯤 벌렸다.

"다케이치로 씨 부부의 장례가 막 끝났는데요?"

"저한테 그런 말씀 해봤자 어떻게 알겠어요!"

반 자포자기 같은 대답이었지만 구루미의 심정을 생각하면 당연한 일일지도 몰랐다. 미쓰기와는 달리 피해자들과 한집에 살던 사이였다. 갑자기 덮친 놀랍고 당혹스러운 감정은 외부인과 비할 바가 아니었다.

"고지 씨, 역시 살해당한 걸까요?"

"저도 방금 막 들은 소식이라 자세한 건 아직 몰라요."

사쿠마 마을의 핵심 산업은 임업이지만 그것만으로는 마을 주민 모두가 먹고살 수 없었다. 특히 나무를 만들어 재목을 만드는 제재업이 사양 산업으로 전락한 현재, 임업 종사자 대부분이 농업과 임업을 겸한다고 한다. 그래서 마을에는 크고 작은 물레방앗간이 있는데 그중 가장 큰 물레방앗간은 역시 혼조가 소유였다. 고지의 사체가 발견된 물레방앗간이 바로 그곳이었다. 저택에서 약 백 미터 떨어진 곳으로 주로 정미할 때 사용하는 곳이었다.

6월 13일 이른 아침. 물레방앗간을 관리하는 남자가 고지의 사체를 발견하고 파출소에 신고하자마자 사쿠 경찰서 수사관들이 현장으로 급히 출동했다고 한다.

"그렇다면 자살일 가능성도 있죠."

"자살이요?"

구루미는 말도 안 된다는 듯 고개를 저었다.

"다른 사람이면 몰라도 고지 씨는 그럴 일 없어요. 후회나 우울과는 전혀 상관없는 사람이거든요."

"그래요?"

"그렇게나 자기 자신을 사랑하는 사람은 자살 따위 안 해요."

고지와 만난 지 얼마 되지 않았지만 듣고 보니 그런 것도 같

왔다. 자기중심적이고 쾌락만 좇는 사람은 반성하거나 우울할
틈도 없겠지.

그때 오른쪽 어깨가 꿈틀거리기 시작했다. 현장에 가고 싶다
는 인 씨의 신호였다.

"잠깐 보고 오죠."

미쓰기는 방을 나섰다. 구루미의 비난 어린 시선을 인지했지
만 어쩔 수 없었다.

"이제 나도 구루미 씨에게 구경꾼으로 찍혔잖아."

다른 사람의 눈이 없는 곳에서 투덜대자 곧바로 인 씨가 고개
를 내밀었다.

―설마 널 좋아하기라도 하는 줄 알았어?

"그게 아니라. 거 왜, 호감형 이미지라는 게 있잖아. 그런 걸
지키고 싶었단 말이야."

―걱정도 팔자다. 네 이미지는 나약한 겁쟁이에 구경꾼 본성
이 들끓는 사회 부적응자거든. 그게 다야.

사건 현장인 물레방앗간은 걷다 보니 바로 알아볼 수 있었다.
작은 건물 전체가 블루 시트로 덮여 있었고 그 주변에 많은 경
찰이 모여 있었다.

"아, 미쓰기 씨군요."

미쓰기를 발견하고는 후지시로가 다가왔다. 블루 시트 옆에
는 에쓰조가 이와마의 질문에 답하고 있었다.

"혼조가에서 달려온 사람은 에쓰조 씨뿐입니까?"

"네, 미쓰기 씨가 두 번째군요. 다른 분들도 여기로 오고 있습니까? 그렇다면 다시 돌아가서야 할 듯합니다."

방해된다는 것은 표정만 봐도 알 수 있었다.

"고지 씨의 생사를 확인하고 싶은 마음은 알지만 현장을 어지럽히면 본전도 못 찾습니다."

후지시로는 미쓰기와 현장 사이를 가로막았다. 일단 합의한 관계라고는 해도 수사 관계자는 아니니 당연한 대응이리라.

잠자코 있던 인 씨가 다시 날뛰기 시작했다. 사체와 현장을 보고 싶다고 보챘지만 후지시로가 버티고 선 이상 접근할 방법이 없었다.

"저기, 사체나 현장을 볼 수 있을까요?"

"무슨 소리를 하나 했더니. 안 됩니다. 검시가 이제 막 끝났는데. 그게 아니더라도 일반인 출입 금지입니다."

"상황만이라도 좀 알려 주실 수 없을까요? 물론 수사 정보 범위 안에서."

후지시로는 거추장스럽다는 표정 그대로 블루 시트 쪽을 흘끗 봤다. 이와마는 여전히 에쓰조를 조사하고 있어 미쓰기와 후지시로를 발견하지 못했다.

"지금 단계에서 말할 수 있는 것 자체가 적긴 합니다만."

후지시로가 작은 소리로 말하기 시작했다.

"사체 발견자가 누군지는 들었습니까?"

"물레방앗간 관리인이라던데요."

"혼조가에 고용된 소부에 겐키치라는 남자입니다. 물레방아가 멈춰 있어서 수리하러 들어갔다더군요. 거기서 사체를 발견했습니다."

"오호, 물레방아는 24시간 도는군요."

"아뇨, 혼조가는 물레방아를 정미용으로 빌려주기만 합니다. 농업이 주요 산업이면 몰라도 이 근방은 반 농업 반 임업이어서 종일 정미하지는 않거든요. 저기 봐요, 물레방앗간 옆에 시내가 흐르죠?"

후지시로가 손가락으로 가리킨 방향에 폭이 2미터 정도 되는 시내가 있었다. 산 위에서부터 흘러 내려오는 듯했는데 경사가 완만해서 유속이 느렸다.

"저 시내는 생활용수로도 사용하는데 아침 5시부터 낮 3시까지는 물길을 막아 물레방아 옆 농수로를 통해 논밭으로 물을 보내요. 그리고 3시가 되면 물길을 원래대로 돌려놓는다더군요. 그러니까 물레방아가 도는 시간은 아침 5시부터 낮 3시까지, 열 시간입니다."

"물길을 막는 것이 소부에 씨의 일이겠군요."

"자동화하려면 돈이 드니까요. 궁색한 이야기지만 이 근방은 기계보다 인력이 더 싸게 먹힙니다."

하루에 한 번, 물길을 막기만 하면 된다면 확실히 사람을 쓰는 편이 더 싸게 먹히겠지.

"소부에는 평소처럼 아침 5시에 물길을 막고 자신의 논을 보러 갔습니다. 그리고 오전 8시 넘어서 돌아왔죠. 그런데 물은 제대로 흐르는데 물레방아는 멈춰 있었습니다."

"고장이었습니까?"

"아뇨, 그게……."

후지시로가 말을 이으려던 순간이었다.

"길 좀 비켜 줘."

블루 시트 안에서 들것을 든 사람들이 나왔다. 들것에 실은 천으로 덮인 사체는 고지일 것이다. 다케이치로 부부의 사체를 본 것으로도 족하다. 더는 진저리가 났다. 아직도 꿈자리가 뒤숭숭할 정도였다. 인 씨는 흥미진진하다고 하지만 미쓰기에게는 공포의 대상일 뿐이었다. 후지시로가 재촉하기도 전에 경찰들에게 길을 양보했다.

그런데 역시나 미쓰기는 지지리도 운이 없는 사람이었다.

들것이 미쓰기의 눈앞을 지날 때 경찰 중 한 명이 논두렁에 발이 걸려 몸이 기우뚱하고 말았다. 들것이 크게 기울었고 그대로 천이 젖혀졌다.

미쓰기의 눈앞에 고지의 사체가 그대로 드러났다.

얼굴은 새하얗고 핏기가 전혀 없었다. 그뿐만이 아니었다. 경부가 기이할 정도로 세게 조여져 금방이라도 끊어질 것 같았다. 안구는 쏟아져 내릴 듯 튀어나왔고 두툼한 혀가 턱까지 길게 늘어져 있었다. 경부 출혈도 심해서 목 이하에서는 울혈이 나타났다.

논두렁 흙냄새와 피비린내, 그리고 사체에서 흘러나온 배설물 냄새가 순식간에 뒤섞였다.

순간 맹렬한 구토감이 엄습했다. 참다못한 미쓰기는 논두렁 길 위에 몸을 구부리고 요란하게 토했다. 아침으로 먹은 생선구이와 된장국이 거의 소화되지 않은 채 흩뿌려졌다.

"아아, 야단났네."

들것을 들고 있던 경찰이 들으라는 듯 투덜거렸다.

"토하는 사람 따로 있고, 저런 걸 유류물에서 제거하는 사람 따로 있고. 휴."

"미안하게 됐어."

"후지시로 형사님, 저 사람 참고인이에요, 뭐예요? 현장에 접근시키지 마세요. 범인으로 의심받아도 책임 못 지니까요."

"미안, 미안해. 금방 보낼 거야."

가련한 미쓰기는 후지시로의 부축을 받으며 현장에서 멀어졌다.

"뭡니까, 저 사체."

자신도 모르게 항의조가 튀어나왔지만 물론 후지시로 탓은 아니었다. 후지시로는 한층 더 성가시다는 표정을 지었다.

"뭐냐니, 교살된 사체잖아요. 그런데 교살이라기보다는 액살에 가깝습니다. 피해자가 질식해 죽은 뒤에도 계속 목이 조였거든요. 마지막에 밧줄이 경부를 파고들어 조직을 파괴하면 저렇게 됩니다."

"저기. 말씀 중 죄송한데, 교살과 액살의 차이가 뭔가요?"

인 씨라면 이런 종류의 지식도 풍부하겠지만 공교롭게도 인 씨를 불러낼 수 있는 상황이 아니었다.

"교살은 체중 외 힘으로 경부를 압박하는 겁니다. 사람 힘으로는 경동맥과 척추 동맥을 동시에 막기 어려워서 두부 쪽으로만 피가 흘러 안면에 울혈이 생기죠. 하지만 보통 목을 맨 자살에 해당하는 액사는 사체에 체중이 실리기 때문에 경동맥과 척추 동맥 모두 막혀서 안면이 창백해집니다. 교살이자 액살에 가깝다는 건 그런 의미입니다."

"범인은 힘이 얼마나 센 거죠?"

"물레방아가 멈춘 것으로 보자면."

후지시로는 똥 씹은 표정으로 얼굴을 찡그렸다.

"피해자의 목에 밧줄을 감고 밧줄 끝을 물레방아 축에 연결해 둡니다. 오전 5시, 소부에가 농수로의 물길을 열면 물레방아가 돌기 시작하고 동시에 밧줄이 잡아당겨지죠."

나머지는 설명을 듣지 않아도 알 수 있었다. 고지를 질식시킨 뒤에도 수력 때문에 물레방아는 계속 돌아 밧줄이 서서히 목을 파고들어 결국 뼛속까지 파고든 것이다.

"유속이 빨랐으면 아마 목이 잘려 나갔을 겁니다. 그러면 물레방아도 다시 움직였을 테니 소부에도 눈치채지 못했을 테죠."

"밧줄 길이는 어느 정도였습니까?"

"어림잡아 10미터 정도? 물레방아는 몹시 천천히 돌고 밧줄이 묶인 축은 가늘어서 전부 감기는 데 몇십 분은 걸려요."

"그 정도 여유가 있었다면 구조를 요청했으면 좋았을 텐데. 물레방앗간이 집안 소유였으면 소부에 씨가 아침 5시에 농수로를 열러 오는 걸 알았을 텐데요."

"구조를 요청할 수도, 저항할 수도 없는 상태였다……라고 말하면 상상이 가십니까?"

이 역시 대단한 상상력은 필요하지 않았다. 재갈을 물리고 사지를 구속하면 소리칠 수도, 소리를 낼 수도 없어진다.

"밧줄은 물레방앗간의 대들보에 걸려 있었습니다. 그래서 물레방아가 밧줄을 감으면 결국 몸이 들려 대들보에 매달리게 되고, 대들보와 천장 사이 틈이 매우 좁아서 천장 바로 아래 고정되어 목만 졸리는 거죠."

10미터는 제법 길다. 물레방아의 축이 감기는 몇십 분. 만약 의식이 또렷했다면 고지는 살아 있는 상태로 밧줄을 목에 걸고 목이 졸리는 과정을 지켜볼 수밖에 없었을 것이다. 고통과 공포가 동시에, 그리고 천천히 덮쳐온다.

그야말로 지옥 아닌가.

"저도 경찰로 임관한 지 꽤 됐지만 이렇게 잔혹한 살해방식은 처음 봅니다."

후지시로의 목소리가 낮아졌다.

"앞선 방화 살인과 동일범의 소행이라고 가정할 때 범인은 심상치 않은 증오를 품은 듯 보입니다."

"그런 식으로 가장했을 가능성은 없습니까? 진짜 동기는 돈처럼 좀 더 물질적일지도 모릅니다."

"되려 그게 더 무섭군요. 피해자를 증오하지도 않는데 저렇게 죽일 수 있다니 도무지 사람이라고 볼 수 없네요. 그야말로 요괴나 악마나 할 법한 짓이죠."

후지시로는 가늠하는 눈빛으로 미쓰기를 살폈다.

"미쓰기 씨, 만약을 위해 묻습니다. 어젯밤 뭘 하셨습니까?"

"저를 의심하시는 건가요? 고지 씨를 그런 식으로 죽인 범인이라고?"

"상투적인 말이라 죄송합니다만 사건 관계자에게 으레 드리는 똑같은 질문입니다."

"장례식이 끝난 뒤 너무 피곤해서 목욕하고 바로 잤습니다. 11시 넘었던 걸로 기억합니다."

"오늘 아침은요?"

"8시 30분경에 깨서 아침을 먹었습니다. 사건은 그 직후에 알았습니다."

"알리바이를 증명해 줄 사람이 있습니까?"

"없습니다. 방에 혼자 묵거든요."

후지시로가 짧게 탄식했다.

"보통 친족이나 동거인의 증언이 증거로 채택되지 않는 이유는 피의자를 감싸지는 않을까 의심되기 때문입니다. 그런데 이번 사건은 다른 이유로 가족과 동거인의 증언이 도움이 안 되는군요. 서로 너무 무관심하니. 아무튼 미쓰기 씨. 일단 저택으로 돌아가세요. 모두에게 다시 이야기를 들어야 합니다."

미쓰기는 후지시로의 지시에 따라 현장을 떠났다. 그러자 조금 전까지 이와마와 대화를 나누던 에쓰조가 합류했다.

"날벼락 맞은 기분이었죠? 감정사님."

역시 사체를 본 모양이다.

"죄송합니다. 못 볼 꼴을 보였군요."

"아뇨, 그럴 만해요. 멀리서 본 저조차도 토할 것 같았으니까요. 친형인데도 말이에요."

에쓰조는 통증을 견디듯 얼굴을 찡그렸다. 그뿐 아니라 어깨를 잘게 떨며 입술을 깨물었다. 끔찍한 사체에 대한 혐오감 때문만은 아닌 듯했다.

"에쓰조 씨야말로 괜찮습니까? 저기, 그, 좀……."

"친형이지만 존경할 구석이 얼마 없는 사람이었죠."

혼잣말처럼 들렸다.

"순 자기만 생각하는 쾌락주의자로 혼조 그룹과 직원들 생각은 눈곱만큼도 안 했어요. 워낙 비호감이라 작은 형을 좋게 말하는 사람은 거의 없어요. 그래도 역시 피를 나눈 형제인걸요."

"에쓰조 씨는 고지 씨를 좋아했습니까?"

"글쎄요, 어떨까요."

에쓰조는 울다가 웃다가 이내 두 손으로 얼굴을 덮어 가렸다.

"저는 존경할 수 없는 사람에게는 호의를 느끼지 못하는 도량 좁은 놈이라서요. 고지 형도 전혀 좋아하지 않았습니다, 분명. 그런데 저런 꼴로 가 버리니 이상하게도 범인이 증오스러워지네요."

"그렇다면 좋아한 거예요."

"아뇨……, 좋아하지 않았어도 저도 모르게 마음 쓰고 말게 되는 면이 있었겠죠. 여러 의미로 우울하네요. 형제란 존재는."

"아까 이와마 형사님이 이것저것 물었죠?"

"형이 사체로 발견됐다는 소식을 듣고 애가 타들어 갔습니다. 그런데 그 형사라는 사람이 가까이 가면 안 된다는 말만 하면서 물레방앗간 안으로 들어가는 것조차 허락하지 않더군요."

"물레방앗간 안에 있는 범인의 유류물과 관계없는 것이 섞일까 봐 염려했을 테죠."

"아무리 그래도 형님인지 아닌지 가족이 확인해야 하지 않습니까."

"혼조가와 연이 있는 소부에 씨가 고지 씨를 못 알아볼 리 없다고 판단했겠죠."

"게다가 알리바이까지 묻던데요. 감정사님도 그 질문 받으셨어요?"

"네. 저는 목욕하고 나오자마자 바로 잠들었는데 그걸 증언해 줄 사람이 있냐고 하더군요. 이거 참 난감하네요."

"저도 비슷합니다. 묘지에서 돌아온 뒤 생각이 너무 많았거든요. 상속이며 그룹이며. 전혀 잠들지 못했어요."

혼조 그룹과 직원의 미래를 염려하는 에쓰조다웠다. 걱정이 쌓여 있어도 체력 상태에 따라 푹 잘 수 있는 자신 같은 사람과는 크게 달랐다.

"그럼 아침까지 계속 깨어 있었습니까?"

"술의 힘을 빌렸습니다."

에쓰조가 대답하고는 쓴웃음을 지었다.

"구루미 씨에게 부탁해 브랜디를 잔뜩 받았습니다. 평소 마셔 버릇하지 않던 술이라 그런지 순식간에 곯아떨어졌어요."

"다행이네요. 저택 내 야간 순찰은 구루미 씨가 돌잖아요. 알리바이를 증명해 줄 겁니다."

"글쎄요. 구루미 씨의 순찰이 끝나기를 기다렸다가 움직일 수도 있으니까요. 제가 경찰이라면 거기까지 의심하겠네요. 뭐니 뭐니 해도 형을 죽일 동기가 가장 큰 용의자 아닙니까."

쓴웃음이 자조로 변했다. 후지시로와 손을 잡은 사실을 털어
놓을 수도 없는 미쓰기는 측은한 얼굴로 이야기를 들을 수밖에
없었다.

그리고 에쓰조는 저택으로 향하는 길에 두 번 다시 입을 열지
않았다.


"어젯밤도 마지막 문단속을 하셨죠?"

저택으로 돌아오자마자 구루미를 붙잡고 물었다.

"고지 씨가 몇 시에 사라졌을까요?"

질문에 구루미는 당혹스러운 듯 고개를 갸웃했다.

"대체로 자정이 지났을 즈음에 도는데, 그때는 고지 씨 방에
서 아직 불빛이 새어 나왔어요. 오늘 아침 방에 가 보니 불이 그
대로 켜진 상태였던 걸로 보아 실제로 몇 시에 밖으로 나가셨는
지는 저도 모르겠어요."

"에쓰조 씨는 어땠습니까?"

"에쓰조 씨는 자정에는 이미 주무시는 것 같았어요. 평소라면
들리지 않을 코 고는 소리가 방에서 났거든요."

"아, 평소에 술을 잘 마시지 않는 사람이라 그런지 브랜디 몇
잔에 뻗어 버렸군요."

"아니에요."

구루미가 손을 휘휘 저으며 부정했다.

"네? 브랜디를 잔뜩 마셨다고 하던데."

"브랜디 잔에 요만큼이요."

숫자 1을 표시하듯 집게손가락을 세웠다.

"한 잔이었어요. 자기 전에 조금 마시는 정도의 양이었는데 에쓰조 씨에게는 반병은 마신 듯한 효과였죠."

"고지 씨가 살해된 시간이 자정 너머라면 훌륭한 알리바이가 되겠네요. 술이 약한 게 도움이 될 때도 있군요."

"이 동네에서는 술을 못 마시면 애 취급당하거든요. 술이 세고 약하고는 체질 문제인데 시골에서는 주량을 남자다움과 어른스러움의 필수조건처럼 여기죠."

말하는 본인도 몹시 싫은 관습이라고 생각하는 듯했다. 구루미의 입꼬리가 뾰로통하게 내려갔다.

"에쓰조 씨는 회사 경영에 관심을 가지면서 그룹 임원들과 자주 만났어요. 그건 잘된 일이지만 모임이 밤까지 이어지면 아무래도 술이 따라오잖아요. 에쓰조 씨는 이 지역에서 유명할 정도로 술을 못 마셔서, 그전까지만 해도 임원들도 모처럼 좋은 분위기에 에쓰조 씨를 인정하고 존중하게 됐지만 술을 못 마신다는 걸 알자마자 흥이 깨진 티를 낸 거예요. 매번 그러니 에쓰조 씨도 상당히 스트레스를 받는 것 같았어요."

주량이 사회적 신분과 직결되는 것은 시골의 특수한 사정일 것이다. 에쓰조 정도는 아니더라도 자신 역시 술에 약한 미쓰기는 안타까움을 금할 길이 없었다.

"사요코 씨는 어땠습니까?"

"다카히로를 재워야 사요코 씨도 잘 수 있으니까요. 다카히로는 밤늦게까지 잘 안 자거든요. 저도 다카히로를 돌볼 때 애를 먹었죠."

"일찍 잘 수 없다는 말이네요."

"사요코 씨 방에 불이 꺼진 시간은 11시 30분 넘어서였던 것 같아요. 그런데 감정사님, 어쩐지 형사님처럼 구시네요."

약간 비난조로 들렸다. 혼조 가문을 섬기는 사람의 눈에 가족의 알리바이를 꼬치꼬치 캐묻는 자는 분명 수상쩍어 보이겠지.

"유산 상속 절차를 수행하는 사람으로서 경찰에만 맡길 수가 없어서요."

궁색한 변명이 어디까지 통할까 걱정이 되어 초조했지만 일단 구루미는 납득한 모습이었다.

"상속감정사 일도 힘드시겠어요."

그렇게 말하고는 복도 너머로 사라졌다.

미쓰기는 자신의 방으로 돌아가 곧바로 셔츠 깃을 젖혔다.

"인 씨, 지금까지의 탐문 내용 들었어?"

─그래, 들었어. 듣다가 눈물이 다 났네.

"에쓰조 씨 에피소드가 눈물을 자아냈나?"

─맹추야. 네가 너무 바보 같아서 기생하는 사람으로서 한심

해서 눈물이 다 나더라.

인 씨는 정나미가 다 떨어진다는 듯 입을 열었다.

"내가 왜 맹추야. 무서운 걸 꾹 참고 고지 씨 사체를 확인하러 갔잖아. 남은 가족의 알리바이까지 알아냈고. 사자분신*의 활약까지는 아니어도 칭찬해 주면 어디 덧나냐?"

─저기 말이야, 네 행동은 사자분신이 아니라 당랑거철**이라고 하는 거야. 무서운 걸 참고 사체를 확인했다고? 거짓말을 해도 유분수지. 구경꾼 본능이 뼛속까지 박힌 네가 내 핑계 대고 달려갔잖아. 게다가 사체를 보자마자 잔뜩 토하기나 하고. 몇 번이나 경고했는데 학습 능력이 눈곱만큼도 없구나. 정말 구제불능 닭대가리로군.

"토한 건 할 말 없지만 알리바이 조사는 빈틈이 없었던 것 같은데."

─그것도 불합격이야. 네가 구루미에게 들은 이야기는 그저 식구들이 잠들었다고 추정하는 시간이잖아. 실제로 몇 시에 잠들었는지 증명할 수 없어. 그들이 구루미가 야간 순찰을 돈 후에도 잠자리를 빠져나오지 않았다는 증거가 없잖아. 그런 건 들어 봤자 시간 낭비야. 차라리 이 집 사람들 신발을 조사하는 게

---

\*   사자처럼 맹렬한 기세로 있는 힘을 다해 싸우는 것을 의미한다.

\*\*  사마귀가 수레를 막는다는 뜻으로 제 역량을 생각하지 않고 강한 상대에게 무모하게 덤벼드는 행동을 의미한다.

더 의미 있을 거야.

"신발은 왜?"

—물레방아를 왜 돌리는지 들었지? 바로 정미야. 정미하면 겨가 많이 나오지. 방앗간 안은 매일 청소할 여유가 없으니 바닥 여기저기에 가루가 널려 있어. 범행 현장에 간 사람이라면 신발 밑창에 가루가 묻어 있을 법해.

"앗, 그럼 빨리 후지시로 형사님에게 알려 줘야지."

—그 정도는 경찰도 진작 생각하지. 그러니까 사건 관계자가 방앗간 안으로 못 들어가게 한 거야. 현장에 남은 유류물이 아니라 가지고 간 물건을 주목하고 있어. 저택에 오면 가장 먼저 모두의 신발을 조사할 거다.

인 씨의 설명은 언제나 명쾌해서 절로 고개를 끄덕일 수밖에 없었다.

—그렇게 물 마시는 새처럼 자꾸 꾸벅꾸벅하는데 말이야, 진짜로 고민해야 할 건 살해 방법이야.

"물레방아의 힘을 이용하면 경동맥과 척추동맥을 한꺼번에 막을 수 있어서 확실하게 죽일 수 있기 때문 아니었어?"

—그렇다면 자살로 가장해 대들보에 매달았어도 효과는 같았을 거야. 그런데 왜 일부러 기계 장치를 이용했을까?

"그야 당연히 목숨이 끊어지는 순간까지 죽음의 공포를 느끼게 하고 싶었기 때문이겠지. 범인은 고지 씨를 끔찍하게 증오했을 거야."

―밧줄이 물레방아에 감기는 사이에 누가 물레방앗간에 들어갈 우려도 있었어. 그런 위험을 무릅쓰면서까지 공포를 느끼게 해야 했을까? 물레방아가 돌기 전에 고지가 구출되면 본전도 못 건지는데?

"아아, 듣고 보니 그 말도 맞네."

―……하던 말 하고 또 해서 입 아프지만 네 녀석은 숙주니 친절한 마음으로 설명해 주지. 떠들 때는 좀 더 생각을 하고 떠들도록. 가만히 있으면 중간이라도 가니까.


인 씨의 예고대로 후지시로와 경찰들은 저택을 방문하자마자 집에 머무는 모든 사람의 신발 바닥에 묻은 물질과 밑창 무늬 채취를 요구했다. 거절하면 의심을 받는다는 사실을 알기에 혼조 가문 사람과 고용인, 물론 미쓰기도 승낙할 수밖에 없었다.

알리바이 조사의 성과가 좋지 않다는 것은 후지시로의 표정만 봐도 알 수 있었다. 각자가 잠들었다고 짐작되는 시각은 알아냈지만 그 후에 저택 밖으로 나가지 않았다는 증거도 없고 서로 증명해 줄 사람도 없었다.

고지가 사망한 시점은 밧줄이 물레방아에 감긴 직후일 테지만 정확한 사망 추정 시각은 역시 기밀이었다. 아직 부검이 끝나지 않은 탓도 있지만 가장 큰 이유는 용의자에게 수사 정보가 누설될까 우려하기 때문일 것이다.

경찰 조사 도중 히라기가 허둥지둥 달려왔다.

"당신은 정말 역병신이야."

히라기가 불쾌감을 노골적으로 드러내며 말했다.

"그 말씀, 얼마 전에도 하셨어요."

"말해서 이 참극을 멈출 수 있다면 몇 번이라도 말할 겁니다."

자신이야말로 그렇게 말하고 싶다고 생각했지만 히라기의 격
앙된 감정은 가라앉지 않았다.

"심지어 장례식이 열린 다음 날 두 번째 살인사건이라니."

"그러니까 제 탓이 아니라고요."

"그건 아주 잘 압니다. 하지만 분풀이할 사람이 당신밖에 없
군요."

"너무하시네요."

"역병신은 불행을 몰고 올 뿐, 자신이 홀린 자를 불행하게 하
지 않아요. 감정사님은 범인이 아니라고 돌려 말한 겁니다."

호의로 하는 말인지 악의로 하는 말인지 헛갈렸다.

"경찰이 변호사님에게도 알리바이를 묻던가요?"

"예외 없지요. 어제 장례를 마치고 나서 구지에게 제사 비용
을 건네고 장례 회사에 결제하려고 시내에 있어서 다행이었어
요. 구지와는 밤늦은 시간부터 술을 마시기 시작해서 그대로 사
무실에서 잤죠. 일어나자마자 경찰에게 연락을 받았습니다."

즉 남들처럼 술을 마실 수 있어서 다행히 알리바이가 성립됐다는 뜻이다. 역시 이 마을에서는 음주가 어느 정도 일종의 어드밴티지가 되는 듯하다.

"급하게 달려오니 곧장 신방 밑창 무늬와 물질을 채취한다고 하더군요. 정말 무례하기 짝이 없어요."

"새로운 수사 정보는 뭐라도 들으셨나요?"

"딱히. 목을 조르는 데 사용한 밧줄은 원래 물레방앗간에 있던 것 같다더군요."

"10미터도 넘는 밧줄이 정미하는 데 필요합니까?"

"물레방앗간이라고는 하지만 실제로는 창고도 겸하니까요. 밧줄 말고도 농기구나 비료도 보관합니다. 이 근방 물레방앗간은 다 그래요."

"그럼 용의자는 이 일대 주민으로 한정되겠군요."

"한마디로 그렇다고 할 수도 있습니다. 다만 흉기로 사용된 밧줄이 처음부터 범행 현장에 있던 물건이라면 밧줄 입수 경로를 추적하는 수사는 의미가 없겠죠."

히라기는 아직 속이 풀리지 않은 눈치였다.

"아마추어인 저도 알겠습니다. 그만큼 긴 밧줄이 물레방앗간에 있다는 사실을 알고서 범행을 저질렀다면 범인은 상당히 용의주도한 놈인 셈입니다. 그런 용의주도한 범인이 대책 없이 현장에 발자국을 남겼을 리 없습니다. 밑창에 묻은 물질이야 당연

히 처리했겠죠. 경찰이 지금 하는 수사는 아무 성과도 기대할
수 없어요."

히라기가 알 정도니 인 씨라면 옛날 옛적에 간파했을 것이다.

"고지 씨의 사망 추적 시각은 부검 결과를 기다리고 있지만
이 역시 사실관계를 따지면 쉽게 유추할 수 있죠. 소부에 씨가
농수로를 연 아침 5시부터 물레방아가 멈춘 것을 확인한 아침 8
시 사이에요. 무엇보다 범인은 그 전에 설치를 끝냈을 테니 고
지 씨가 저택을 나오고부터 아침 5시까지, 그사이에 살해했을
겁니다. 나머지는 경찰이 그 공백 시간을 얼마나 줄이느냐에 달
렸어요."

시간으로 따지면 불과 몇 시간.

하지만 단서는 기가 막힐 정도로 적었다.


## 2


잇따라 발생한 살인사건이 상속 감정을 멈출 이유는 되지 않
았다. 미쓰기는 다음 날부터 다시 작업을 시작했다.

몰리브덴 함유율과 매장량은 '후루하타 상속 감정'을 통해 토
양 분석 연구시설에 조사를 의뢰했을 텐데 아직 미쓰기에게 연
락은 없었다. 진척도를 확인하려고 저택의 유선전화를 빌려 사

무소에 전화를 걸자 수화기에서 곧바로 아리노 야요이 소장의 낮은 목소리가 흘러나왔다.

—왜 연락을 안 해.

인사고 뭐고 생략하고 질책부터 나오는 점은 여전했다.

"연락을 못 드린 건 죄송한데, 여기가 통화권이탈 지역이라 휴대폰이 안 돼요. 게다가 여기 사람이 계속 죽어서."

—누가 죽었는데. 그게 미쓰기 군은 아니잖아.

"상속인 두 명이 죽었어요."

—그러니까 자네가 죽은 것도 아닌데 왜 이렇게 연락이 늦은 거야. 열차 사고에 휘말린 것도 아니잖아. 대개 상속인 수가 줄면 분할 협의도 편해지지 않나?

아아, 또 시작이다.

야요이는 입만 열지 않으면 무척 아름다운 사람이지만 군기 잡는 선임처럼 채찍질하듯 말하고 사람을 험하게 다뤄서 손해를 본다. 본인은 정작 손해라고 생각하지 않겠지만 밑에서 일하는 사람에게는 스트레스였다. 그런데도 퇴직자가 적은 이유는 야요이가 철저한 능력주의자며 성과를 낸 직원에게는 합당한 대우를 해주기 때문이었다.

"저기 소장님, 저도 사건 관계자 중 한 명이 되는 바람에 요 며칠 꼼짝 못 했거든요."

—뭐야, 설마 자네가 범인이야?

"그럴 리가요."

농담으로 치부했지만 야요이는 의외로 진심으로 한 말일지도 몰랐다. 일 외에는 만사에 무관심한 여자다.

"소장님. 외부에 토양 분석 의뢰한 건 어떻게 됐어요?"

—자네가 자료로 남긴 지적측량도를 토대로 그쪽에서 견적을 보내왔어. 어제. 그 이후로 기분이 나빠.

야요이의 기분이 나쁠 때는 대부분 돈이 얽혀 있었다. 아니나 다를까 예상대로 불평이 들려왔다.

—견적 금액이 224만 엔이야.

"바가지잖아요."

—내역을 살펴보면 그렇지도 않아. 분석하는 데 고가의 장비가 필요하고 무엇보다 대상 면적이 너무 넓어. 산 일곱 개를 굴착하는 데 보링 머신도 가져가야 하고. 동원 인력만 일곱이 넘는다고. 기자재 사용료와 인건비를 고려하면 바가지라 하기도 뭐해. 호구 잡힌 건 확실하지만.

"부르는 게 값인가요?"

—우리가 내는 건 아니잖아. 산을 상속할 사람이 내야지. 자네가 보낸 최근 보고서를 보면 상속인이 조사비용을 대겠다는 취지의 발언을 했을 텐데?

아차 싶었다.

"으으음, 그게 말인데요. 그 말을 한 사람이 살해당해서……."

—뭐라고오?

야요이의 목소리가 순식간에 튀었다.

—비용을 누가 낼지도 분명히 정리하지 않은 상황에서 외부 조사를 발주하자고?

"아뇨, 그러니까 장남인 다케이치로 씨가 살해당한 건 예측하지 못한 상황이라서요."

—어떤 사태가 벌어지든 임기응변으로 대처하는 게 '후루하타 상속 감정'의 모토야. 설마 잊은 건 아니겠지?

"잊지 않았습니다."

—상속인 전원에게 승낙받아. 물론 서명까지 받아서 문서로 남기고. 토양조사는 그 후에 정식으로 의뢰한다. 알겠어?

"해 보겠습니다."

—해 보겠습니다, 라니. 해야지.

나왔다, 채찍질.

"……알겠습니다. 그럼 다시 보고드리겠습니다."

—잠깐만.

전화를 끊기 직전, 야요이가 큰소리로 저지했다.

—알겠다고 대답했지? 상속인 몇 명에게 승낙받을 생각이야?

"현재 살아 있는 상속인은 삼남 에쓰조 씨와 장녀 사요코 씨 두 명입니다."

─그러니까 자네가 뭐가 무르다는 거야.

수화기 너머에서 탄식하는 야요이의 모습이 눈에 선했다.

─혼조 구라노스케는 입지전적 인물로 향토사에도 이름이 몇 차례 등장해. 본인이 쓴 자서전도 남아 있고. 십중팔구 대필 작가가 써서 어느 정도 과장은 됐겠지만 내용은 흥미진진해.

"일부러 사셨어요?"

─실무를 맡기 전에 당연히 상속 배경 정도는 파악해 둬야지.

경비에 관해서는 깐깐하지만 부하가 맡은 업무의 세부 내용까지 확인해 실수가 나오지 않게 하는 사람이었다. 1인 회사지만 부하들의 신뢰가 두터운 이유 중 하나는 이런 꼼꼼한 성격 때문이었다.

─자서전만 보면 구라노스케 씨는 왕년에 여자 복이 대단했던 사람이라나 봐.

듣고 보니 그럴 만했다. 장남 다케이치로의 여성 편력은 구라노스케에게 물려받은 것이 틀림없었다.

─그런 인물이 피상속인일 경우 유의해야 할 점이 뭐지?

"비적출자요."

─그래. 알려지지 않은 사생아가 있을 수 있어. 그런 사람이 갑자기 유산 분할 협의에 끼어들면 골치 아파.

"맞는 말씀이에요."

골치 아픈 일은 싫다는 말은 목구멍으로 삼켰다.

—아무튼 전호적등본부터 제적등본까지 생각나는 서류는 모조리 조사해. 토양조사 의뢰는 그 이후에 해도 늦지 않아. 산이 어디로 도망가지는 않으니까.

"이번에야말로 알겠습니다."

—기대하겠어.

마지막 말이 이러니 마음을 놓을 수 없었다. 미쓰기는 수화기를 내려놓고 한숨을 쉬었다.

—변함없이 대단한 아줌마네.

인 씨가 깐족거리며 말을 걸었다. 하지만 인 씨가 야요이를 자신보다 한 수 위라고 인정한다는 것을 안다. 상대가 누구든 능력주의로 평가하는 인 씨는 공정했다.

"대단하긴 한데 거역할 수 없어."

—마땅한 지시니까.

1958년과 1994년에 법무성령*이 내려와 호적을 새로 만들었다. 다시 만들기 전 호적은 전호적(정식 명칭은 개정 전 호적)이라고 부른다. 제적등본이란 전적이나 제적 등으로 구성원들이 없어진 상태의 호적 서류를 가리킨다. 즉 호적등본(현 호적의 사본)은 현재의 정보며 전호적등본과 제적등본은 과거의 정보라

---

\* 　법무성 대신(大臣)이 자신이 주관하는 행정사무에 관해 내리는 집행명령 또는 위임명령.

할 수 있다. 이 세 가지 호적을 철저하게 파헤치면 숨겨진 사생아를 찾아낼 수 있지 않겠냐는 것이 야요이의 생각이었다.

호적등본도 전호적등본도 제적등본도 본적지에 있는 관공서에서 확인할 수 있다. 혼조 가문은 대대로 사쿠마 마을에 뿌리를 두고 있으므로 소급 조사도 수월하리라.

—이번 기회에 혼조가의 역사를 읽어보는 것도 또 다른 재미겠구나.

"재미로 말하지 마."

—너한테는 일이겠지만 나한테는 그저 재미일 뿐이야. 새삼스럽게 왜 그래?

회사에서는 야요이의 관리를 받고 회사 밖에서는 인 씨에게 욕을 먹는다. 자신은 인복 혹은 인면창 복이 지지리도 없는 사람이라는 생각이 들었다.

—이봐, 냉큼 동사무소에 다녀와야지. 거기도 퇴근 시간이 있는데 이러다 문 닫겠어. 굼뜬 널 아무도 기다려 주지 않는다고.

인 씨의 재촉에 떠밀려 미쓰기는 외출 준비를 시작했다.


사쿠마 마을의 동사무소에 가는 목적을 말했더니 구루미가 차로 바래다준다고 했다. 호의는 고마웠지만 그 검정색 벤츠를 동사무소 정문 앞에 대는 것은 아무래도 어색하고 민망했다.

"조사가 언제 끝날지 몰라요."

"그럼 저는 일단 저택으로 돌아왔다가 다시 모시러 갈게요. 끝나면 연락 주세요."

"하지만."

"이 마을은 차가 없으면 못 다녀요. 설마 동사무소까지 걸어서 갈 생각이셨어요?"

구루미도 한번 말을 꺼내면 남의 말을 듣지 않는 성격인지, 기세에 눌린 미쓰기는 떠밀리다시피 벤츠에 탔다.

"감정사님한테 무슨 일이 생기면 제가 혼나요."

모처럼 차에 탔으니 구루미에게 묻기로 했다.

"혼조 가문의 종교는 신토*죠? 대대로 그랬나요?"

"사쿠마 마을은 절반이 넘는 사람들이 신토예요. 결혼식도 신사에서 전통식으로 치르는 사람이 많은 정도로요."

"이 지역 토속 신사는 어디입니까?"

"동사무소에서 조금 떨어진 곳에 있는 사노신사요. 그런데 신사는 왜 그러시죠?"

"아아, 관심이 좀 있어서요."

상대가 아무리 구루미라도 조사 내용을 술술 말할 수는 없다. 게다가 이것은 인 씨가 떠올린 정보라서 자신의 아이디어인 양 의기양양 떠들어대기도 부끄러웠다.

---

\* 일본을 대표하는 민족 종교. 신토의 신을 모시는 종교시설이 신사(神社)다.

사쿠마 마을 동사무소에 도착한 미쓰기는 구루미와 헤어진 뒤 서둘러 주민과 창구로 직행했다. 한산한 오전, 동사무소 방문자는 미쓰기 한 사람뿐이었다.

비치된 신청용지에 필요 사항을 적어 창구 직원에게 제출했다.

"호적등본과 전호적등본, 만약 있다면 제적등본까지 전부 떼고 싶습니다."

이미 에쓰조의 이름으로 위임장을 받아 놓았다. 창구 직원은 별반 신경 쓰지 않는 모습으로 미쓰기에게 등본을 건네준 뒤 총총히 자리로 돌아갔다. 아무리 한가해도 신청자 한 명에게 달라붙어 있을 여유는 없는 모양이다.

미쓰기로서는 오히려 잘된 일이었다. 옆에 사람이 있으면 순조롭게 진행할 수 없는 작업이었다.

우선 호적등본에서 구라노스케 란을 봤다. 사망했다는 표시로 이름에 크게 X자가 쳐져 있었다.

구라노스케의 부모 이름과 출신을 확인하고 싶었다. 다행히 부모 모두 사쿠마 마을에 본적을 둬서 거슬러 올라가 조사할 수 있었다.

구라노스케의 아버지는 도라노스케, 어머니는 기누. 도라노스케는 1946년 8월에 사망했고, 남편을 여읜 기누도 그로부터 3년 뒤 남편의 뒤를 따르듯 사망했다. 도라노스케 슬하에 자녀는 전부 세 명. 장남 구라노스케와 나머지 아들 둘이다. 두 사람은 결혼 후 분가하면서 제적 처리됐다.

이번에는 도라노스케 대로 거슬러 갔다.

도라노스케의 아버지는 미노키치, 어머니는 데이. 두 사람 모두 메이지 시대에 사망했다. 아들 셋과 딸 둘을 낳았다. 집안을 이은 사람은 도라노스케며 나머지 네 사람은 역시 결혼 후 제적됐다.

현재 남아 있는 혼조 가문의 호적 중 가장 오래된 조상이었다. 일본에서 호적법이 시행된 것은 메이지 5년인 1872년 2월 1일. 이전 기록은 동사무소에 존재하지 않는다. 만약을 위해 제적된 가족의 호적을 확인하고 싶었지만 다른 지역으로 옮기는 바람에 추적할 수 없었다.

자료가 몹시 부족하지만 동사무소에서 할 수 있는 일은 이 정도다. 됐다. 메이지 시대까지밖에 조사할 수 없으리라는 것은 이미 예상한 바다. 이렇게 되면 야요이의 명령대로 철저히 조사해야겠다.

미쓰기는 동사무소를 나와 사노신사로 향했다. 행인에게 묻지 않아도 충분했다. '사노신사'라고 적힌 표지판을 따라 걷자 저 멀리 샤덴*이 보이기 시작했다.

주홍색 도리이가 군데군데 벗겨져 있었다. 샤덴도 상당히 낡

---

* 신체를 모신 건물.

아 벽 일부에 금이 갔는데도 보수조차 하지 않았다.

"안녕하세요."

사무실 앞에서 인사하자 잠시 후 하카마*를 입은 남자가 불쑥 나타났다. 여든 살이 넘어 보였다. 대머리에 사시지만 걷는 모습은 정정했다.

"누구십니까."

"혼조가의 의뢰로 상속 감정을 하는 미쓰기라고 합니다."

명함을 건네자 하카마 차림의 남자가 유심히 들여다봤다.

"이곳의 구지를 뵙고 싶은데요."

"내가 구지오."

구지는 자신을 나루시마라고 소개했다. 상속감정사라는 직업이 낯선지 명함 다음으로 미쓰기의 얼굴을 관찰하기 시작했다.

"그러고 보니 다케이치로 부부 장례식에 당신도 있었지. 소문의 그 감정사 양반이로군."

"어떤 소문입니까?"

"굳이 듣고 싶은가? 남들이 떠드는 소문치고 변변한 게 없을 텐데."

"……괜찮습니다."

---

\* 　기모노 종류 중 하나로 통이 매우 넓고 주름 잡힌 하의.

"그런데 상속감정사 양반이 나한테 무슨 볼일이오?"

"이 신사는 역사가 매우 깊다고 들었습니다."

"아무렴. 에도 시대부터 있던 유서 깊은 신사지. 뭐, 지금은 이렇게 초라해졌지만 말이오."

"인별장*을 보관하고 계십니까?"

인별장이라는 말을 들은 나루시마 구지는 의심스럽다는 듯 눈을 가늘게 떴다.

"없는 건 아닌데."

"혼조가의 인별장을 보고 싶습니다. 이건 위임장입니다."

한 통 더 가지고 있던 위임장을 내밀었다. 나루시마 구지는 혼조 에쓰조의 이름을 확인하고서도 납득하지 못한 눈치였다.

"혼조가에서 대대로 우리 신사에 봉납하는 관계니 인별장도 분명 우리가 보관하고 있을 게요. 그런데 요즘 같은 시대에 무슨 인별장을 찾으시나."

"메이지 이전 기록은 동사무소에 없어서요."

"그건 그렇지. 호적제도가 시행된 지 기껏해야 150년 남짓이니까. 우리 신사의 역사 발끝에도 못 미치지."

종문인별장. 소위 인별장이라고 불리는 이것은 에도 시대 중기 이후에 존재한 옛 호적부다. 게이초 18년인 1613년, 막부는

---

* 에도 시대의 호적 장부.

기독교 금지령을 내리면서 백성이 어느 불교 종파에 소속해 있는지 정기적으로 조사하기 시작했고 대장에 기록했다. 이는 종문개장이라고 불리다가 후에 인구조사를 기록한 인별장과 통합되면서 종문인별개장이 됐다. 각 집의 구성원을 장부에 기록하면 조세 징수 면에서 유용했기 때문이었다.

인별장에는 집 단위로 이름과 나이, 더불어 소속되어 시주하는 사찰명을 기록했다. 그렇기에 메이지 5년인 1872년 호적법 시행 이전에는 각 사찰에서 인별장을 관리하는 지역이 적지 않았다.

"혼조가의 족보를 좀 확인하고 싶어서요."

"그게 이번 유산 상속과 관계있나?"

"조사해 봐야지 뭐라 말씀드릴 수 있겠네요. 아, 물론 공짜는 아닙니다."

"……얼마나 낼 수 있소?"

"유키치* 씨 한 장이요."

나루시마 구지는 주판알을 튀기듯 미쓰기를 응시하다가 마침내 긴장을 풀었다.

"배견료로는 딱 좋군. 자 들어오시게."

---

\* 1만 엔을 낼 수 있다는 뜻이다. 후쿠자와 유키치는 일본의 근대사상가이자 교육자로, 1만 엔권 지폐에 그려져 있다. 참고로 2024년부터 사용될 새 1만 엔권에 들어갈 초상은 일본 자본주의의 아버지로 불리는 '시부사와 에이이치'로 변경되었다.

미쓰기는 나루시마 구지의 안내를 따라 사무실로 들어갔다.

신사는 어디든 비슷한 분위기가 흐른다. 선향 냄새나 헌화 냄새 때문이 아니다. 소란한 속세와는 다른 세계의 평온함이 주변을 지배하는 것처럼 느껴진다.

나루시마 구지에게 이끌려 도착한 곳은 사무실의 곳간이었다. 예스럽고 운치 있는 가구와 에마\*가 잔뜩 있어 나무 냄새가 코를 찔렀다. 구석에는 길쭉한 함이 놓여 있었다. 상당히 오랜 세월 사용하지 않은 듯 먼지가 겹겹이 쌓여 있었다.

"물건을 오래 쓰는 것도 생각해 볼 일이야. 건물 크기는 그대로인데 보관해야 할 물건만 늘어나잖나."

나루시마 구지가 함 뚜껑을 향해 한숨을 내쉬자 뿌옇게 쌓인 먼지가 허공에 흩날렸다. 미쓰기는 자신도 모르게 숨을 멈췄다.

"분명 여기 있을 텐데……. 뭐, 시간이야 많으니. 찬찬히 찾아보시게."

도와줄 마음은 추호도 없어 보였다. 그렇다고 해도 상관없었다.

"그럼 실례하겠습니다."

미쓰기의 목소리를 신호로 나루시마 구지는 곳간을 나갔다. 지금부터 고독하고 흥미진진한 탐색 시간이다.

---

\*  신사나 사찰에 소원과 그림을 적어 봉납하는 나무판.

정체불명의 제사 도구를 손으로 밀어젖히자 와토지*로 만든 고문서 여러 권이 잡혔다. 그중 한 권을 펼쳐 보고 확신했다. 틀림없이 인별장이었다.

한 권씩 꺼내 살피고서 관계없는 집안의 인별장은 바닥에 쌓아 뒀다. 작업을 반복하기를 30분 남짓, 마침내 표제부에서 '혼조'라는 성을 발견했다.

미쓰기의 손가락이 천천히 종이를 넘겼다. 부스럼을 만지듯 조심스럽게 다루지 않으면 종이가 금세 찢어질 것 같았다.

간신히 전부 읽고 나자 방에 들어온 지 두 시간 정도 지나 있었다. 미쓰기는 나루시마 구지에게 사례금을 건네고 신사를 뒤로했다. 동사무소 앞 공중전화로 구루미에게 연락을 하고서 벤치에 앉아 벤츠를 기다렸다.

—의미 있는 시간이었네.

다른 사람의 눈이 없는 것을 확인한 인 씨가 고개를 내밀었다.

"무슨 의미가 있었다는 거야. 조사하는 동안 줄곧 기분 나빴는데."

—사고방식의 차이지. 난 지적 호기심이 발동했거든.

"속된 호기심을 잘못 말한 거 아냐?"

—해석하는 사람의 그릇에 따라 명칭도 달라지지. 그런데 분

---

\* 실로 책을 엮는 일본의 전통 제본 기술.

명 원인과 결과가 있는 이야기야. 설마 다카히로 같은 아이가 일정 주기마다 태어날 리 없잖아.

인별장을 보고 혼조 가문의 에도 시대 가족 구성 변화의 역사를 알 수 있었다. 과거로 거슬러 올라가면 올라갈수록 대체로 출생 수는 많아지고 가족 구성원이 열 명인 경우도 숱했다.

12대 전까지 거슬러 올라갔다. 그리고 가족들의 특징을 하나하나 자세히 정리하다가 미쓰기와 인 씨는 어떤 특이점을 찾아냈다.

"혼조가는 삼대마다 단명하는 아이가 태어났어. 그 아이들 가운데 한 명은 열 살까지 살지 못했고. 인 씨, 이게 무슨 의미일까?"

—기근이나 재해, 전염병이 있던 해도 아니야. 아이들이 요절한 데는 다른 이유가 있겠지.

"예를 들면?"

—복자는 오래 살지 못해. 문헌에서도 알 수 있는 사실이지. 요절한 아이들은 모두 복자였을 가능성이 있어.

"복자가 정확히 삼대마다 나타난다니 그야말로 하늘의 뜻 같지 않아?"

—그러니까 하늘의 뜻이 아니라 인간이 개입했다는 말이야. DNA 조작이 뭔지 모르는 시대라도 의도적으로 장애아를 낳을 머리 정도는 있으니까.

"설마."

—그 설마가 가장 효율적인 방법이었지. 간단해. 근친상간을 반복하다 보면 꽤 높은 확률로 장애아가 태어나니.

"그냥 상상일 뿐이잖아."

—지금으로부터 4백 년 전에 이것 말고 어떤 다른 수가 있었 겠어. 억측 수준이지만 마냥 허튼소리만도 아냐. 혼조가는 삼대 마다 복자가 태어난 역사가 있고, 그것은 곧 근친상간의 역사기 도 해. 그렇게 생각하면 적어도 앞뒤는 맞아.

"그게 사람이 할 짓이야?"

—지금 시대의 척도를 과거에 들이대지 마.

"도대체 왜 그런 짓을 했을까."

—당연히 복자 풍습이 있으니까. 혼조가 가장은 삼대마다 근 친상간을 반복하며 복자 탄생에 열을 올렸어. 복자야말로 혼조 가 번영의 상징이자 근간이었으니까. 미신이라고 비웃지 마. 요 즘 사람들도 많든 적든 그런 종류의 미신을 신봉하니까. 옛날에 는 미신이 어엿한 상식이자 삶의 지혜였어. 멍텅구리 같은 놈이 비난할 만한 게 아니야.

# 3

구루미가 몰고 올 차를 기다리는 동안 미쓰기는 묻지 않을 수 없었다.

"저기 말이야, 인 씨. 아까 혼조가의 역사는 근친상간의 역사이기도 하다고 했잖아."

—아아, 그래.

"구라노스케 씨도 그랬을까?"

자신이 말하고도 어마어마한 혐오감에 휩싸였다.

"혼조가의 흥망성쇠가 복자의 존재에 달려 있다고 믿었던 건가."

—구라노스케는 다카히로를 유난히 귀애했잖아. 그렇다면 결론은 뻔하지. 장애를 앓는 아이라서 유독 예뻐했을 수도 있지만 다카히로는 손자고, 인물평을 들어보면 구라노스케는 그리 개방적인 사람이 아니었을 거야. 그래도 다카히로를 총애한 건 구라노스케 본인이 복자 미신을 믿었기 때문이겠지.

"복자를 인위적으로 낳기 위해서 근친상간이 쉬운 방법이라면 복자를 원하던 구라노스케가, 어쩌면……."

—말을 왜 하다 말아. 다카히로는 구라노스케가 딸 사요코에게 손을 대 낳게 한 아이가 아니냐고?

"응."

─당연히 그렇겠지. 호색한에 복자 맹신론자에 무엇보다 일가의 영화를 바라는 총수라면 친딸에게 손을 대는 건 어떻나. 사명 중 하나쯤으로 여기지 않았을까?

친딸을 범하는 것이 가장의 사명. 너무 상식 밖의 사고방식이라 이해도 납득도 할 수 없었다.

─이해할 수도, 납득할 수도 없다는 얼굴이군.

"……정말, 끔찍할 정도로 나를 너무 잘 알아."

─네 일부잖아. 모르는 게 이상하지. 내가 더 싫거든? 넌 숙주인데 왜 그렇게 세상 물정 모르고 둔하고 상식에 얽매이는 거냐. 나뿐 아니라 눈과 귀와 손발이 밤마다 한심해 미치겠다고 우는 걸 몰라?

왜 신체 일부에게 이렇게까지 욕을 들어야 하나 싶지만 자신의 한심함은 자신이 가장 잘 알기에 반박할 수 없었다.

"그건 어디까지나 인 씨의 추리잖아."

─그럼 근친상간으로 태어난 아이라고 호적에 적어 놓을까?

"확인하는 편이 좋겠지. 하지만 정작 중요한 구라노스케 씨는 이미 땅에 묻혔잖아."

─넌 정말 그쪽으로는 머리가 안 돌아가는구나. 아이 아버지가 누구냐고 엄마한테 물으면 한 방에 끝나잖아.

"사요코 씨에게 물어보라고?"

─확인하는 편이 좋겠다고 한 건 너야. 사요코에게 직접 묻는

것보다 더 확실한 방법이 있으면 말해 봐. 겁쟁이야.

인 씨의 지적은 정확했지만 그렇다고 사요코 본인에게 다카히로의 친아버지는 누구냐고 대놓고 물을 용기는 없었다.

생각에 잠긴 사이에 시간이 쏜살같이 흘렀다. 구루미는 오지 않았다. 결국 기다리기를 포기하고 걷기 시작한 미쓰기는 어느새 혼조가 저택 앞에 서 있었다.

돌연 야요이의 지시가 떠올랐다.

토양 분석 비용을 부담하기로 했던 다케이치로가 사망한 지금, 추인할 상속자가 필요하다. 남은 사람은 에쓰조와 사요코므로 그 두 사람에게 승낙받아야 했다.

머뭇거리는데 현관문이 열리고 안에서 구루미가 나왔다.

"아. 감정사님, 돌아오셨어요?"

"네, 방금 막 도착했습니다."

"모시러 가지 못해서 죄송해요. 저녁 식사를 준비하는 데 시간이 걸려서요. 식사하시겠어요?"

저녁 식사라는 말을 듣자마자 허기를 느꼈다. 그러고 보니 오늘은 동사무소와 사노신사를 오가며 쉬지 않고 조사했기 때문에 점심도 제대로 먹지 못했다.

"물론입니다. 무척 배고프네요."

"그럼 감정사님 상에는 음식을 더 많이 올릴게요."

"다른 분들은 벌써 다 모이셨어요?"

"네. 경찰들이 너무 멀리 나가지 말라고 못 박았거든요."

말에 가시가 느껴지는 이유는 구루미 본인도 행동 범위에 제약을 받기 때문이겠지. 그렇게 생각하면 후지시로와 비밀 협약을 맺었다고는 해도 상당한 자유를 허락받는 자신은 특이한 입장이었다.

방으로 돌아와 홀로 생각에 잠겨 있는데 아니나 다를까 인 씨가 타박했다.

─어이구, 속 터져. 결정 장애로 치면 아마 넌 이 나라 최고일 거다.

"그런 칭찬은 하나도 안 기뻐."

─기뻐해. 절대 칭찬 아니니까.

"하여간 인 씨는……."

─사요코에게 직접 묻기 부끄럽다며. 넌 상대가 여자라고 말도 제대로 못 하는 거야? 누가 동정 아니랄까 봐.

"친아버지에게 강간당했습니까, 라고 어떻게 물어."

─묻기 어려운 걸 묻는 게 조사잖아. 넌 후지시로가 하는 일이 뭐라고 생각하는 거야.

"아니, 후지시로 형사님 같은 사람들은 이미 몸에 뱄다고나 할까, 그런 섬세한 마음을 팔아 버린 것 같아."

─……넌 프로페셔널이라는 개념도 모르냐. 그 아저씨는 멍텅구리보다 훨씬 더 섬세하다고.

"아무튼 사요코 씨 본인에게 묻는 건 타이밍을 좀 더 재는 게 좋을 것 같아."

어차피 욕이나 먹겠지 생각한 순간 맹장지 문이 열리며 구루미가 상을 내왔다. 따라서 전부 먹을 때까지 인 씨의 잔소리는 멈췄다.

식사를 마치고 나서 미쓰기는 에쓰조의 방을 찾아갔다. 에쓰조도 식사를 마친 직후였던 듯 어딘지 모르게 여유 비슷한 것이 느껴졌다.

인 씨는 자주 깎아내리지만 미쓰기도 나름대로 사회생활 경험이 있는 사람이다. 서툰 경험으로 얻은 노하우도 있다. 그 노하우 중 하나가 바로 난관이 예상되는 협상을 원활하게 진행하기 위한 유의점이었다.

하나, 협상 시간을 바꾸어 본다.

둘, 협상 담당자를 바꾸어 본다.

셋, 상대가 식사를 마친 직후에 협상한다.

첫 번째와 두 번째는 차치하고 세 번째는 설명이 필요할 듯하다. 사람은 허기를 느끼면 쉽게 화가 나고 평소 신경 쓰지 않던 부분까지도 얽매이는 경향이 있다.

그러나 포만감을 느끼면 완전히 달라진다. 많은 부분에서 관대해지고 상대가 다소 실수해도 눈감아준다.

원래 야요이에게 전수받은 노하우인데 언젠가 의뢰인과의 협상 자리에서 시도해 보니 의외로 효과가 있어 놀란 경험이 있다. 조사 비용 마련 의뢰라는 곤란한 협상에 임하려면 이 기회를 놓쳐서는 안 된다.

그런데 어떻게 말을 꺼낼까 궁리하는데 에쓰조가 먼저 입을 열었다.

"미쓰기 감정사님께는 여러모로 폐를 끼치는군요. 이런 사건에 휘말리기까지 하셔서."

"아뇨, 에쓰조 씨야말로. 늦었지만 고지 씨 일은 참으로 안타깝습니다."

애도의 말은 물레방앗간에서 돌아오는 길에 했어야 했다. 지금까지 잊고 있었다니 전적으로 처세가 어설픈 자신의 문제였다.

이럴 때마다 물정에 어두운 자신을 원망하고 싶어졌다. 철이 들 무렵에 타인과의 소통을 기피했던 사정도 있지만 사회생활을 하는 지금은 변명이 되지 않는다.

"진심으로 감사합니다. 하지만 솔직히 말해서 아직 형님의 죽음을 애도할 기분은 아닙니다."

에쓰조는 자학적인 미소를 띠었다.

"바로 직전에 큰형님 부부의 장례를 치렀으니까요. 냉정한 동생이라고 생각하시겠지만 이렇게 불행이 줄줄이 겹치면 마음 편하게 슬퍼할 겨를도 없어요. 뭐랄까, 스트레스를 한꺼번에 받지 않도록 제동이 걸리는 느낌이네요."

"아, 무슨 기분인지 알아요. 배가 아플 때 정강이를 세게 걷어차면 복통이 사라지는 것처럼 말이죠?"

"……그런데 조의를 표하러 일부러 오신 건가요?"

"아, 아뇨. 사실 에쓰조 씨에게 부탁이라고 해야 하나, 의향을 여쭈러 왔습니다."

미쓰기는 산림 토양 분석의 견적을 받은 사실을 설명했다. 눈치가 빠른 에쓰조는 이야기 중간부터 의도를 파악한 듯했다.

"그렇군요. 조사 비용을 마련하겠다고 한 사람은 확실히 다케이치로 형이었죠. 그런데 부부가 함께 살해당하고 지금은 고지 형까지 죽었죠. 이 시점에서 누가 비용을 보증할 것인가 확인하고 싶다는 말씀이시군요."

"이런 시시콜콜한 말씀을 드려 죄송합니다. 조사 비용이 설마 그렇게 막대한 금액이리라고 예상하지 못해서."

"224만 엔이라고 하셨나요? 뭐, 산 일곱 개면 그 정도 돈은 들겠죠. 네, 괜찮습니다."

흔쾌한 대답에 미쓰기는 가슴을 쓸어내렸다.

"유산 총액을 확정하려면 필요한 작업이니까요. 사요코에게는 제가 전해 두겠습니다. 그 아이도 상식이 있으니 반대는 안 하겠죠."

"덕분에 살았습니다. 어쨌든 저희처럼 작은 사무소에서 백만 엔 단위는 부담되는 비용이라서요. 그런데 사요코 씨가 정말로 동의할까요?"

그러자 에쓰조는 면목 없다는 듯 머리를 긁적였다.

"아무래도 유산 분할 협의 중이라서 괜히 형제 사이가 좋지 않은 듯 보이지 않았나 싶어요. 생각해 보면 감정사님 앞에서는 우리 형제가 줄곧 대립하는 모습만 보여드린 것 같네요. 심지어 혼조 그룹 임원들은 패권 다툼에 제각각 꼭두각시로 세울 형제를 밀기도 했고요."

과거형이 된 까닭은 남자 형제가 이미 에쓰조 한 사람만 남았기 때문이리라. 그러고 보니 혼조 그룹 총수 후보에 사요코를 추대하는 목소리는 들은 적이 없는 듯했다.

"감정사님도 기이하다고 생각하시죠? 우리 집안 가족 관계 말입니다."

에쓰조는 다시 자학적으로 웃어 보였다. 다만 이번에는 다소 쓸쓸한 빛도 섞여 있었다.

"아침 점심 저녁, 집에 가족이 모이는데 구루미 씨가 각자의 방에 상을 차려다 주죠. 가족이 함께 먹고 마시는 건 연회방에 모여 회의를 한 뒤 연회를 열 때 정도예요. 평범한 가정에서는 드문 일이죠."

미쓰기는 조심스럽게 고개를 끄덕였다. 혼조 저택을 방문한 첫날은 그렇다고 쳐도 방에서 식사하는 사람이 자신만이 아니라는 사실을 알았을 때는 역시 위화감을 느꼈다. 그러나 지방의 오래된 가문은 으레 그런가 보다 하고 억지로 스스로를 납득시킨 것이다.

"다른 형제랄까, 혼조 가문의 명예를 위해 말해 두지만 저희는 결코 앙숙이 아닙니다. 어릴 적에는 넷이서 사이 좋게 놀았던 적도 있으니까요, 뭐 평범한 형제였죠."

"식사는 예전부터 따로 하셨습니까?"

"아아, 그건 아버지 방침이었습니다."

에쓰조의 얼굴이 혐오로 일그러졌다.

"남녀칠세부동석이라는 옛 가르침이 있지 않습니까. 아버지는 거기서 더 한술 더 떠 남자든 여자든 일곱 살이 되면 어른이니 부모와 한 식탁에 앉을 필요가 없다고 하셨죠. 무엇보다 혼조가의 사람은 화기애애보다 자제를 늘 유념해야 한다고."

"화기애애보다 자제, 라니요?"

"아버지는 감언이설이나 예스맨에 둘러싸이는 걸 싫어하셨거든요."

그 말에 크게 위화감을 느꼈기에 끼어들 수밖에 없었다.

"하지만 혼조 그룹은, 그……."

"말씀하시고 싶은 바가 뭔지 잘 압니다. 원래 혼조 그룹은 1인 경영에 가족회사이니 말과 행동이 다르다고 말하고 싶으시겠죠. 그런데 아버지는 내면에서는 훌륭하게 언행일치하셨어요. 혼조가의 사람은 한 사람 한 사람이 한 나라의 주인처럼 키우려고 하셨죠. 그러니까 그룹의 한 축을 담당하는 것은 의무라고.
친아들인 제가 들어도 모순투성이인 논리지만 1인 경영을 하는
사람은 어쩌면 그런 존재일지도 모르겠습니다."

에쓰조의 이야기를 듣다 보면 소문으로밖에 알 수 없었던 혼
조 구라노스케의 실체가 점점 뚜렷해졌다.

구라노스케와 사요코의 관계를 묻는다면 지금이 절호의 기회
아닐까. 미쓰기는 각오를 다지고 입을 뗐다.

"실은 오늘, 동사무소와 사노신사에 다녀왔습니다."

"동사무소와 신사. 재미있는 조합이군요."

"혼조 가문의 가계를 조사하기 위해서였습니다. 동사무소에
서는 메이지 이후 기록밖에 남아 있지 않았습니다. 그 이전 기
록은 사노신사에서 보관하던 인별장의 도움을 받았죠."

미쓰기가 인별장에 대해 설명하자 에쓰조는 흥미와 혐오가
섞인 태도를 보였다.

"어느 집안이나 당연히 나름의 뿌리가 있지만 설마 신사에 인
별장이 남아 있을 줄이야. 그런 게 있다는 건 처음 알았습니다.
하지만 감정사님, 유산 분할 협의에 집안 가계를 그렇게까지 거
슬러 올라갈 필요가 있습니까?"

설마 인면창의 지시였다고 털어놓을 수 없는 노릇이니 이 부
분은 인 씨와 사전에 협의한 대로 변명하려 애썼다.

"상속인이 불의의 사고로 사망하는 일은 드물지 않고, 분할

협의가 시작되기 전에 혼외자가 있는지도 확인하고 싶었습니다."

"그런데 에도시대까지 거슬러 올라간다고요?"

"또 다른 이유는 복자 때문입니다."

"복자……. 다카히로 말이군요."

"다케이치로 씨가 말씀하셨죠. 돌아가신 구라노스케 씨가 다
카히로 군을 유난히 예뻐하셨다고."

"그건 사실이지만 우리 집안 가계를 조사하는 것과 어떤 관련
이 있는지 이해할 수가 없네요."

"한 번 조사하기 시작하면 철저하게 파헤치는 성미라서요."

에쓰조가 믿을지 믿지 않을지 불안했지만 그렇게 변명할 수
밖에 없었다.

"인별장을 확인하다가 깨달았습니다. 혼조가에서는 삼대마
다 단명하는 아이가 태어났더군요."

혼조가 사람이니 당연히 알고 있으리라. 에쓰조는 아픈 곳을
찔린 듯 얼굴을 찡그렸다.

"에쓰조 씨도 알고 계셨나 보군요."

"그야 저희 집안 일이니까요. 그런데 보통 인별장까지 뒤져가
면서 직접 확인하려고 하지는 않아요."

"그런데 복자는 대개 단명하는 듯하던데요."

"자연히 그렇게 됐겠죠. 장애를 앓는다는 건 그만큼 생존확률

이 낮다는 뜻이니까요."

"혼조가에서 태어나 단명한 아이는 모두 복자였습니까?"

"지금으로서는 단언할 수 없습니다. 의료기술이 덜 발달했던 시절에 노인과 어린아이는 쉽게 죽었다고 들었습니다. 다만 저는 부인하지는 않겠습니다."

"혼조가는 예부터 부농이었으니 비싼 치료비를 낼 수 있었을 겁니다. 넉넉한 조건이었는데도 단명한 건 역시 선천적 요인 탓이라고 추측할 수 있어요."

"논리적이시군요. 그것도 부정하지 않겠습니다."

미쓰기가 논리적으로 설명할 수 있는 이유는 사전에 인 씨에게 치밀한 지시를 받았기 때문이다. 대본 없이 말하라고 명령하면 입을 열자마자 파탄 날 것은 보지 않아도 뻔했다.

"그런데 정확히 삼대마다 그런 일이 생겼다는 사실에는 의문이 듭니다. 어떻게 혼조가에서만 마치 계획한 듯 아이를 낳을 수 있었을까. 설마 에도 시대에 정상아와 장애아를 구분해 낳을 수 있는 기술이 있었다고는 생각할 수 없습니다. 단 하나, 민간에도 알려진 상식을 이용한 방법 외에는……. 즉 혈연자끼리의 교합 말고는 말입니다."

"꽤 고풍스러운 말투네요. 요점은 근친상간이라는 말이죠?"

고풍스러운 말투는 인 씨의 말을 빌린 탓에 어쩔 수 없다.

"감정사님은 다카히로도 근친상간으로 태어난 아이가 아닌지 의심스럽다는 말을 하고 싶으신 거죠?"

에쓰조가 직설적으로 말해 준 덕분에 살았다. 미쓰기가 아무리 둔한 사람이라도 남의 집안의 어두운 부분을 뻔뻔하게 지적할 위인은 못 됐다.

미쓰기가 아무 말도 하지 않자 에쓰조는 밥상 끝을 손끝으로 두드리며 몹시 당황한 모습을 보였다.

"감정사님도 사람이 참 나빠요."

"네?"

"호적이니 옛날 옛적 인별장이니, 무슨 헛다리 짚은 사람처럼 굴더니 핵심은 다카히로였습니까? 확실히 다카히로의 친아버지가 혼조가의 혈연자라면 상속 관계도 변하죠. 유산 분할 협의를 집행하는 상속감정사로서는 간과할 수 없는 문제겠죠."

"네. 그렇죠."

으음. 에쓰조는 신음했다. 이후 나온 것은 변명조의 말이었다.

"딱히 숨길 마음은 없었습니다. 호적상으로는 헤어진 전남편의 적출이니까요."

"사요코 씨가 이의를 제기하면 어떻게 될지 모릅니다. 요즘은 DNA 감정 결과가 혈연관계의 증거로 채택되니까요."

"저로서는 집안의 치부를 공개하고 싶지 않습니다."

"유산 분할 협의는 오프 더 레코드입니다. 내용이 외부로 유출되는 일은 없을 겁니다."

"모든 게 아버지의 그릇된 믿음 때문입니다."

완전히 진절머리가 난다는 말투였다.

"복자가 태어난 집은 삼대가 번영한다는 미신이 옛날부터 사쿠마 마을에 전해졌습니다."

"그래서 삼대마다 그랬던 거군요."

"할아버지 도라노스케라는 인간도 낡은 인습에 사로잡힌 사내라서요. 그런 사내 밑에서 자랐으니 아버지가 어떤 양반인지도 짐작이 가시겠죠. 그룹 총수라는 지위까지 더해 아버지는 복자 신앙에 푹 빠졌습니다. 주변에 예스맨을 두고 싶어 하지 않는 양반이셨지만 1인 경영을 하는 독불장군이니 우리 말은 귓등으로도 듣지 않으셨죠. 복자를 낳는 건 자신의 의무라고 공언하며 거리낌이 없었습니다. 그런 아버지가 사요코에게 눈독 들인 건 당연한 결과였죠."

짐작한 일이지만 막상 친족의 입으로 들으니 역시 배덕하다는 인상을 씻을 수 없었다. 에쓰조도 아는지 수치스러운 기색이 느껴졌다.

"사요코가 이혼을 당하고 친정으로 돌아온 이유가 바로 그것입니다. 다카히로는 아버지를 닮지 않았고 장애까지 안고 있었죠. 수상히 여긴 전남편이 감정을 의뢰했고 다카히로가 전남편의 친자가 아니라는 사실이 밝혀졌습니다. 사요코에게 속았다는 사실과 장애아를 키우고 있었다는 배신감이 이중으로 중첩

됐어요. 이혼장을 들이밀어도 사요코와 혼조가한테는 항변의 여지조차 없었습니다."

"……역시 다카히로 군은 구라노스케 씨와 사요코 씨 사이에서 태어난 아이군요."

"그러고 보니 다카히로를 귀애한 것도 납득이 갑니다. 어쨌든 친아들인 데다 집안에 영화를 가져다줄 복자니까요. 다만 그 이상의 일은 사요코의 명예와 관계된 일이라 억측이나 추측으로 말하고 싶지 않습니다."

혼조가에서 그나마 상식인인 에쓰조다운 말이었다.

"그 심정 이해합니다."

"하지만 이대로라면 상속감정사로서는 이러지도 저러지도 못해 곤란하시겠네요."

"까놓고 말해 그렇습니다."

"그렇다면 이다음 이야기는 사요코에게 직접 듣는 편이 좋겠군요. 그러면 감정사님도 사요코도 납득하겠죠."

"어이쿠, 본인에게 직접 묻다니요."

"제가 옆에서 거들게요. 그 정도는 돕겠습니다."

에쓰조는 말이 끝나자마자 자리에서 일어났다. 미쓰기는 더할 나위 없는 제안에 두말없이 따를 뿐이었다.

앞서 걷는 에쓰조의 뒤를 따라 서양식 별채로 이동했다. 이전에도 맛본 감각이지만 건축양식이 바뀌자마자 시대까지 뛰어넘은 듯한 착각에 빠졌다. 깊게 들여다보면 이는 복자 같은 구폐의 풍습을 애지중지하는 세상과의 경계선일지도 모른다.

사요코와 다카히로도 마침 식사를 마쳤는지 두 사람 몫의 상이 복도에 나와 있었다.

"실례할게."

방 안에서는 다카히로가 책 속으로 들어갈 기세로 그림책을 보고 있었고 사요코가 그 모습을 바라보고 있었다.

"감정사님, 무슨 볼일이라도 있으신가요? 오빠까지."

"감정사님이 다카히로의 아버지에 관해 묻고 싶으시대."

그 한마디로 상황을 파악했는지 돌연 사요코의 표정이 딱딱하게 굳었다.

"다 말해야 해?"

"이런 건 유산 분할 협의가 시작되기 전에 확실하게 해 두는 편이 좋잖아. 게다가 내 입으로 말하는 것보다 네가 직접 말하는 게 뒤탈이 없고. 하지만 감정사님한테 털어놓을지 말지는 네 마음이야. 감정사님, 그럼 저는 이만 실례하겠습니다."

에쓰조는 그 말만 남기고 자리를 떴다. 말문을 터 주었지만 남겨진 자는 이만저만 거북한 것이 아니었다. 박복한 아이 엄마가 애써 감추던 비밀을 억지로 파헤치려는 호사가. 다른 사람의 눈에는 그런 사람으로만 보이리라.

숨 막히는 침묵이 흐르는 가운데, 마침내 사요코가 무겁게 입을 뗐다.

"감정사님은 도시에서 태어나셨어요?"

"아뇨, 이곳과 비슷한 시골에서 태어났습니다. 학교에 들어가면서 떠났지만요."

"그렇다면 옛 풍습을 따르는 사쿠마 마을 사람들의 사고방식에 놀라셨겠군요."

"네, 뭐, 조금요."

"혼조 가문은 가부장제가 왜곡된 형태로 남은 집안이라고 생각해요. 옛날부터 심했거든요. 어머니를 마치 몸종처럼 취급하는 둥 집 안에서도 남존여비 사상이 철저히 지배했어요. 저는 어린 마음에 생각했어요. 이대로 집에 있다가는 평생 노예처럼 살 처지가 될 거라고. 하루라도 빨리 집을 나가야겠다고요."

사요코의 이야기는 그녀의 혼기가 찼을 무렵에 이르렀다. 사요코의 말에 따르면 고등학교를 졸업하자마자 연달아 맞선이 들어왔다고 했다.

"그런데 상대는 하나같이 혼조 그룹에서 일하는 남자들이었어요. 마을 안에서 결혼적령기 남자를 찾으면 자연히 그렇게 되어 버리지만요. 그런 사람과 결혼하면 평생 혼조 가문에 매일 걸 알았기에 전부 거절했습니다. 아버지는 몹시 화를 내셨지만 그것만은 양보할 수 없었어요."

그나마 할 수 있는 저항이었던 셈이다.

"전남편과 만난 건 바로 그 시기였어요. 사사히라라고, 친구의 소개로 알게 된 지극히 평범한 회사원이었죠. 그 평범한 면에 끌렸겠죠. 큰 고민 없이 결혼을 결정했어요."

"구라노스케 씨가 분명 크게 노했겠군요."

"아니요. 전혀."

"네!?"

"화를 내기는커녕 빨리 결정해서 다행이라고 하더군요. 얻어맞은 상처 한두 개쯤은 각오했기에 맥이 탁 풀렸어요. 나중에 생각해 보니 제가 방심할 틈을 노린 거였더라고요."

사요코가 갑자기 입을 다물었다. 둔한 미쓰기라도 앞으로 나올 이야기가 여성에게 치욕적인 내용이리라는 것은 쉽게 짐작할 수 있었다.

억지로 말하지 않아도 됩니다. 그렇게 말하려는데 사요코가 다시 입을 열었다.

"약혼식이 끝난 직후 아버지가 저를 창고에 가뒀습니다. 지난번에 불탄 그 창고요."

"가뒀다니, 그럴 수가."

"결혼은 허락할 테니 아버지가 준비한 맞선을 거절한 벌을 받으라고. 그런 핑계를 댔죠."

"다른 가족들이 말리지는 않았습니까?"

"어머니는 이미 돌아가셨고, 이 집에서 아버지의 명령은 아무

튼 절대적이었으니까요. 그리고 저를 창고에 가둔 그날부터 요
바이*를 시작했어요."

미쓰기는 한마디도 내뱉지 못했다.

"아무리 소리쳐도 창고 밖까지 목소리가 닿지 않았어요. 반항
하면 때리고 걷어찼죠. 저는 어떻게도 할 수 없었어요……. 자
세히 이야기할까요?"

"아, 아뇨."

"아버지의 요바이는 결혼식 전날까지 계속됐습니다. 다음 날
부터 사사히라와의 새로운 삶이 시작됐지만 설마 그런 일을 말
할 수 있을 리 없죠. 그렇게 두 달, 세 달이 지났습니다. 다카히
로가 들어섰다는 걸 안 건 결혼한 지 네 달이 지났을 때였어요."

임신 판정을 받던 순간 사요코의 심정을 상상하니 소름이 돋
았다. 배 속 아이가 누구의 자식인지 어머니가 가장 잘 알았다.

"열 달이 지나고 다카히로가 무사히 태어났지만 이럴 수도 없
겠다 싶을 정도로 사사히라와 전혀 닮지 않은 아이였습니다. 계
산해 보니 첫날밤 전후에 생긴 아이인데, 해가 지날수록 사사히
라의 의심이 짙어진 것 같아요. 언젠가 사소한 일로 싸움이 벌
어졌는데 왜 그랬는지 기억은 안 나지만 친자확인을 하겠다는
말이 나와서……. 그다음은 말씀 안 드려도 아실 테죠."

---

* 남성이 성관계를 목적으로 한밤중에 여성의 집에 몰래 숨어들던 일본의 옛 풍습.

미쓰기는 소리도 내지 못한 채 그저 고개만 끄덕였다.

"귀책 사유가 전적으로 제게 있으니 이혼 합의는 깔끔했습니다. 어린 자식을 둔 여자가 달리 의지할 곳도 없으니 친정으로 돌아왔죠. 아버지가 기뻐하실 줄은 몰랐어요. 딸이 이혼하고 돌아왔는데 오봉*과 설보다 더 떠들썩하게 잔치까지 열었을 정도니까요."

사요코는 비꼬듯 웃어 보였다. 왜 혼조가 사람들은 하나같이 평범하게 웃지 못할까.

"감정사님. 다카히로가 아버지의 자식이라는 게 증명되면 유산 분할 협의에 어떤 영향을 끼칠까요?"

"상속인 간 협의를 매듭짓지 못하면 사요코 씨가 소송하는 선택지가 있습니다. 어쨌든 다카히로 군이 구라노스케 씨의 친자가 맞다는 사실이 증명되면 상속 관계상 무시할 수 없어요."

"그런가요."

"사요코 씨, 고소하실 겁니까?"

"잘 모르겠어요."

사요코는 힘없이 고개를 저었다.

"다카히로를 상속인 중 한 사람으로 인정해 버리면 왠지 아버지의 계획대로 되는 것 같아 내키지 않아요. 그렇다고 계속 이

---

* 양력 8월 15일에 지내는 일본 명절.

렇게 지내는 것도 다카히로의 미래를 생각하면 좋지 않다는 것
도 압니다. 도대체 제가 어떻게 해야 한다고 생각하세요?"

사요코가 교태를 부리듯 물어왔다.

미쓰기는 아무 대답도 하지 못했다.

"많은 참고가 됐습니다. 실례하겠습니다."

황급히 자리에서 일어나 도망치듯 방을 나왔다. 예상했다고
는 해도 사요코의 고백은 너무나 생생하고 참담했다.

이 집은 이상하다.

처음 왔을 때부터 느꼈던 위화감이 이제야 속속 정체를 드러
냈다.

전 당주 구라노스케의 비뚤어진 자아와 애증. 낡은 인습에서
비롯된 꺼림칙한 사고방식. 현대에도 만연한 가부장제와 형제
간 불화.

복도에 서 있자니 현기증이 날 것 같았다. 자신만큼 이 자리
에 어울리지 않는 사람도 없다. 가능하다면 야요이에게 담당자
를 바꿔 달라고 울며 매달리고 싶은 심정이었다.

어쨌든 방으로 돌아가 평정심을 되찾아야 한다.

걸어왔던 복도를 되돌아가려는데 갑자기 오른쪽 어깨가 쑤셨다.

ㅡ너는 눈뜬장님이야? 관찰 좀 해라.

인 씨가 작은 소리로 욕했다.

"뭐가 또."

―복도를 보고도 모르겠어?

뒤돌아 사요코의 방 앞을 다시 살폈다.

아차 싶었다.

그곳에 놓여 있던 밥상 두 개가 사라졌다.

설마 에쓰조가 상을 치웠을 리는 없었다.

그렇다면 남은 가능성은 하나뿐이었다.


부엌으로 향하는데 때마침 복도 저편에서 구루미가 걸어오고 있었다. 만세를 부르고 싶어지는 타이밍 아닌가.

"구루미 씨, 잠깐 시간 괜찮아요?"

구루미는 갑자기 불러 세워 의아한 기색이었지만 거절하지 않고 방까지 따라와 줬다.

"아까 저와 사요코 씨가 나누던 이야기, 들었죠?"

미쓰기가 단도직입으로 말을 꺼내자 구루미가 갑자기 당황하기 시작했다. 거짓말은 못 하는 성품인 듯했다. 금방이라도 눈물을 쏟을 것 같은 표정을 짓더니 곧바로 고개를 숙였다.

"죄송합니다. 엿들을 생각은 없었어요."

"들린 건 어쩔 수 없지. 아무튼 거기 앉아요."

구루미니까 크게 걱정되지는 않았지만 일단 입막음을 해 두어야 했다.

"음, 어디까지 들었어요?"

"구라노스케 님이 사요코 씨를 창고에 가두고…… 결국 사사히라 씨에게 이혼당한 부분까지…….

다 들었잖아.

이왕 이렇게 된 일, 내친김에 물어보자. 물을 수 있는 것은 전부 묻자는 마음으로 미쓰기는 능글맞게 연기했다.

"다른 가족은 사요코 씨와 다케히로 군을 어떻게 대했어요?"

"구라노스케 님은 다카히로를 그야말로 눈에 넣어도 안 아플 정도로 예뻐하셨어요."

다케이치로의 말에 허위나 과장은 없었던 셈이다.

"그래서 다른 형제분들이 왠지 모르게 사요코 씨 모자를 꺼리는 것 같았어요."

"그렇겠죠. 누구라도 특정 가족만 편애하면 기분이 좋지는 않을 거니까."

형제도 없는 네가 뭘 안다고. 인 씨라면 주저 없이 훼방을 놓았겠지만 지금은 물정을 잘 아는 체하는 자신을 참아주기를 바랐다.

"구루미 씨도 다카히로 군의 친아버지가 누구인지 알고 있었어요?"

"어렴풋이……. 주인어른은 체면이라거나 상식에 별로 얽매이지 않는 분이셨기 때문에 혹시나 하고 생각은 했어요."

사요코 모자도 안타깝지만 구루미도 딱하다고 생각했다. 할

아버지이자 친아버지. 세간의 상식으로는 배덕 그 자체인 관계를 모른 척하며 얼굴을 마주해야 하니 스트레스가 쌓일 만했다.

"구루미 씨도 힘들겠어요."

"아뇨, 제가 무슨. 사와자키 씨에 비하면……."

명백한 말실수인 듯 구루미가 자신의 입을 손으로 막았다. 일부러 한 행동이라고 받아들일 수도 있겠지만 구루미의 인성을 아는 미쓰기의 눈에는 지극히 자연스러운 반응으로 보였다.

그보다도 또 다른 이야기가 나왔다. 방금 생각지도 못한 인물의 이름이 등장했다.

"왜 사와자키 씨가 등장할까요?"

"아뇨, 저기, 그러니까."

"이름을 꺼내 놓고 갑자기 입을 꾹 다무는 건 반칙이지. 구루미 씨가 비밀로 해도 다른 사람에게 물으면 다 알게 되어 있어요."

"상속 감정 일과 관계있나요?"

"상속인이 늘어나느냐 아니냐와 관계있으니. 전혀 무관하다고 할 수는 없겠죠?"

"남의 연애담을 폭로하는 취미 같은 건 없어요."

"흐음, 연애담이라. 그렇다는 말은 사와자키 씨가 사요코 씨에게 마음이 있다고 생각해도 된다는 뜻일까?"

스스로 생각해도 짓궂은 질문이라고 생각했지만 어쩔 수 없는 일이라고 자신을 억지로 납득시켰다.

가엾은 구루미는 몹시 곤혹스러워 보였다.

"이건 절대 저한테 들었다고 말씀하시면 안 돼요."

"저는 비밀 엄수가 일이에요."

"사요코 씨가 이 집으로 돌아왔을 때 사와자키 씨의 모습이 예사롭지 않았어요. 늘 냉정하게 행동하는데 그때만큼은 애먼 음식에 화풀이하듯 행동했거든요."

"구루미 씨가 보기에 두 사람 사이는 어땠을까?"

"사와자키 씨도 그런 사람이라 절대 내색하지 않고 티 나게 행동하지도 않았지만 사요코 씨를 보는 눈빛은 여전히 좀 다르다고 생각해요. 아, 이건 어디까지나 제 생각일 뿐이에요."

"협조, 감사."

미쓰기는 구루미를 놓아준 뒤 방 한가운데에 앉아 생각에 잠겼다.

"인 씨, 깨어 있어?"

드물게도 미쓰기가 먼저 인 씨를 부르자 곧바로 오른쪽 어깨가 꿈틀거렸다.

—뭐야.

"아니, 여러 가지로 갑자기 전개가 빨라져서. 설마 여기서 사와자키 씨의 이름이 나올 줄이야. 뭐랄까, 숨어 있던 동기가 한꺼번에 터져 나온 느낌이지?"

인 씨를 상대로 혀를 놀리는 이유는 누구의 지시도 아닌 스스로가 주워온 정보이기 때문이었다. 평소 인 씨에게 끽소리도 못하고 사는 처지라 이 정도 무용담을 떠드는 것은 허용 범위겠지.

"사요코 씨 입장에서 친아버지인 구라노스케는 강간범이었어. 사요코 씨를 남몰래 연모하던 사와자키 씨도 마찬가지, 두 사람에게는 구라노스케를 증오할 이유가 있어."

—구라노스케는 병사했잖아.

"그야 모르는 거지. 내일이라도 당장 히라기 씨에게 확인해야지. 구라노스케는 죽었지만 재산은 남았어. 구라노스케를 뼈에 사무치게 증오하는 두 사람이라면 재산을 독차지할 생각을 품는 것도 당연해."

—몰리브덴 이야기가 나오기 전까지는 부동산까지 다 합쳐도 사람을 죽일 만한 규모의 유산은 아니었다고. 네 입으로 말해 놓고 잊어버린 거냐, 이 닭대가리야.

"인 씨는 뭐가 마음에 안 드나 보네."

—그런 이야기를 듣고 방방 뜨는 네가 마음에 안 들어.

"방방 뜨다니, 말이 좀 지나친 것 같은데."

—방방 뜨니까 발치에 굴러다니는 게 안 보이지. 이도 저도 다 꼴같잖아, 난.

# 4

　다음 날, 날이 밝자 도쿄에서 파견한 토지 분석팀이 도착했다. 어젯밤에 조사비용을 지불할 수 있다고 야요이에게 보고한 지 얼마 지나지 않았기 때문에 그야말로 바람 같은 속도라고 해도 좋았다. 아마 야요이가 오케이 사인을 보내기만을 이제나저제나 기다린 모양이다.

　팀의 책임자는 하치스카라는 남자로, 산속에서 땅을 파헤치는 것보다 의뢰인을 상대하는 편이 더 잘 어울리는 사람이었다.

　"지적측량도를 확인했는데 이거 참 굉장히 넓던데요."

　하치스카는 광대한 조사 면적을 오히려 반기는 모습이었다.

　"좁고 답답한 연구실에서 작업하는 것보다 산과 들판을 이리저리 돌아다니는 게 더 적성에 맞거든요."

　쾌활하게 웃는 하치스카를 앞에 두고 역시 자신은 사람 보는 눈이 서툴다는 생각에 침울해졌다.

　하치스카 일행이 도착하고 조금 뒤에 히라기가 도착했다. 토지조사가 본격적으로 시동을 걸면 머지않아 유산 총액이 확정된다. 몰리브덴이 매장되어 있다는 사실이 드러나면서 중단됐던 상속 작업이 재개되니까 고문 변호사인 히라기에게는 기운 나는 이야기였다.

　하치스카와 명함을 주고받은 뒤 앞으로의 일정을 확인하고 헤어지자 히라기는 한숨을 내쉬었다. 이 기회를 놓치지 않았다.

"변호사님, 지금 시간 좀 괜찮으세요?"

자신이 주운 정보는 자신의 것으로 만들고 싶은 것이 인지상정. 어젯밤에 이야기를 듣고 갑자기 구라노스케의 사인이 마음에 걸렸고, 이 부분은 히라기에게 묻는 편이 가장 좋겠다고 판단했다.

"구라노스케 씨의 사인 말인데요. 지난번에 변호사님이 단순한 병사라고 하셨는데 실제로는 어땠습니까?"

"실제고 상상이고 없습니다. 구라노스케 씨는 병사했어요."

"병사라고 해도 여러 가지가 있죠. 예컨대 매일 식사에 비소를 섞으면 점점 쇠약해지다가 마침내 죽음에 이릅니다. 어쩌면 구라노스케 씨가 그런 식으로 사망한 건 아닐까요?"

"무슨 소리를 하나 했더니."

히라기는 어이없다는 듯 미쓰기를 쳐다봤다.

"상속인이 잇따라 살해당했으니 구라노스케 씨의 죽음을 의심하는 마음도 모르는 건 아니지만 어지간히도 시시콜콜 파헤치는군요."

"다케이치로 부부나 고지 씨를 그런 잔학한 방법으로 살해한 범인입니다. 구라노스케 씨의 식사에 독을 섞는 것 정도는 식은 죽 먹기겠죠."

추리의 근간에는 사와자키가 있었다. 혼조가의 주방일을 도

맡는 사와자키라면 특정 인물에게 독을 먹이는 것 따위는 일도 아니지 않을까. 자신이 연모하는 여자를 폭력으로 억지로 품은 상대라면 더더욱 그러하리라.

"아무래도 안 되겠네요."

히라기가 미쓰기를 괴롭게 바라봤다.

"뭐가 안 된다는 말씀입니까?"

"살인사건이 연달아 일어난 탓에 당신은 마치 두 시간짜리 스페셜 드라마 속에라도 있는 양 착각하고 있어요. 게다가 다소 우쭐해서 떠드는 감도 있고. 설마 에도가와 란포*나 요코미조 세이시**의 소설에 나오는 탐정 흉내라도 내고 싶은 겁니까?"

대놓고 그런 소리를 듣자 금세 부끄러워졌다.

"구라노스케 씨의 사인을 자세히 설명하지 않은 내 잘못이군요. 사인은 당뇨병이었어요."

미쓰기의 어깨가 축 늘어졌다. 비소를 섞었다는 추리는 맥없이 무너졌다.

"이 세상 사장들이 으레 그렇듯 구라노스케 씨도 미식가였어요. 지갑과 건강에 나쁜 것을 즐겨 드셨죠. 집에서는 우수한 요리사가 영양가까지 생각해 식단을 짰지만 외식까지 신경 쓰지

* 일본을 대표하는 추리소설 작가.
** 일본 본격 추리소설의 거장으로 명탐정 긴다이치 코스케가 등장하는 추리소설 시리즈로 유명하다.

는 못했어요. 건강이 나빠져 병원에 실려 갔을 때는 이미 손 쓸
도리가 없었고요. 돈을 처발라 치료를 받았지만 중증 당뇨병
은 혈관장애를 일으켰고 급기야 심근경색으로 이어졌어요. 마
지막 순간은 눈 깜짝할 사이에 찾아왔고 유언을 남길 새도 없었
죠. 그러면 감정사님은 구라노스케 씨가 가는 곳마다 고칼로리
고지방 메뉴를 권한 못된 자가 있다고 주장하시겠습니까?"

미쓰기는 항복의 표시로 두 손을 들었다. 히라기의 말을 듣자
면 구라노스케는 명백히 병사한 것이었다.

"마을 명사가 죽었으니 신중을 기하는 의미에서 병리 해부까
지 했지. 비소 같은 독을 썼다면 그 단계에서 밝혀졌겠지만 아
무런 이상도 발견되지 않았습니다."

"저, 죄송합니다. 잘 알겠습니다. 이해했으니 이제 그만하셔
도 됩니다."

"무슨 일 있었습니까? 감정사님의 태도가 갑자기 변하니 도
리어 제가 불안해지는군요."

"아뇨, 어제 하루 보고 들은 것이 있어서 구라노스케 씨의 사
인을 의심할 수밖에 없었습니다."

저런, 하고 히라기가 땡감이라도 씹은 얼굴로 부탁했다.

"괜찮으시다면 뭘 보고 들으셨는지 제게도 말씀해 주시겠습
니까?"

마치 미쓰기를 꼼짝 못 하게 하는 듯한 날카로운 시선이었다.

무시하거나 얼버무리는 것은 용납하지 않겠다는 눈빛이었다. 도망치면 향후 협의에도 그늘이 드리울까 염려됐다.

어쩔 수 없이 미쓰기는 혼조 가문의 가계를 조사하고 다카히로의 친아버지가 구라노스케라는 사실을 사요코에게 확인한 사실을 설명했다.

이야기를 듣던 히라기의 표정이 눈에 띄게 변했다. 어떤 부분에서는 분노를, 또 다른 부분에서는 동정을 금치 못하겠다는 표정이었다. 이성적으로 보였던 히라기에게 보기 드문 반응이었기에 미쓰기는 그 점이 더 마음에 걸렸다.

"그래서 구라노스케 씨 타살설에 도달한 겁니까? 사정을 들어보니 과연 억지 주장은 아니로군요."

갑자기 히라기를 향한 의심이 샘솟았다.

"변호사님, 전혀 놀라지 않으시는군요."

"감정사님의 열정적인 모습이랄까, 저돌적으로 달려드는 모습에 놀랐습니다."

왜인지 인 씨의 말투와 똑같다고 느끼는 것은 기분 탓일까. 아니면 자신의 경솔함은 모든 사람에게 똑같이 실망을 주는 걸까.

아니, 지금은 그게 문제가 아니다.

"설마 변호사님, 구라노스케 씨와 사요코 씨의 관계를 전부터 알고 계셨습니까?"

"그 형제들이 학생일 적부터 혼조가의 고문 변호사를 맡았습니다. 그 정도 일도 모르고 이 일을 할 수 있겠습니까?"

"복자를 낳겠다고 친딸을 강간하는 인간이에요. 그런 인간 밑에서 계속 시중을 들었단 말입니까?"

"변호사는 어떤 범죄자의 변호라도 맡습니다. 선악의 판단을 내리는 자는 따로 있죠. 우리 일은 의뢰인의 이익을 지키는 겁니다. 당신도 잘 아실 텐데요."

히라기는 태연스레 말했다.

"유산상속인 중에는 인격에 의심이 가는 사람이 있는가 하면 존경받아 마땅한 사람도 있어요. 그렇다고 상속감정사인 당신이 호불호로 유산 분할 비율을 정할 수는 없죠. 그것과 같습니다. 저도 의뢰인의 인간성을 보고 일하는 건 아닙니다."

"하지만 구라노스케 씨가 한 짓이 너무 부도덕하다고 생각하지 않으십니까?"

"여러 번 말하지만 나는 의뢰인을 심판하는 사람도, 체포하는 사람도 아니오. 그리고 생각해 보세요. 복자라는 풍습이 있기에 다카히로 군이 이 땅에서, 이 집에서 대우받고 있습니다. 무엇이 선악이고 무엇이 행복과 불행인지를 결정하는 건 신뿐입니다."

히라기는 스스로를 설득하듯 말하며 자리를 떠났다. 마지막 말이 어딘가 잘못을 인정하고 싶지 않아 억지는 부리는 것처럼 들린 것은 착각일까.

자리를 뜬 히라기와 교대하듯 낯익은 남자가 눈앞에 나타났다.

"후지시로 형사님."

"수고하십니다."

수고하지 않는다고 판단했다면 거리낌 없이 끼어들었을 터다. 아마도 보이지 않는 곳에서 자신과 히라기의 대화를 엿듣고 있었으리라.

"고지 씨의 부검이 끝나서 오늘 저택으로 돌아올 겁니다."

"오늘 아침에 에쓰조 씨에게 들었습니다. 장례식은 내일 예정이라고 하더군요."

"이로써 3연속 장례네요. 혼조가도 힘들겠어요."

그 말에 동정하는 마음은 조금도 찾아볼 수 없어서 빈말의 표본 같다고 감탄했다.

"방금 히라기 변호사와 흥미로운 이야기를 하시는 것 같던데."

후지시로와의 거래가 떠올랐다. 업무상 알게 된 정보를 후지시로와 공유하겠다는 약속이었다.

"구라노스케 씨의 부도덕한 행위라는 건 무엇을 말하는 겁니까?"

그렇게까지 물으니 대답할 수밖에 없었다. 미쓰기는 그가 묻는 대로 어제의 성과를 보고했다.

"근친상간이라."

후지시로 역시 눈살을 찌푸렸다.

"범행 동기로 간과할 수 없다고 생각하지 않습니까?"

"동기가 될 수도 있겠죠. 그렇게 되면 대상이 확 좁혀지는데……"

평범한 사람이라고 생각했던 사요코 혹은 사와자키. 아니면 두 사람의 소행으로 꾸미고 싶어 하는 또 다른 누군가. 뭐야, 결국 혼조가 관계자 모두 아닌가.

"신중하지 못한 이야기지만 이제 상속인은 두 사람만 남았군요. 설령 다카히로 군이 구라노스케의 친자식이라는 사실이 증명돼도 보호자가 사요코이니 마찬가지일 테고."

"에쓰조 씨와 사요코 씨, 범인은 둘 중 하나라는 뜻입니까?"

"혹은 두 사람을 공동정범으로 볼 수도 있죠."

냉철한 말투였다. 형사란 이런 존재겠지. 무섭고 잔혹한 가능성을 태연하게 입에 담았다.

"어쨌든 내일 장례식에서 한바탕 난리가 날지도 모르겠습니다."

미쓰기는 조금이나마 반박하는 의미로 자신의 생각을 꺼내 보였다.

"호오, 왜입니까?"

"고지 씨를 차기 총수로 밀던 그룹 임원들이 에쓰조 씨 쪽에 붙을 것인가, 아니면 어쩌면 사요코 씨 측에 붙을 것인가. 유산 분할 협의의 행방과는 별개로 혼조 가문의 미래를 결정 지어 버릴 사태를 맞이할 수도 있습니다."

아아. 후지시로가 이해한 얼굴로 고개를 끄덕였다.

"누가 총수로 뽑힐지, 그 결과에 따라 범인이 움직일 수도 있다는 뜻입니까?"

"네. 후보자가 한정된 만큼 이 둘을 추대하는 임원들의 움직임은 격렬해질 겁니다. 범인이 그 움직임을 무시하리라 생각하기 어렵죠."

"그건 동기가 유산에 한정됐을 때 이야기죠. 뭐, 생각할 수 있는 가장 큰 동기이긴 하지만."

후지시로는 의미심장하게 말했다. 거래를 한 사이라고는 해도 전부 털어놓지 않는 것이 당연할 것이다.

그렇다면 되도록 많은 정보를 캐내지 않으면 손해 아닌가.

"이번에는 형사님이 말할 차례입니다. 그 이후로 뭘 알아내셨습니까?"

"눈에 띄게 새로운 사실은 아무것도 없었습니다. 부검 결과 예상대로 질식사. 감식 보고도 건질 만한 건 없었습니다. 문도 제대로 잠겨 있지도 않았고 근방에 사는 아이들이 놀이터로 사용할 정도라 범인을 특정할 만한 유류물은 현재 발견하지 못했습니다. 실제로 현장에는 어른 발자국보다 꼬맹이들 발자국이 더 많았을 정도였고."

어디까지 사실인지 모르지만 적어도 허위는 아닐 것이라고 성선설 측면에서 받아들였다.

"혼조가 관계자들의 신발 밑창 진흙도 채취하셨죠? 정미한 뒤 남은 겨가 묻어 있는지 알려고요."

"제 얼굴을 보면 짐작이 가지 않습니까?"

후지시로는 자신의 눈앞에서 손가락 끝을 빙글빙글 돌려 보였다.

"그쪽도 별로 재미는 못 봤습니다. 물레방앗간 옆으로 농수로가 흐르죠. 밑창이 아무리 가루 범벅이 돼도 거기 있는 시내에 꼼꼼히 씻어내면 증거는 남지 않아요. 겨 같은 건 물에 쉽게 떨어지기도 하고요."

"그럼 단서가 없단 말입니까?"

"그렇다고는 안 했습니다."

언뜻 불쾌한 표정이 보였다.

"용의자가 좁혀졌다면 그만큼 수사를 더 집중할 수 있다는 말이니까."

후지시로와 대화한 날로부터 이틀 뒤, 용의자는 더욱 좁혀졌다.

세 번째 희생자가 나왔기 때문이었다.

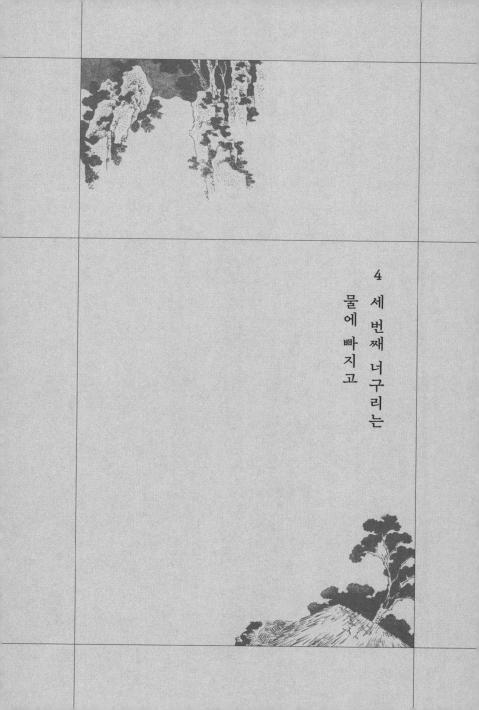

4
세 번째 너구리는
물에 빠지고

# 1

장례란 으레 음울한 분위기지만 혼조가는 사정이 조금 달랐다.

구라노스케, 다케이치로 부부, 그리고 고지까지 장례도 연달아 세 번 치르니 이상한 풍경과 지겹다는 분위기가 형성되었다.

외부인인 미쓰기가 방명록 접수대에 서 있는데도 조문객들은 공공연하게 불평불만을 쏟아냈다.

"이런 말 하기 뭐하지만 이렇게 계속 죽어 나가다가는 부조금도 무시 못 할 거요."

"그러게나 말이오. 회사 관련 사람이니 만 엔이나 3만 엔을 할 수도 없는 노릇이고."

"예복도 그래. 한 번 입으면 바로 세탁소에 보내잖아? 그런데 이번에는 세탁소에 보내기도 전에 또 입게 됐으니 원. 그러는 바람에 땀 냄새가 안 빠지는군."

"근무도 문제야. 장례도 한두 시간 걸리는 게 아니잖아. 이렇
게 인력과 시간을 빼앗기면 그룹이 제대로 돌아가지 않는다고."

"뭐, 원래도 제대로 돌아가던 회사는 아니니까 새삼 너댓새
조업을 못 한다고 실적에 큰 차이는 없을 거야."

"당신, 그런 말 하면 끝장이잖아."

미쓰기는 그룹과 무관한 사이지만 이상하게도 고개를 들 수
가 없었다. 혼조가 사람들과 정이 들었다는 방증일까.

그러나 조문객의 푸념이 부조금이나 조업 중단에 그치는 동
안은 그나마 양호했다. 장례식이 시작되고 추도사가 시작되자
미쓰기 옆에서 연배 있는 목소리가 새어 나왔다.

"뭐, 이로써 후계자는 에쓰조 씨로 결정 났군. 고지 씨를 밀던
사람들은 안됐지만."

"아니, 얼핏 듣기로는 그놈들 어제 모여서는 사요코 씨로 갈
아타기로 결정했다던데?"

"아니, 이보게. 고지 씨를 밀던 게 바로 얼마 전이었잖아. 아
직 일주일도 안 지났는데."

"경영에 문외한인 건 고지 씨나 사요코 씨나 매한가지잖아.
놈들은 조종하기 쉬운 사람이라면 누구라도 상관없는 게지."

"에쓰조 씨처럼 어중간하게 아는 것도 좀……."

귀를 쫑긋 세우고 있던 미쓰기는 가슴이 철렁 내려앉았다. 갑

작스럽게 상주 노릇을 하게 된 에쓰조와 사요코는 제단 근처에 있었기 때문에 그들이 하는 말이 들리지 않겠지만 만약 귀에 들어간다면 한바탕 말썽이 일 것은 쉽게 짐작할 수 있었다.

미쓰기는 철저히 듣기만 할 생각이었다. 후지시로와의 약속이 있었다. 장례식에서 벌어지는 일이 상속 다툼에 어떤 영향을 끼칠지 판단할 의무도 있었다.

"어릴 적부터 제왕학을 배운 것도 아니고 2년 전에 갑자기 경영에 눈을 떴으니 결국 벼락 지식이란 말이지. 그게 언제까지 통하겠어."

"고지 씨나 사요코 씨 같은 문외한보다는 말이 통하잖아."

"어설프게 알면서 아는 체하는 사람보다 문외한이 나을 때도 있어. 특히 혼조 그룹에는 오래된 임원들이 모여 있으니 세계화니 정보공개니 해봤자 난감하기만 하다고."

"어설프게 급조된 총수의 개혁보다 구태의연한 게 더 적절한 경우도 있는 법이네."

"해외 수출로 이윤을 내는 기업이면 몰라도 아직 내수용 건축 자재만으로도 입에 풀칠한다고. 섣불리 새바람을 불어넣었다가 그게 치명상이 될 수도 있어."

남자들의 목소리가 점점 커졌다. 누가 말릴 법도 했지만 조문객 전체가 동조하는 분위기여서인지 못 들은 척했다.

아니, 듣고도 못 들은 척이라기보다 에쓰조를 가마에 태운 계

파의 본심을 들어두자는 속셈이리라. 그러고 보니 지금의 대화
는 블러핑으로 진의 여부도 분명치 않았다. 따지고 보면 사요코
를 추대하려는 계파가 꾸민 양동작전일지도 모른다. 거기까지
생각하다가 미쓰기는 정신을 차렸다.

이게 다 무슨 일인가. 장례식인데 상속 다툼이 모두의 관심을
끌고 있다. 미쓰기도 점잖은 척 지적할 처지는 아니었다. 상속
감정사니까 상속 다툼에 관심을 보이는 것은 당연하다며 내심
구경꾼의 마음으로 집안싸움을 즐기고 있었다.

지금의 미쓰기를 인 씨는 어떻게 평가할까. 십중팔구 저네들
과 싸잡아 같은 취급을 당하겠지만 인 씨가 하는 말이니 틀린
지적은 아니리라.

인 씨는 별개의 생물이지만 기생생물이기도 해서 그런 의미
에서 미쓰기의 일부다. 바꿔 말하면 미쓰기의 잠재의식이라고
도 할 수 있다. 그 잠재의식에게 부정당한다는 것은 미쓰기의
언동이 스스로도 바람직하지 않다고 생각한다는 증거였다.

상속감정사로서 지금 자신이 해야 할 일은 무엇일까. 그런 고
민을 하는 사이에도 조문객들의 욕지거리는 계속됐다. 분명 자
신들이 낸 부조금만큼 씹고 뜯고 맛보고 즐길 심산이리라.

"솔직히 구라노스케 씨는 좋든 나쁘든 카리스마가 있었어. 경
영자로서 평가는 엇갈리지만 이러니저러니 해도 입지전적인 인
물이잖나. 그에 비하면 자식들은 넷 다 시원치 않아. 구라노스

케 씨의 단점만 물려받았지, 경영 능력은 미지수는커녕 아예 없는 거나 마찬가지야."

1인 경영 아래서는 그 위엄에 가려 후계자가 자라기 어렵다. 창업자 2세의 실적이 지지부진하고 3세가 기업을 망치고 마는 이유였다. 다케이치로를 비롯한 나머지 형제의 자질을 논하는 것도 가혹한 이야기이리라.

"무능한 임원이 입이 달렸다고 잘도 떠드네."

이는 반대편에서 들려온 젊은 조문객의 목소리였다.

"자기들도 경영 능력이 없기로 따지면 그 형제들과 도토리 키 재기 아닌가. 우두머리에 어울리는 제대로 된 인재가 없으니 웃기지도 않는 파벌 싸움만 벌이지."

"맞아. 임원들은 그저 자기만 살아남으려고 죽을 똥을 싸겠지만 일반 직원들은 누가 후계자가 되든 결과는 마찬가지라고."

"구라노스케 씨의 능력으로 유지되던 그룹이니까 말이야. 본인이 사라지면 망하는 게 오히려 당연한 거 아닌가."

"에쓰조 씨가 뒤를 잇든 사요코 씨가 뒤를 잇든 중진들이 잘 보좌하지 않으면 그룹이 무너지는 건 시간 문제야. 지난번 '혼조 제재' 총회에서 전무가 '오르막길이 시작됐다'고 선언한 이야기 들었어?"

"아, 들었어, 들었어. 이건 혼조 그룹이 다음 단계로 올라가는 신호라나 뭐라나."

"진짜 웃겨 죽는 줄. 나였다면 내리막길이 시작됐다라고 했을 텐데. 앞으로 혼조 그룹은 틀림없이."

그 목소리를 연배 높은 사람의 목소리가 잡아챘다.

"어이, 거기 젊은이. 어디 계열사 소속인가. 제멋대로 떠드는 헛소리를 도무지 가만히 듣고 있을 수 없군."

젊은이들은 나름 신경 썼겠지만 저도 모르게 목소리가 커진 모양이었다.

"머리에 피도 안 마른 놈들이 잘난 척 떠드는군. 지금까지 자네들에게 월급 준 사람이 누군 줄이나 알아?"

"적어도 당신은 아니네요."

젊은이도 지지 않았다.

"기왕 이렇게 된 거 말 좀 합니다. 혼조 그룹 같은 뭔지도 모를 정체불명 회사가 아니라 '혼조 제재'라는 회사에서 월급을 받고 있죠. 그러니 '혼조 제재'만 존속될 수 있으면 적자나 싸지르는 나머지 기업 따위 차라리 하루라도 빨리 망했으면 좋겠네요."

"이게, 말이면 다인 줄 알아? 애송이 자식. 당장 밖으로 나와!"

일촉즉발, 빈소 분위기가 위태로워진 그 순간, 갑자기 추도사가 멈췄다.

"입 다무시오!"

나루시마 구지의 일갈에 장례식장이 찬물을 끼얹은 듯 조용해졌다.

"영령을 애도할 마음이 없는 분은 썩 나가시오. 추도사 하나
마음 편히 올리지 못하지 않소."

과연 구지에게 반항하는 자는 없었고 분위기는 간신히 수습
됐다.

그러나 불씨가 완전히 꺼지지 않았다는 것은 누가 봐도 명백
했다.


상주의 인사와 출관, 화장터까지의 동행, 그리고 봉안까지 장
례는 엄숙히 진행됐다. 미쓰기에게는 두 번째, 다른 사람들에게
는 세 번째이기에 기시감이 아니라 모두 현실이었다. 미쓰기조
차 자신이 유산 감정을 하러 왔는지 장례식에 참석하러 왔는지
분간이 가지 않았다.

목욕을 마치고 안채 복도를 걷는데 에쓰조가 툇마루에 걸터
앉아 있었다. 둥글게 굽은 등이 너무 불안해 보여 무심코 말을
걸고 말았다.

"상주님, 고생하셨습니다."

"아아, 감정사님도 참석해 주셔서 감사합니다."

미쓰기를 향한 인사에도 힘이 없었다.

"아뇨, 저는 그냥 앉아 있기만 했던걸요."

"저도 그냥 앉아 있을 뿐이었어요."

자조 섞인 말이 애처로웠다.

"거듭 말씀드리지만 정말로 안타까운 일입니다. 믿기지 않는 불행이 연달아 일어나다니."

"회사 관계자들에게 충격을 준 건 아버지의 죽음뿐이겠지만요."

비관적인 말이 이어진다고 생각한 후에야 깨달았다.

앞줄에 있던 에쓰조도 조문객들의 험한 말을 똑똑히 들었던 것이다.

"저기……, 외부인이 하는 말에 일일이 신경 쓰지 마세요."

"외부인은 아니죠. 그들 모두 그룹 직원이에요. 그 직원들의 본심을 들은 것만으로도 의미 있는 장례식이었습니다."

이번에는 자조보다 더한 자포자기로 들리기까지 했다.

"일부 직원이잖아요."

"일부라도 직원은 직원이죠."

말을 주고받다 보니 이렇게 신경이 과민한 점이 지지자들이 불안해하는 요소이리라 생각했다. 그러나 에쓰조의 소심함을 탓하고 싶지 않았다. 미쓰기 본인도 소심한 사람이기에 동병상련을 느꼈기 때문이다.

"그들이 아버지께 품었던 것과 같은 충성심을 얻지 못하면 앞으로 혼조 그룹을 짊어질 수 없는 게 사실입니다. 세계화니 뭐니, 그런 것보다 대대적인 구조조정과 효율화가 필요하니까요.

규모를 축소한 뒤에도 그룹을 유지할 체력은 첫째 자본, 둘째 충성심입니다. 자본은 산에 매장된 몰리브덴에서 조달한다고 해도 충성심은 경영자의 능력에 달렸죠. 생전 아버지의 언행은 역겨웠지만 지금에 와서 생각하면 가지지 못한 자의 시기였던 것 같아요."

"모든 것을 선친과 똑같이 할 필요는 없지 않습니까."

"똑같이 하고 싶어도 사업 축소는 피할 수 없어요. 아버지 이상의 성과를 내도 잘해야 본전이겠죠."

직업 특성상 집안 사업을 물려받은 사람의 고충을 자주 듣는다. 에쓰조의 고뇌는 카리스마 창업자의 뒤를 이은 2세들이 겪는 공통된 시련이었다.

"감정사님은 직업이 직업이니만큼 경영인 2세, 3세들을 여럿 아시겠죠?"

"아무래도 평범한 사람보다는 그렇죠."

"그분들은 난관을 어떻게 극복했습니까?"

"저마다 자신만의 방법으로, 라고 대답할 수밖에 없네요."

미쓰기는 기억력을 총동원해서 에쓰조가 안심할 수 있는 에피소드를 긁어모으려고 했지만 아무리 머리를 굴려도 떠오르지 않았다. 사업을 물려받은 의뢰인 중에 성공한 사람이 한 명도 없는 탓이었다.

"다만 자리가 사람을 만든다는 말이 있잖습니까. 기대받지 못한 신임 사장이 의외로 성장하는 사례도 있습니다. 벌써부터 비관할 필요는 없어요."

억지로 갖다 붙인 듯한 위로가 한심했지만 미쓰기로서는 최선을 다한 응원이었다. 에쓰조도 그 마음을 헤아린 듯 쓴웃음을 지으며 미쓰기를 바라봤다.

"평범한 사람은 평범한 사람답게 싸울 수밖에 없을 것 같네요."

그렇게 말하고는 인사한 뒤 복도 저편으로 사라졌다.

에쓰조의 생전 마지막 모습이었다.

사쿠마 마을에는 산에 흐르는 하천이 여럿 있는데 저택에서 약 5백 미터 떨어진 곳에 있는 골짜기에서 합류한다. 가파르고 험준한 지형이 만드는 여울은 흐르고 흘러 높이가 20미터 되는 폭포에 다다른다.

지역 주민 사이에서는 '흡입폭포'라는 괴이한 이름으로 불리는데, 그 이유는 폭포가 떨어지기 시작하는 지점에 서 보면 알수 있다. 벼랑에 나무 한 그루 없이 오로지 물만 흘러 떨어졌고, 그 끝에 있는 용소의 밑바닥만 보인다. 그곳을 가만히 바라보고 있으면 자신도 모르게 그만 휘청휘청하다가 폭포에 삼켜지고 싶다는 충동을 불러일으켰다.

고지의 장례식이 거행된 다음 날, 용소에 에쓰조의 사체가 떠 있었다.

"이번에는 에쓰조 씨가……."

아침 식사 전, 소식을 전하러 온 구루미도 말을 끝맺지 못했다. 그러나 거듭된 불행으로 에쓰조의 신변에 무슨 일이 일어났는지 본능적으로 알아차렸다.

잠은 순식간에 달아났다. 미쓰기는 서둘러 옷을 갈아입고는 말 없이 방을 뛰쳐나갔다.

구루미가 알려 준 폭포는 산림 조사 때 보았기에 위치는 알고 있었다. 사쿠마 마을에도 제법 인스타그램 인증샷 명소가 될 만한 경치가 있구나 감탄했는데 설마 그 폭포가 범행 현장이 될 줄이야.

5백 미터 남짓 되는 길을 숨을 헐떡이며 전속력으로 달리자 이윽고 용소가 시야에 들어왔다. 주위에는 이미 블루 시트로 만든 천막이 설치되어 있었고, 사복 경찰과 제복 경찰이 뒤섞여 돌아다니고 있었다. 그 사이로 조각상처럼 우뚝 서 있는 후지시로가 보였다.

"아아, 역시 오셨군요."

후지시로는 미쓰기를 보고 한숨 섞인 목소리로 말했다.

"이번에는 에쓰조 씨라던데."

"방침 때문에 사체를 보여 드릴 수는 없지만요. 참, 미쓰기 씨는 여기서부터는 못 들어갑니다."

"용소에 빠졌다는 건 익사했다는 말입니까?"

그게 글쎄요, 라며 후지시로가 고개를 저었다.

"용소에 빠져 본 적 있습니까?"

"아뇨. 없습니다."

"용소라고 해도 의외로 깊지 않아요. 그래서 여름철에는 아이들이 수영장처럼 쓰기도 한다더군요."

아이가 수영을 할 수 있을 정도라면 수심은 얕을 터다.

"폭포 위에서 아래를 내려다보면 아찔하다던데 막상 실제로 뛰어내리면 수심이 얕아서 강바닥에 세게 부딪칩니다."

"그럼."

"익사하기 전에 두개골이 함몰됐어요. 즉사하지 않고 물을 잔뜩 먹었다면 결과는 익사였겠지만요."

진저리가 난 어투였다.

"이거, 잘 만들었죠?"

후지시로가 자랑스럽게 천막을 가리켰다.

"사쿠 경찰서 수사관들이 설치했어요. 속도도 그렇고 전체적인 균형도 그렇고 더할 나위 없죠. 뭐, 단기간에 세 번이나 설치해야 했으니 솜씨가 좋아지는 것도 당연합니다."

"왜인지 비아냥거리는 말처럼 들리는데요."

"비아냥처럼 들리게 말했으니까요."

"연쇄 살인은 제 탓이 아닙니다."

"당신 때문이었다면 얼마나 편했을까요."

후지시로는 몸서리치며 미쓰기의 뒤를 손가락으로 가리켰다. 뒤돌아보니 도로 저 멀리에서 대형 승합차가 여러 대 줄지어 달려오고 있었다.

"취재진인가요?"

"미쓰기 씨는 계속 저택에 머물렀으니 외부에서 이번 사건을 어떤 식으로 다루고 있는지 잘 모르겠죠."

조사를 하는 날에는 산과 들을 돌아다니고 그렇지 않은 날에는 경찰 조사를 받거나 독자 수사에 시간을 쏟았다. 방으로 돌아가 식사한 뒤에는 기절하다시피 잠들었기 때문에 TV는커녕 인터넷 뉴스를 확인할 틈조차 없었다.

"혼조가 살인사건은 이미 전국으로 퍼졌다고 했잖습니까. 저건 재경 TV 방송국*의 중계차입니다."

"스케일이 커졌네요."

"스케일이 커져서 요란하게 시선을 끌어 봤자 좋을 거 없어요."

"현경의 높으신 분들이 스포트라이트를 받을 테니……."

"수사가 진전되기는커녕 희생자만 계속 늘고 있죠. 기자회견

---

\* 주로 도쿄도에 본사를 둔 TV 방송국으로, 닛혼TV, 아사히TV, TBS텔레비전, 후지TV, TV 도쿄를 가리킨다.

은 해명의 장이 되고. 그런 상황에서 스포트라이트를 반기는 경찰 간부가 어디 있겠습니까."

후지시로가 내뱉듯 말했다. 그 모습에서 현경 윗선으로부터 상당한 압박을 받고 있는 후지시로의 모습이 엿보였다.

"마침 여기까지 오셨으니 잘됐습니다. 미쓰기 씨의 알리바이를 들어볼까요?"

장례를 마치고 에쓰조와 마지막으로 말을 나눴을 때는 밤 11시 넘은 시간이었다. 어젯밤에도 파김치가 되어 야요이에게 보고서를 보낸 후에는 기절하듯 잠들어 버렸다.

"결국 가정부가 깨울 때까지 자고 있었다고요. 매번 똑같은 알리바이군요."

알리바이에 변화 같은 것이 필요한가 생각했지만 물론 입 밖으로 꺼내지는 않았다.

"설마 이렇게 연달아 사건이 일어날 줄은 수사본부도 생각하지 못해서 저택에 경비를 세우지도 않았습니다. 분명한 우리 측 실수입니다. 하지만 말입니다, 미쓰기 씨. 어째서 당신이 가까이서 두 눈 뻔히 뜨고 있었는데 저택 사람들이 살해당했을까요?"

"그런 억지 말씀 마세요."

"억지라뇨. 서로 수사에 협력하기로 했으면 남은 사건 관계자들의 움직임을 살피는 게 당연하잖습니까. 적어도 당신이 불침

번을 섰으면 두 번째, 세 번째 사건을 막을 수 있었을지도 모르죠."

"억지입니다."

"그럼 당신이 원래 협력하기로 한 일은 어떻습니까. 집 안 사람 중에서 수상한 행동을 하는 사람은 없었습니까?"

"으음 그러니까……."

미쓰기는 잠시 말끝을 흐렸다. 장례식 자리에서 그룹 관계자들의 승강이를 자세히 듣기는 했지만 그것으로 상속 다툼의 행방이 결정됐다고 말하기는 어려웠다. 두 사람 모두 차기 총수에는 어울리지 않는다는 사실만 명확해지지 않았나. 사요코는 어떻게 생각할지 모르나 조문객이 주고받던 험담을 마음에 둔 에쓰조가 실의에 빠진 것은 분명했다.

"실의요. 하필 장례식에서 그런 말을 들으면 체면이 말이 아니긴 하겠군요. 그렇다면 상황이 완전히 달라지는데 말입니다."

"뭐가 말입니까?"

"그런 일이 있었다면 초조한 에쓰조 씨가 범행을 저지를 수는 있어도 그 반대 경우는 생각하기 힘듭니다. 모처럼 제공한 정보지만 별 도움은 안 되는군요."

"형사님도 정보를 주셔야죠. 그게 약속이지 않습니까."

"아직 검시 단계입니다. 도움이 될 만한 정보는 드릴 수 없습니다. 미쓰기 씨와 마찬가지로요."

"검시 단계였다면 어느 정도는 밝혀졌겠죠. 현 단계에서 사인은 익사가 아니라고 하셨죠?"

"어디까지나 제 개인적 의견입니다. 다만 두부에 난 열상 부분에 생활반응이 있으니 일단 두개골 충격이 치명상인 건 틀림없어요. 그보다 문제는 상황이겠죠."

후지시로가 폭포 위를 손가락으로 가리켰다.

"아까도 말했듯 저기서 아래를 내려다보면 아찔한 풍경이라더군요. 그런 곳에 스스로 서고 싶은 특이한 사람은 없을 겁니다. 자살을 시도하려는 사람이 아니면."

"즉 에쓰조 씨를 어떻게 폭포 위로 유인했느냐가 문제라는 말입니까?"

"네. 아니면 미쓰기 씨는 에쓰조 씨가 실의에 못 이겨 자살을 기도했다고 생각합니까?"

에쓰조가 대범한 성격이 아니라는 것은 두루 알려진 사실이지만 그렇다고 조문객들에게 험담을 들었다고 자살을 결심할 사람은 아니라고 생각한다. 아무튼 여러 사람 앞에서 욕을 들은 사람은 에쓰조 혼자가 아니었다. 무엇보다 카리스마가 없다는 점은 본인이 가장 잘 알고 있지 않던가.

"폭포 위로 유인했을 수도 있고, 아니면 움직일 수 없는 상황을 만들어 폭포 아래로 밀어 떨어뜨렸을 수도 있습니다. 뭐가 됐든 수사 방침은 확고해서 편할 테지만요."

의미심장한 말이 귀를 잡아챘다.

"편하, 다고요?"

미쓰기의 물음에 후지시로가 몹시 의외라는 표정을 지었다.

"왜 그러시는지……."

"미쓰기 씨는 똑똑한 것 같으면서도 상당히 맹하네요."

후지시로의 어투가 점점 인 씨를 닮아가서 거슬렸다.

"상속 다툼을 벌이던 두 사람 중 한 명이 사라졌습니다. 방침
이라면 남은 한 명을 추궁하는 거 아니겠어요?"

너무나 당연한 논리였지만 미쓰기는 앗 소리를 지를 뻔했다.

"뭐, 그런 상황이니까 저택으로 돌아가면 사람들에게 외출을
삼가라고 전해 주세요. 하기야 수사관들이 저택으로 가는 중이
긴 하지만."

말을 마친 후지시로는 방해가 된다는 듯 손을 휘휘 저었다.
아무래도 더 이상 버티고 서봤자 유익한 정보는 얻을 수 없을
듯해 미쓰기는 어쩔 수 없이 용소를 벗어났다.

오던 길을 반쯤 되돌아갔을 때 오른쪽 어깨가 쑤시기 시작했다.

—거참, 넌 우위에 설 수 있는 사람이 한 명도 없냐?

"첫마디부터 그 소리야? 가끔은 칭찬해 줘도 되잖아."

—자, 칭찬.

인 씨의 얼굴이 경멸로 일그러졌다. 인면창이 얼굴을 찌푸리
자 어깨 주위 피부가 부자연스럽게 쭈그러져서 아픈 듯 간지러

웠다. 인 씨가 웃으면 미쓰기는 얼굴을 찡그리는 형국이었다.

— 도대체 네 놈 어디에 칭찬할 구석이 있는데? 모래사장에서 바늘을 찾는 것보다 어렵다고.

"그렇게까지 말할 건 없잖아."

— 아까도 말이야, 후지시로한테 물어볼 수 있는 게 더 있었어. 경찰이 저만큼이나 있었잖아. 목격자를 찾는 녀석도 있을 테고, 폭포 위 주변에는 감식이 돌아다니고 있었지. 그런데도 후지시로에게 방해꾼 취급을 받고서 순순히 물러난 너를 어떻게 칭찬하란 말이야.

"하지만 후지시로 형사 말을 들어보면 이제 탐문이나 감식 같은 건 필요 없지 않을까? 이제 상속인은 한 명밖에 안 남았잖아."

— 남은 한 명, 사요코가 범인이란 말이야?

"간단한 뺄셈이잖아."

— 멍텅구리한테 간단하다는 말을 듣다니 말세다, 말세야.

인 씨가 코웃음을 쳤다. 아니, 정확하게는 가운데 상처 구멍을 넓혀 보였다.

— 그럼 하나 묻자. 다케이치로 부부를 살해했을 때 사요코가 두 사람을 창고까지 짊어 메고 갔을까?

"그건…… 분명 남자 공범이 있겠지."

— 사와자키라고 생각하지?

"그 사람이라면 성인 두 명을 쉽게 짊어질 수 있을 것 같고, 사요코 씨를 좋아할 것 같고."

―그런 것 같고, 가 두 번이나 들어갔네? 그런 건 추리가 아
니야. 그냥 때려 맞추기라고 하지.

"우리가 딱히 형사도 아니고 증거 같은 건 없어도 되잖아."

―이거 정말 뼛속까지 무책임한 놈이네. 네 직업이 뭐야?

"아."

―아, 소리가 나와? 사요코가 범인이라면 범인이라는 객관
적인 증거를 찾아내거나 반대로 범인이 아니라면 무고하다는
증명을 하지 않으면 상속감정사 일이 마무리되지 않을 거야.

"어떻게 해야 하지?"

―……널 고용한 아리노 야요이가 진심으로 불쌍하다. 잘됐네.
이왕 저택에 갇히게 됐으니 사요코에게 직접 물어보면 되겠네.

"자기가 범인이라고 고백할 리 없잖아."

―거짓말을 한다면 그 거짓을 파헤치면 돼. 상속인이 저 혼자
남았다는 건 그 여자도 알겠지. 눈에 뻔히 보이는 거짓말은 안
할 거야.


# 2


미쓰기가 저택으로 돌아간 것과 거의 동시에 경찰 몇 명이 저

택 주변에 배치됐다. 남은 가족을 경호한다는 명목이었지만 실제로는 용의자가 도주하는 것을 방지하기 위해서일 테다.

"아무리 그래도 많네. 지금까지와 전혀 달라."

—현경이 맡은 사건인데도 두 번째, 세 번째 사건이 발생했으니까. 나가노 현경으로서는 낭패도 이런 낭패가 없지. 전국구 뉴스까지 탔으니 온 국민이 지켜보고 있잖아. 이제 범인을 못 잡으면 윗선의 책임 문제로 번질 수 있어.

"진작 경비를 세웠으면 됐잖아."

—지역 유명 인사잖아. 아무리 사람이 죽었다고 해도 관할서인 사쿠 경찰서에서도 노골적으로 가족을 용의자 취급할 수 없었겠지. 게다가 후지시로도 말했지만 다음 사건이 일어나기까지의 간격이 너무 짧았어. 정식으로 수사본부를 설치하거나 주변 조사를 하는 사이에 또 다른 시체가 나왔지. 상황이 뒷북 수사처럼 돌아가는 것도 어쩔 수 없는 노릇이야.

"후지시로 형사한테는 퍽이나 너그럽네. 아까 야요이 소장님도 동정하더니."

—널 동정하면 스트레스가 치솟아. 다른 녀석들을 동정하는 편이 훨씬 정신 건강에 좋다고.

그때 인 씨의 독설이 뚝 끊겼다. 현관 앞에서 히라기를 발견했기 때문이었다.

"감정사님, 지금까지 어디를 다녀오셨습니까."

"'흡입폭포'에 다녀왔습니다. 구루미 씨에게 소식을 듣고 도저히 가만히 있을 수가 없어서."

"형사님들이 미쓰기 씨는 어디 있냐고 닦달했습니다. 달아난 거 아니냐고 말하는 사람도 있었고요."

"설마. 제가 혐의를 받고 있습니까?"

"감정사님, 이런 시기 이런 때에 무턱대고 외출하면 안 된다는 말입니다. 군자는 위험한 곳에 가까이 가지 않는다, 오얏나무 아래에서 갓끈을 고쳐 매지 말라는 속담 아시죠?"

집에 들어가서도 히라기는 여전히 잔소리를 멈추지 않았다. 만날 때마다 히라기의 인내심이 점점 바닥나는 것 같다는 생각이 들었다. 지금까지 변호사 생활을 하면서 겪지 못한 사건에 휘둘리기 때문인 듯했다.

"저도 변호사 생활을 오래 했지만 이런 말도 안 되는 사건에 휘둘리는 건 처음이군요."

거봐, 역시.

"가만히 생각해 보면 당신이 역병신이라는 가설이 점점 그럴듯해지는 것 같아요."

"무슨 말씀을."

"당신은 그럴 마음이 없었을지 몰라도 경거망동해서 불행을 불러오고 마는. 그런 초능력의 주인일지도 모르죠."

"말씀이 지나치십니다."

"제가 할 말입니다. 연쇄 살인이 일어난 뒤로 제 사무소는 일상 업무조차 불안정해졌습니다. 말할 필요도 없이 혼조가 고문만으로는 안심할 수 없는 살림이거든요."

하지만 히라기의 기분이 상했다면 사무소 사정 때문만은 아니리라는 것이 인 씨의 생각이었다. 그 빌어먹을 인면창의 조언을 시험할 기회는 지금뿐이다.

"다카히로 군의 태생은 진작 알고 계셨다고 하셨죠?"

"20년 정도 고문 변호사로 일하면 그 정도 사정은 짐작이 가죠."

"실례지만 고문 변호사로서의 관심이 다였습니까? 다른 요인은 아무것도 없었나요?"

"묘한 걸 묻는군. 변호사입니다. 그것 말고 다른 어떤 관점에서 관심을 가진다는 말입니까?"

"변호사님은 상속인들이 어렸을 때부터 혼조가에 드나드셨죠?"

"네, 맞습니다. 구라노스케 씨는 사무소에 직접 찾아오는 인물이 전혀 아니었으니까."

"변호사님과 사요코 씨는 대략 더블 띠동갑이죠. 전 본 적은 없지만 사요코 씨는 아마 어릴 적부터 미인이었을 겁니다."

그러자 히라기의 안색이 변했다.

"도대체 무슨 소리를……. 제가 사요코 씨를 마음에 품었다는 말입니까? 정말 참을 수 없이 천박한 생각이군요."

"그런 뜻이 아니라요. 저기, 변호사님도 지난번에 변호사님 일은 의뢰인의 이익을 지키는 것이라고 선악을 판단하는 것이 아니라고 말씀하셨잖습니까."

"말했죠, 분명히."

"그래도 약자나 학대당하는 사람을 구해 주고 싶은 마음은 들 겁니다. 변호사란 그럴 수 있는 직업이니까요."

히라기는 깜짝 놀란 표정이었다.

"치정 사건은 저도 잘 모르지만 직업 윤리와 정의감이라면 어떻게든 이해할 수 있습니다. 특히 사쿠마 마을이나 혼조 가문에는 아직도 낡은 제도와 가치관이 그대로 남아 있으니까, 변호사님도 생각하는 바가 있지 않습니까."

히라기는 입을 다물고 반박하지 않았다. 이럴 때는 상대에게 틈을 주지 말고 밀어붙이라고 인 씨가 조언했다.

"에쓰조 씨가 살해되고 남은 상속인은 사요코 씨 한 사람뿐입니다. 경찰이나 세상 사람들은 당연히 사요코 씨가 범인이라고 생각하겠죠. 진상이야 어떻든 앞으로 여러 악의가 사요코 씨와 다카히로 군을 덮칠 겁니다. 그런 것들로부터 지킬 수 있는 사람은 한정되어 있다고 생각하지 않으세요?"

"감정사님, 잠시만요."

히라기는 말없이 미쓰기를 빈방으로 끌고 들어갔다. 저택 내 사람들이 들으면 곤란하다는 분위기였다.

"직업 윤리와 정의감. 설마 당신 입에서 그런 청렴한 말이 나올 줄이야. 맹해 보여도 심지는 있는가 보군요."

칭찬인지 욕인지 분명하지 않지만 지금은 부정하지 않는 편이 상책이리라.

"앉아서 이야기합니다."

히라기의 권유에 미쓰기도 책상다리를 하고 마주 앉았다.

히라기는 일단 호흡을 가다듬듯 숨을 내쉬었다. 순간 긴장이 풀린 얼굴이 이 남자의 민낯 같아 보였다.

"어디서부터 말해야 할까요."

"말할 수 있는 거라면 어디서부터라도 괜찮습니다."

"제가 혼조가의 고문 변호사로 고용됐을 때 사요코 씨는 겨우 열 살이 됐을 무렵이었습니다. 지금도 아름답지만 당시에는 달리 비유할 말이 없을 정도로 아름다웠어요. 미래도 밝았죠."

"이 마을에서 나가려고 고민하던 무렵 말이죠?"

"감정사님도 지적했듯 이 마을은 과거의 악습이 여전히 지배하고 있습니다. 여성이 자신의 권리와 자리를 온전히 지키기 어려운 곳이죠. 허나 혼조 가문의 고문 변호사로서는 당주인 구라노스케 씨의 뜻을 거역할 수 없었습니다."

사요코의 앞날을 걱정했지만 개인적으로는 아무런 도움을 줄 수 없었다. 말끝마다 회한이 묻어났다.

"사실 사요코 씨가 결혼 상대를 찾았을 때는 마치 제 딸이 시집가는 기분이었어요. 이해하실지 모르겠지만. 이제 쓸데없는 걱정은 안 해도 된다고 안심하는 마음과 손에 쥐고 있던 진주를 누군가에게 도둑맞는 듯 아쉬운 마음. 제게 딸이 있다면 분명 똑같은 마음이었을 거예요. 그렇기에 구라노스케 씨가 사요코 씨에게 저지른 금수만도 못한 짓을 용서할 수 없었습니다."

마침내 본심을 토해낸 얼굴은 악령을 떨쳐낸 사람 같았다.

"고문 변호사인 탓도 있고, 또 이 지역 유지인 혼조가에 반기를 든다는 것은 일종의 금기입니다. 그런데 친정으로 돌아온 사요코 씨를 형제들이 벌레 취급하는 모습을 보고는 큰마음 먹고 구라노스케 씨에게 직접 물었죠. 그 사람이 어떻게 반응했을 것 같습니까?"

다른 사람들에게 전해 들은 구라노스케라면 어떻게 행동했을지 짐작은 할 수 있었다. 이어지는 히라기의 말은 그 짐작대로였다.

"구라노스케 씨는 나도 아직 안 죽었다며 의기양양했습니다. 내 대에 복자를 낳았다며 이런 경사도 없다며."

히라기가 주먹으로 다다미를 쿵 내리쳤다.

"아무리 변호사님이라도 화를 내셨겠네요."

"아뇨……. 의뢰인의 멱살을 잡을 정도로 혈기 왕성한 나이도 아니고 감정을 겉으로 드러낼 만큼 솔직한 성격도 아닙니다. 혼조 구라노스케라는 인간이 한없이 혐오스러웠을 뿐입니다. 참으로 한심해서 한동안은 사요코 씨 얼굴을 똑바로 보지도 못했어요."

속은 분노로 가득했지만 고용주에게 반기를 들지 않고 조용히 자신의 일만 한다. 그것이 히라기의 직업 윤리라고 한다면 그것만큼 금욕적이고 헛된 것도 없었다. 적어도 자신은 도저히 흉내 내지 못 하리라 생각했다.

"처음에 변호사님이 차기 총수로 에쓰조 씨를 바라셨죠. 사요코 씨의 처지를 감안해서라고 쳐도 에쓰조 씨를 추천하고 싶었던 또 다른 이유는 무엇입니까?"

"혼조가의 고문 변호사니까요."

조용한 어조에 미쓰기는 조금 긴장했다.

"그야 사요코 씨가 뒤를 이으면 생활은 보장되겠지만 경영 실권은 오래된 임원들이 쥐게 됩니다. 그렇게 되면 평생 평온하지 못하겠죠. 에쓰조 씨라면 훌륭한 리더가 되는 한편 사요코 씨 모자도 업신여기지 않으리라는 기대도 있었고요. 그게 이유입니다."

달리 말하면 히라기 본인이 간절히 바라던 것을 에쓰조라면 행동으로 보여 줄 수 있으리라 기대했던 것이다.

"사요코 씨를 뒤에서 돕고 싶으셨군요."

"그러지 마십시오."

히라기가 불쾌한 듯 고개를 저었다.

"그렇게 멋있게 포장할 만한 것이 아닙니다. 원님 덕에 나팔 분다는 소리를 들어도 감지덕지할 판에 비겁하다고 해도 도리가 없죠."

"변호사님은 자신을 너무 낮추십니다."

"요즘 세상에는 스스로를 과대평가하는 무리가 너무 많아. 이런 인간이라도 없으면 균형이 안 맞아. 아니, 제 이야기는 이제 됐습니다. 그보다 사요코 씨말입니다. 감정사님이 말한 대로 당연히 사요코 씨가 연쇄 살인의 범인으로 의심받겠죠. 지금 제가 할 수 있는 일이 있겠습니까?"

과거에 보호하지 못했던 일을 속죄를 하고 싶다는 소리로 들렸다.

"사요코 씨가 범인이라고 생각하세요?"

"아뇨."

"그렇다면 사요코 씨가 스스로 불리한 증언을 하지 않도록 계속 옆에 있어 주시겠습니까? 만에 하나 사요코 씨가 범인이라 하더라도 지금 단계에서부터 사요코 씨의 변호사로 곁을 지킨다면 그녀의 이익을 지키는 일이 되지 않을까 생각합니다."

이것도 인 씨가 알려 준 수였다. 사요코를 연민하는 히라기의 마음을 자극하면서 그의 직업의식에 호소한다. 정통적인 수법일 뿐이지만 히라기 같은 사람에게는 가장 효과적인 방법이라고 했다.

인 씨의 예상대로였다. 히라기는 스스로를 납득시키듯 고개를 두세 번 끄덕여 보였다.

"그래…… 그렇죠. 제가 할 수 있는 일, 저만 할 수 있는 일은 사요코 씨 변호에 매진하는 일이네요. 감정사님, 고맙습니다."

히라기는 말을 마치자마자 벌떡 일어났다. 마치 납치된 공주를 구출하러 달려가는 기사 같은 얼굴이었다.

"지금 바로 사요코 씨를 만나러 가겠습니다. 향후 대응 방안을 논의해야죠."

미쓰기는 반쯤 얼이 빠졌다. 다소 시대에 뒤떨어진 히라기의 순정 때문이 아니었다. 상황이 흘러가는 방향도 히라기의 반응도 전부 인 씨가 예상한 대로였기 때문이었다.

거봐, 내가 하는 말은 다 옳지? 하고 어깨에서 비웃음이 울릴 것만 같았다.

아차, 잊으면 안 되지.

"저도 함께 가겠습니다."

"네? 감정사님이 왜……."

"절반은 상속감정사이기 때문이고, 나머지 절반은 변호사님을 돕고 싶어서요. 이 두 가지 이유로는 부족할까요?"

"아뇨. 충분합니다."

또다시 히라기에게 끌려가듯 빈방을 나섰다. 목적지는 물론 사요코 모자의 방이었다.

복도를 걷던 도중 경찰 몇 명과 마주쳤다. 경비를 겸해 슬슬 저택 사람들에 대한 조사가 시작됐겠지. 경찰들이 히라기와 미쓰기를 일일이 불러 세우지 못하는 이유는 외부인으로 분류하기 때문일까, 아니면 히라기의 변호사라는 직함이 방패 역할을 하기 때문일까?

"왠지 주변 사람들이 전부 적으로 보이기 시작했어요."

"변호사인 제가 봤을 때 그 추측이 거의 틀리지 않는 것 같군요."

"변호사님, 이미지가 갑자기 바뀐 것 같은데요."

"자고로 변호사라는 직업은 으레 국가 권력과 사이가 나빴으니까요."

한참을 가다가 복도 저편 열린 문틈으로 서양식 인테리어가 보일 때였다.

"다카히로!"

구루미의 목소리가 들리고 한 박자 늦게 다카히로가 달려왔다. 오른손에 갈색 수건 같은 물건을 쥐고 휘두르고 있었다.

아니, 수건이 아니었다.

옆구리를 빠져나갈 때 분명히 봤다. 고양이다. 다카히로는 몸이 축 늘어진 고양이를 휘두르고 있었다.

"으아아악!"

미쓰기는 자신도 모르게 소리쳤다. 다 큰 어른이라고 해도 눈앞에서 고양이를 휘두르면 누구라도 놀란다.

"기다리라고! 아, 감정사님."

다카히로를 쫓던 구루미가 복도에 엉덩방아를 찧은 미쓰기 앞에서 걸음을 멈췄다.

"죄송해요, 놀라셨죠?"

"바, 바, 방금 그건 뭡니까?"

퍼뜩 고개를 들어 올려다보니 히라기가 한심하다는 시선으로 내려다보고 있었다. 순식간에 꼴이 우스워졌다.

"저거, 인형이죠?"

"아뇨."

구루미가 비통하게 부정했다.

"진짜 고양이예요."

"고양이가 가만히 아이에게 휘둘린다고요?"

"죽은 고양이예요. 마당에 방치된 사체를 다카히로가 발견해서 장난치는 거예요."

"집 안에서 고양이를 키웠던가요?"

"이 근방에 사는 길고양이예요. 요즘 가끔 저택 주변에 고양이가 죽어 있거든요. 평소에는 보자마자 치우는데……."

"언제까지 앉아 있을 거예요. 갑시다."

히라기의 재촉에 다시 복도를 걸었다. 구루미는 다카히로를 쫓아 반대 방향으로 달려갔다. 미쓰기는 문득 '사자에 씨*'의 주제가가 떠올라서 웃음이 터져 나올 뻔했다.

아기 고양이 사체를 붕붕 휘두르는 다카히로를 뒤쫓아.

어떤 이유로 이렇게 긴박한 장면에서 그런 얼빠진 상상을 했는지. 스스로가 경박하고 한심해서 또 웃음이 나올 뻔했다.

"왜 히죽거립니까."

히라기가 미쓰기에게 면박을 주고 나서 거실문을 열었다. 사요코가 소파에 앉아 있었다.

"사요코 씨."

"에쓰조 오빠의 일은 방금 경찰에게 들었습니다."

사요코는 기진맥진한 듯 말했다. 너무 기력이 없어 누가 받쳐주지 않으면 그대로 소파에 쓰러질 것처럼 보였다.

"이 집은 저주받았어요. 어떻게 형제가 연달아, 그것도 그렇게 비참하게 살해당해야만 하나요."

"진정하세요, 사요코 씨."

히라기는 머뭇거리며 손을 내밀다가 움츠리기를 반복했다.

"이것만 먼저 확인하겠습니다. 사요코 씨. 당신이 범인입니

---

* 평범한 주부인 후구타 사자에와 가족들의 이야기를 그려 오랜 사랑을 받는 하세가와 마치코의 만화.

까?"

순간, 사요코는 히라기를 의아하게 쳐다보다가 이내 눈꼬리를 치켜세웠다.

"너무하시네요. 저를 어떻게 보셨기에."

"실례였다면 사과드립니다. 하지만 변호사로서 이것만은 반드시 밟아야 하는 절차이니 양해 바랍니다. 다시 묻겠습니다. 범인 아니십니까?"

"아닙니다."

노기와 자기연민이 뒤섞인 묘한 울림이었다.

"그런데 에쓰조 씨가 살해당한 지금, 혼조가의 상속권을 가진 사람은 사요코 씨 한 사람뿐입니다."

"뭐라고 말씀하셔도 저는 죽이지 않았습니다. 상속인이 저 한 사람만 남았으니 의심받는다는 것 잘 압니다. 하지만 저는 애초에 막대한 재산을 탐낸 적도 없어요. 저와 다카히로가 살아갈 수 있을 만큼의 돈만 있으면 충분합니다. 다카히로가 정상적인 교육받고 평범한 성인이 된다면 더는 바랄 게 없습니다."

상속인이 아닌 어머니로서의 호소에 가슴이 미어졌다.

"게다가 형제예요. 특히 에쓰조 오빠는 저와 편하게 지냈고 우리 모자를 염려해 줬죠. 혼조가에서도 없어서는 안 될 사람입니다. 그런 사람에게 어떻게 손을 대겠어요?"

"사요코 씨다운 항변이군요. 그럼 하나 더. 어젯밤부터 오늘 아침까지 뭘 했는지 자세히 말씀해 주실 수 있습니까?"

"자세히고 뭐고, 저는 매일 다카히로와 함께 있습니다. 어젯밤은 다카히로가 좀처럼 자지 않아서 12시 넘어서 잠든 것 같아요. 오늘 아침 6시 30분에 일어났습니다. 장례 때문에 피곤해서인지 도중에 깨지도 않았습니다."

"그걸 증명해 줄 수 있는 사람은 다카히로 군뿐이겠죠."

"달리 누가 있겠어요?"

설령 다카히로가 정상인 수준의 증언능력이 있다고 해도 친족의 증언은 채택되지 않는다. 판단이 서지 않는 이야기지만 히라기는 납득한 모습이었다.

"됐습니다. 만약 경찰이 물으면 지금과 똑같이 대답하세요. 막대한 재산에는 관심 없는 것. 어젯밤은 12시 넘어서 잠들어 아침까지 깨지 않았던 것. 이 두 가지만 반복해서 말해요. 뒤를 보강하거나 항변하는 건 변호사인 제 몫이니까요."

"저와 다카히로를 도와주시는 건가요?"

"많이 늦었습니다만."

히라기는 입을 열고 나서 조금 겸연쩍은 듯 고개를 돌렸다.

"감정사님은 사요코 씨에게 질문 없습니까?"

히라기가 재촉했지만 인 씨가 지시한 질문은 히라기가 모두 했다. 다른 질문은 생각나지 않아 딱히 없다고 대답했다.

"조사받을 때 제가 옆에 있겠습니다. 괜찮으시죠?"

"정말로 힘이 됩니다."

두 사람의 눈빛 사이에는 다른 사람은 다가갈 수 없는 유대감이 생겼다. 마음이 불편해진 미쓰기는 자리를 벗어나기로 했다.

"그럼 저는 이만 실례하겠습니다."

애석하게도 히라기도 사요코도 미쓰기에게는 눈길도 주지 않았다.

방을 나와 조금 전 걸어온 복도를 되돌아갔다. 만약 이 자리에 사와자키가 있다면 하고 실없는 상상을 해봤지만 미쓰기의 빈약한 상상력으로는 세 사람의 모습을 그릴 수는 없었다.

아니, 상상이나 하고 있을 때인가. 지금은 현실이다.

히라기가 아무리 우수한 변호사라도 사요코가 현재 불리한 입장이라는 것은 분명하다. 확실한 알리바이가 없는 한 동기 면에서 사요코보다 의심스러운 용의자는 존재하지 않기 때문이다.

"이러니저러니 해도 상속인은 이제 한 명뿐이네."

무심코 중얼거렸는데 입에 칼을 문 파트너가 반응했다.

—멍청이.

"작은 소리로 욕하지 마."

—초등학생도 하는 뺄셈마저 못 하는 놈한테 말이 곱게 나가겠냐.

"뺄셈이라니 무슨 말이야?"

—상속인이 한 명 더 있잖아.

# 3

히라기의 지적대로 지역 경찰이 그 지역 유지를 함부로 대하지 못하는 것은 사실인 듯했다. 에쓰조가 사체로 발견되었는데도 관계자 조사는 저택 안에서 진행됐다. 물론 관계자 전원을 사쿠 경찰서까지 동행시키는 것보다 저택에서 조사하는 편이 더 간편하다는 이유도 있겠지만 그보다는 혼조가 사람을 경찰서 취조실에 가두는 행위를 꺼리는 듯했다.

미쓰기는 필요한 내용을 후지시로에게 전하고 있으므로 일찍이 풀려나 경찰들이 저택을 오가는 모습을 멀찍이 바라봤다.

"이상하지 않아? 경찰은 공권력의 상징이잖아. 그런데 지역 토호의 눈치를 본다니, 참 나."

주변에 인기척이 없어서인지 이윽고 인 씨가 고개를 내밀었다.

—이렇게 뭘 모르네. 아무리 공권력이라도 민주 경찰을 내세우는 이상 지역 사정을 무시할 수 없어. 커리어\*라면 몰라도 현경 소속 경찰은 대부분 지방공무원이라 임관서부터 은퇴할 때까지 이 지역에서 근무하지. 혼조가는 그냥 자산가가 아니라 많은 직원을 거느린 가문이야. 주민들에게 미움을 사면 경찰의

---

\*   일본 경찰은 국가공무원 1종 시험(우리의 행정고시에 해당)을 통과한 커리어조와 국가공무원 2종 시험 또는 지방공무원 공채를 통과한 논 커리어조로 나뉜다. 커리어조는 엘리트 경찰관으로 승진이 빠르며, 논 커리어조는 승진에 한계가 있다.

입지가 좁아져.

"그렇구나."

—지역 행사에서 대개 경찰서장이 내빈으로 참석하잖아. 그걸 보면 지방경찰이 얼마나 그 지역 눈치를 보는지 한눈에 알 수 있지.

"그런데 인 씨. 상속인이 사요코 씨 말고 한 명 더 있잖아. 설마 다카히로 군을 말하는 거야?"

—누가 또 있는데?

"하지만 호적상으로는 구라노스케의 손자로 되어 있잖아."

—그런 건 사요코가 DNA 감정을 의뢰하면 끝날 이야기다. 구라노스케가 죽었을 때 병리 해부했으니 아마 아버지 쪽 데이터도 남아 있을 거야. 감정해서 부모 자식인 게 증명되면 그 순간 상속인으로 인정받지.

"아니, 그건 맞는 말인데. 그렇다고 다카히로 군을 용의자에 넣는 건 비상식적이잖아."

—나는 어디까지나 상속인 중 한 사람이라고 했을 뿐이야. 용의자 운운하는 건 멍텅구리 너의 지레짐작이잖아.

정작 말을 꺼낸 미쓰기 본인도 다음 말을 삼켰다. 아직 어리고 심지어 지적장애까지 앓는 아이를 용의자라고 말하면 말한 사람이 정신상태를 의심받을지도 모른다.

"하지만 인 씨. 남은 관계자 중 범인이 있다면 후보군이 굉장히 좁지 않아? 서류상 상속인은 사요코 씨뿐이야. 나머지는 아들 다카히로 군, 고용인인 사와자키 씨와 구루미 씨. 고문 변호사인 히라기 씨."

─조금만 생각해 보면 대부분은 범인이 그중에 있으리라고 생각하지.

드물게 석연치 않은 말투가 마음에 걸렸다.

"뭐야. 그럼 인 씨는 지금 말한 사람들 말고 다른 사람을 의심하는 거야?"

따져 물었지만 인 씨는 대답이 없었다. 인 씨가 이야기 도중 침묵할 때는 주변에 사람이 있거나 미쓰기와의 대화에 염증을 느낄 때뿐이었다.

혹시나 앞쪽으로 시선을 돌리니 사와자키가 경찰과 함께 좁은 산길로 이어지는 농로를 걸어오는 중이었다.

조사가 끝났다고는 해도 사건 관계자들이 아직 저택 밖을 자유롭게 오갈 수 있는 상황은 아니지만 경찰과 동행한다면 겨우 허가는 받을 수 있는 듯했다.

─말 걸어.

인 씨가 짧게 명령했다. 숙주가 기생생물의 명령을 따르자니 부아가 치밀었지만 주도권은 늘 인 씨에게 있기에 따를 수밖에 없었다.

사와자키는 야채가 담긴 대나무 소쿠리를 안고 있었다. 미나리에 실파에 오이, 속에는 토마토도 섞여 있었다. 그러고 보니 혼조가 밥상에 올라오는 야채와 산나물은 전부 이 지역에서 조달한다고 들었다.

사와자키는 가뜩이나 과묵한데다 주방에서 나오는 일이 적어서 말을 나눈 적이 없다. 관계자 전원을 조사하려면 사와자키와도 대화를 나눠야 했다. 동행한 경찰이 방해됐지만 미쓰기는 작심하고 사와자키에게 다가갔다.

"아, 사와자키 씨. 식사 재료 가져오세요?"

스스로 생각해도 부자연스럽다고 생각했지만 애초에 사와자키에게 말을 거는 적은 처음이다. 사와자키는 완전히 외지인을 보는 눈빛으로 되받아쳤다.

"그거 다 식재료입니까? 하지만 먹을 사람이 줄어서……."

재료가 너무 많은 것 아니냐는 말을 하려다가 도중에 혀가 얼어붙었다.

무심코 뱉은 말에 후회한 것이 벌써 몇 번째일까. 그래도 타고나길 덜렁대는 성미는 고쳐지지 않았다. 아니나 다를까 사와자키가 미쓰기를 노려봤다.

"산나물은 삶거나 조리하면 숨이 죽어서 이 정도 양이면 적당합니다."

"아아, 균형 잡힌 영양을 꼼꼼하게 챙기시는군요. 혹시 영양사 자격증 같은 거 있으세요?"

이번에는 경찰이 수상쩍은 눈빛으로 쳐다봤다.

"저기. 죄송한데 혹시 대화를 전부 체크하십니까?"

"아뇨! 그렇지 않습니다."

"수사 주임이라고 하셨죠? 후지시로 형사님과도 이야기했는데 관계자 출입 제한은 이제 풀어 주셔도 되지 않나요?"

후지시로의 이름을 팔라는 인 씨의 말을 따랐다. 경찰은 뭐라고 말하고 싶어 했지만 결국은 사와자키에게서 멀어졌다.

"아무리 그래도 양이 많네요. 도와드릴까요?"

"이 정도는 아이라도 들 수 있습니다."

사와자키는 냉랭하게 미쓰기 옆을 지나가려고 했다. 마음이 약해질 뻔했는데 여기서 놓치면 나중에 인 씨에게 더 심한 말을 들을 것이 자명했다.

"조사를 벌써 다 받으셨나 보네요."

"네."

"역시 알리바이 같은 걸 물어보죠? 아니, 저한테도 물어봤는데 이 저택에 계속 틀어박혀 있는 데다가 독방에서 지냈으니까요. 알리바이를 증명해 줄 사람이 어디 있겠어요? 그건 이 집에서 일하는 구루미 씨나 사와자키 씨도 마찬가지죠?"

대답이 없다.

"애초에 여기 입주해서 일하는 분들은 서로 가족 같은 사이니까 만약 다른 누군가가 증언해 준다 해도 알리바이로 받아들여

질지 의문이에요. 에쓰조 씨도 아무도 모르는 사이에 밖으로 나가 폭포에서 떠밀려 떨어졌고요."

대답이 없다. 조바심이 난 미쓰기는 점점 경솔하게 나불대기 시작했다.

"이 이상 범행이 벌어지는 걸 막고 싶다면 혼조가 관계자 전원을 사쿠 경찰서 안에 가두든지, 그도 아니면 사쿠 경찰서의 경찰관 전원을 저택 부지 안에 배치해야겠죠. 아, 딱히 그 사람들 삼시세끼까지 사와자키 씨가 신경 쓸 필요는 없습니다. 그정도 비용은 수사본부에서 댈 테고 무엇보다 사와자키 씨와 구루미 씨 둘이서 그렇게 많은 사람 몫을 준비할 수 있을 리 없고."

사와자키는 여전히 아무 대답도 없었다. 미쓰기의 목소리가 들리지 않는 듯 무시하고 주방 쪽으로 향했다.

"민폐도 이런 민폐가 없네요. 사와자키 씨는 여전히 세 끼를 준비해야 하는데 경찰이 이렇게 자꾸 방해하니까. 요리 중에도 마음이 편치 않을 테죠."

사와자키가 미쓰기를 힐끗 봤다. 네가 가장 방해된다는 눈빛이었다.

"하, 하지만 가장 힘든 사람은 역시 사요코 씨겠죠. 이제 남은 상속인은 사요코 씨뿐이니. 경찰이 아니더라도 다들 의심의 눈초리로 보니까요."

사요코의 이름이 나오자마자 사와자키가 우뚝 멈춰 섰다.

"아니, 경찰이 아니더라도, 라고 말했지만 경찰은 당연히 가장 유력한 용의자로 생각하겠죠."

"그 사람은 형제를 죽일 사람이 아니야."

"그렇다고 단정한 게 아니라 어디까지나 혐의를 받는다는 뜻으로 한 말입니다."

"당신은 외지인이잖아."

돌아본 사와자키의 눈빛이 몹시 날카로웠다.

"사쿠마 마을 사람이라면 사요코 씨를 의심하는 듯한 말은 절대로 안 할 거야."

"어째서입니까?"

길게 말하지 않는 남자다. 사와자키는 다시 앞을 보고 걸었다.

"사요코 씨가 친아버지와, 구라노스케 씨와 관계를 했기 때문입니까?"

사와자키가 이번에는 찔러 죽일 듯한 시선으로 노려봤다.

"그런 이야기 큰소리로 하지 마."

"혼조가와 관련된 사람이라면 모두 알 겁니다."

사와자키가 대나무 소쿠리를 땅바닥에 내려놓는가 싶더니 갑자기 미쓰기의 멱살을 잡아 올렸다.

"사요코 아가씨가 들으신다."

"알겠습니다. 알겠으니까 놔, 놔 주세요."

그러나 사와자키는 손에서 전혀 힘을 빼지 않았다.

"사와자키 씨, 그, 그만, 이것 좀."

"무슨 일이냐!"

멀리서 목소리가 들렸다. 그 순간 사와자키의 손에서 겨우 힘이 빠졌다. 소리가 들린 쪽을 보니 조금 전 멀어졌던 경찰이 이쪽으로 달려왔다.

"싸움인가?"

경찰이 물었지만 사와자키는 대나무 소쿠리만 잡아들 뿐 대답하지 않았다.

"왜 아무 말이 없어!"

일을 키우지 않는 편이 좋다. 타고난 우유부단함이 여기서 효과를 발휘했다.

"아니요, 아무것도 아닙니다. 옷깃이 흐트러져서 정리해 줬을 뿐입니다."

"그렇습니까?"

"제가 당사자인데 당연하죠."

"시기가 시기이니만큼 소란은 자중해 주세요."

경찰은 마지못해 다시 멀어졌다.

"그렇다네요. 너무 시끄럽게 굴면 안 되나 봐요."

사와자키는 미쓰기를 거들떠보지도 않고 주방으로 걸음을 재촉했다.

"저기, 사건 이야기를 좀 나누고 싶은데요."

"당신과 할 말 없어."

"그럼 이것만 알려 주세요. 사와자키 씨는 사요코 씨를 구하기 위해서라면 무슨 일이든 할 수 있습니까? 서, 설령 범죄라고 해도."

사와자키는 미쓰기를 쳐다보지 않은 채 말했다.

"무슨 생각인지 모르겠지만 난 혼조가 사람들을 죽인 건 당신이라고 생각해."

"네!?"

"당신이 와서 그런 거야. 살인이 계속 일어나는 거."

사와자키는 그 말만 남기고 자리를 떠났다.

어렴풋이 예상했다고는 해도 역시 충격적인 대답이었다. 미쓰기는 허를 찔린 사람처럼 그 자리에 못 박힌 듯 서 있었다.

이럴 때 정신을 깨우는 것은 당연히 인 씨의 몫이었다.

— 멋진 사내잖아.

"내 질문을 피하지 않고 사요코 씨에 대한 충성심을 부정하지 않은 점 때문에?"

— 바보야. 지금까지 내내 너를 수상하게 여기면서도 꼬박꼬박 손님 대접을 한 점 말이야. 용케도 음식에 독을 안 넣었네. 너 같이 맛도 모르는 멍텅구리라면 맥주 대신에 농약을 줘도 눈치채지 못했을 텐데.

"저기 말이야, 그런 블랙 유머가 인 씨의 특기인 건 알지만 시기가 시기인 만큼 별로 안 웃겨."

—농담인 줄 알았어?

인 씨의 말을 곧이곧대로 받아들이면 병이 든다. 미쓰기는 고
개를 흔들며 잡념을 떨쳐 버리려 했지만 한번 달라붙은 불안은
쉽게 떨쳐 지지 않았다.

사와자키는 직업 특성상 산에서 난 독초류를 쉽게 구할 수 있
을 것이다. 마음만 먹으면 언제든 미쓰기에게 독을 먹일 수 있다.

지금까지 상상도 못 한 생각에 등줄기에 소름이 돋았다.


조사라고 해도 남은 사건 관계자가 적어 후지시로와 경찰들
의 일은 점심이 지나자 끝나 버렸다. 이후에는 '홉입폭포'로 향
한 에쓰조의 목격 정보를 모으는 일뿐이었는데 혼조가 사건이
잇따라 발생하면서 늦은 밤이나 이른 아침에 나돌아다니는 주
민이 급격하게 줄었다고 하니 여간 어려운 일이 아니었다.

"다른 사람에게서는 딱히 건질 만한 이야기를 못 들은 것 같
은 분위기죠?"

저녁 식사를 내온 구루미는 애써 밝게 행동하려는 듯했다.

"후지시로 형사님이 이와마 형사님한테 화풀이하더라고요.
사건이 이렇게 계속 일어나는데 목격자가 한 명도 없는 이유가
뭐냐고."

"다들 살인자가 무서우니 어두워진 이후에는 외출하지 않지.

경찰도 참 바보 같은 소리를 하네요.”

"경찰은 옛날부터 바보 같은 소리만 해요.”

"사쿠 경찰서도 그래요?”

"명절에는 음주운전을 하지 말라는 둥 미니 경찰차가 확성기를 틀고 저택 근처까지 와서 주의를 줘요.”

"그거 당연한 말 아닌가?”

"명절에는 도시에 나간 형제들과 동창들이 돌아오거든요. 그럴 때 안 마시면 언제 마시겠어요.”

"아니, 술을 마시는 게 잘못이라는 말이 아니라 마시고 운전하는 게 문제라는 말인데.”

"하지만 이런 두메산골에 전철이 있기를 해요, 늦게까지 다니는 버스가 있기를 해요? 아무 때나 잡을 수 있는 택시가 있기를 해요?”

"뭐, 그렇긴 하네.”

"까딱하면 사라지기 직전인 마을이 한가득이에요. 음주운전해도 인명 사고 같은 건 일어나지도 않고 기껏해야 개나 멧돼지를 치는 정도라서 대부분 자기 신체 사고고요. 무작정 음주운전을 금지해 봤자 몰래 하는 사람만 늘어날 뿐이죠.”

시골에서 태어난 미쓰기가 이해 못 할 논리는 아니지만 그렇다고 타인을 위협하는 운전이 문제시되는 요즘 쉽사리 통할 논리는 아니었다. 이는 구루미와 사쿠마 마을 주민들의 상식이 세상의 그것과 괴리가 있다는 방증이리라.

사사건건 불편한 감정이 들러붙던 이유를 마침내 깨달았다.

"그럼 이따가 상 치우러 오겠습니다."

구루미가 방을 나가고 나서 미쓰기는 상 위에 차려진 형형색색의 접시를 응시했다. 미나리 깨소금 무침, 은어 소금구이, 산나물 튀김과 바지락 된장국. 특별한 반찬은 아니지만 사와자키의 요리는 하나같이 재료의 맛을 살려서 보기에도 좋았다. 사실 저택에 들어앉다시피 한 기분에 자주 눈치가 보이지만 그래도 계속 머무는 이유 중 하나가 은근히 기대되는 사와자키의 요리 때문이었다.

하지만 오늘 밤만은 젓가락을 좀처럼 움직일 수 없었다.

—왜 그래? 젓가락이 안 움직이는데.

"살짝 쫄았어."

솔직히 털어놓을 상대를 잘못 골랐다.

—흥. 구루미한테 사쿠마 마을의 이상한 이야기를 계속 들으니 너한테 정말 독을 먹일 수 있다고 겁먹었나 보구나.

과연 제 몸에 기생한 만큼 인 씨는 미쓰기의 마음을 전부 꿰뚫어 봤다.

—평범한 상황에서는 조금 마음에 들지 않는 놈이라고, 적이라고 인식하자마자 음식에 독을 섞는 건 상식 밖의 일이니까. 하지만 상식이라는 건 한정된 시대, 한정된 장소에서만 통용되

는, 그저 공통된 인식이야. 여기는 도시와는 시간이 다르게 흐르고 다른 이치로 지배되지. 그렇다는 말은 사와자키가 낮에 나눈 대화로 화가 폭발해서 음식에 독을 잔뜩 넣었다고 해도 이상할 게 없다는 뜻이야.

"자세하게 설명하지 말라고!"

─게다가 사와자키라는 남자는 외골수 같던데 사요코를 지키려고 살인 한두 번 저지르는 건 누워서 떡 먹기 아닐까? 뭐, 낮에 있었던 일로 사와자키가 멍텅구리 널 끔찍하게 싫어한다는 건 확실해졌잖아.

인 씨는 이보다 더 즐거울 수 없다는 듯 함박웃음을 지었다. 도대체 이 기생생물한테는 자신이 기생생물이라는 자각이 있기나 할까.

─뭐해, 식겠어. 빨리 먹으라고.

"그런 소리를 줄줄이 늘어놨는데 음식이 입으로 들어가겠어?"

─주변에 편의점 같은 건 없으니까 야식으로 감자칩도 못 사 먹어. 한심한 너라면 분명 자제력이 무너질 것 같은데. 어때?

기생생물이니 몸과 정신상태에 숙주 본인보다 더 정확하고 가차 없다.

─미리 말해 두는데, 저녁을 거르면 쓸데없이 배만 고플 거야. 허기진 상태에서 아침상을 받으면 그때는 맛을 느낄 여유조

차 없이 허겁지겁 먹겠지. 된장국에 자극성 독극물이라도 탔어
도 입에 넣는 순간 알 수 없을 거야. 자, 어떡할래?

"도대체 왜 날 궁지에 모는 말을 하는 거야?"

─네 녀석 같은 인간은 몰아붙이지 않으면 시동이 걸리지 않
으니까.

"내가 죽으면 인 씨도 죽는다고."

─글쎄. 의외로 네 몸을 내가 지배하면서 마음대로 조종할 수
있을지도 모르지.

"그건 좀비 아니야?"

─손을 전혀 대지 않으면 사와자키나 구루미가 이상하게 생
각할걸. 자자.

아무래도 밥상에 섬뜩한 기운이 가득했지만 허기를 이길 수
없었다. 먼저 젓가락으로 미나리 깨소금 무침을 조금이라도 집
으려던 바로 그때였다.

느닷없이 복도 저편이 분주하다 싶더니 쿵쾅쿵쾅 요란한 발
소리가 다가왔다. 구루미가 맹장지 문을 벌떡 열고 소리쳤다.

"먹지 마세요!"

그렇게 소리치고는 미쓰기의 앞에서 상을 들어 올렸다.

"딱히 독이 들었는지 의심한 게 아니라."

"독이 들었어요."

"엥?"

"방금 사요코 씨가 드시고 쓰러졌어요. 어느 건지는 모르겠지만 음식에 독이 든 것 같아요."

구루미는 새파랗게 질린 얼굴로 상을 머리 위로 높이 들어 올렸다. 어쩌면 미쓰기의 안색도 변했을지 몰랐다.

"거짓말······."

"어떻게 이런 거짓말을 할 수 있겠어요! 지금 사요코 씨 방에 형사들이 바글바글하다고요. 곧 구급차도 도착할 거예요."

한동안 움직일 수 없었지만 간신히 사지를 통제하는 신경이 되살아났다. 아니, 인 씨가 억지로 팔다리에 신호를 보낸 듯했다.

"보고 올게요."

미쓰기는 벌떡 일어나 복도로 나가 사요코 모자의 방으로 향했다. 반달음질로 달려가니 구루미의 말대로 일본식 건물에서 서양식 건물로 바뀌는 곳 앞 복도가 사람들로 붐볐다.

"전부 토해냈나?"

"위세척해."

"구급차는 아직이야?"

방 앞까지 다가가자 사복 경찰과 제복 경찰이 뒤엉켜 우왕좌왕하고 있었다. 그 어깨 너머로 안을 들여다보니 이와마가 사요코의 상반신을 받치고 입에 손을 넣는 중이었다.

방 입구에서는 사요코에게 다가가려고 몸부림치는 사와자키를 경찰들이 뒤에서 제압했다.

"아가씨! 아가씨!"

"당신은 손대면 안 돼!"

"아가씨!"

후지시로를 포함한 남자 셋이 한꺼번에 달려들어 사와자키를 제압했다. 세 사람이 달려들지 않으면 사와자키의 힘을 당해낼 수 없는 듯했다.

다카히로도 경찰들이 지키고 있지만 어머니의 변고 앞에서 악을 쓰며 빽빽 울어댔다.

"피해자는 몰라도 당신은 조사를 받아야 해. 아무튼 음식을 만든 사람이니까."

후지시로가 마루 위에 흩어진 음식을 손가락으로 가리켰다.

"설마 형사들이 감시하는 와중에 독을 먹일 줄이야. 배짱이 대단하군."

"난 아니야!"

사와자키가 사납게 덤벼들었다.

"내가 사요코 아가씨에게 독을 먹일 리 없다고!"

"상에 차려진 음식은 전부 요리된 것들뿐이잖나. 그 속에 독을 넣을 수 있는 사람이 당신 말고 또 누가 있겠어."

현장에 일촉즉발의 긴장이 감도는 가운데 지켜보는 동안 상황이 파악됐다. 변고를 듣고 달려온 사와자키와, 그와 동시에 달려온 후지시로와 형사들이 맞부딪쳤으리라.

"말해. 도대체 어떤 음식에 독을 넣었어."

"안 넣었다고 했잖아!"

"좋다. 감식반 사람들이 곧 도착할 거야. 독극물 검출이야 눈 깜짝할 사이에 끝나지."

후지시로와 사와자키가 말다툼하는 사이 이와마가 소리쳤다.

"간신히 다 뱉은 것 같습니다. 이제 의사에게 보내 위세척을 받아야 합니다."

"이미 불렀다. 곧 도착할 거야."

마루 위에는 사요코의 토사물이 번져 있었다. 소화되지 않은 산나물과 은어가 위액에 젖어 이상한 냄새를 풍겼다.

10분 후 구급차가 도착했고 사요코는 위세척을 받았다. 다행스럽게도 음식을 먹자마자 벌어진 일이라 사요코는 곧 의식을 되찾았다. 큰일로 번지지는 않았지만 신중을 기해 오늘 하룻밤만큼은 병원에서 경과를 지켜보기로 했다.

감식원이 분석할 필요도 없이 사와자키가 독극물을 직접 언급했다. 음식 속에 독미나리가 섞여 있다는 것이었다.

독미나리는 미나리과의 여러해살이풀로 저택 뒤에 있는 산에서도 군생한다. 이름 그대로 미나리이며 어린잎이 미나리와 흡사하지만 투구꽃과 독공목에 비견되는 일본 3대 독초 중 하나였다. 잎에서 뿌리까지 맹독인 시큐톡신과 시쿠틴을 포함해 치사량은 고작 5그램. 산나물 채취철에는 잘못 먹어 식중독을 일으키는 사람이 끊이지 않는다.

죽지 않더라도 증상은 심각하다. 입에 대면 호흡곤란과 경련을 일으키고 설사, 복통, 현기증, 의식장애가 동시에 발생한다. 생육하면 와사비 뿌리처럼 자라서 쉽게 구별할 수 있지만 어린 잎 때는 잎 모양이나 줄기가 갈라진 모양으로 판별할 수밖에 없어 어쨌든 식물을 잘 아는 자가 아니면 구별하기 어려웠다.

물론 요리사인 사와자키는 물론 현지 주민은 대부분 구별 방법을 알았다. 식재료 조달은 사와자키의 일이기 때문에 그가 평범한 미나리와 착각했다고 보기는 어려웠다.

경찰들이 주방을 봉쇄하는 바람에 저녁 식사는 가게에서 사온 음식으로 해결하게 됐다. 미안한 듯 튀김 덮밥을 날라 온 구루미에게 미쓰기는 감탄하듯 말했다.

"가까운 곳에 맹독이 숨어 있었구나."

"산에 가면 너무 흔하다 보니 방심한 걸지도 몰라요. 너구리나 들개가 잘못 먹고 길가에 나뒹구는 일이 흔하거든요."

"뿌리째 없앨 수는 없어요?"

"야생초니까요. 군생하는 곳에 약을 쳐도 또 다른 곳에서 자라더라고요."

"사와자키 씨는 아직도 조사받는 중?"

"연행된 지 한 시간이 지났지만 아직 돌아오지 않았어요."

"으음. 확실히 가장 의심스러운 위치이긴 하지. 저기, 구루미 씨. 미나리는 날로 먹을 수 있어요?"

"향을 더할 때나 샐러드에 생으로 사용하기도 하지만 여기에서는 대부분 삶아 먹어요. 생으로 먹는 것보다 삶아 먹는 편이 맛도 좋고 몸에도 좋아서요."

"그럼 일단 익히는 것이니 아무래도 조리한 사람이 의심받겠구나."

사요코의 변고를 재빨리 알아챈 사람은 역시 구루미였다. 상을 치우러 방에 갔더니 사요코가 기절해 있어서 황급히 사람을 불렀다고 했다.

"다카히로와 함께 먹으니까 사요코 씨에게 상을 가장 먼저 내가거든요."

그것이 결과적으로 다행이었다고 할 수 있었다. 만약 동시에 상을 내갔다면 모든 사람이 피해를 입었을 가능성이 컸다.

"그리고 다카히로가 야채를 싫어해서 다행이었어요. 사요코 씨는 성인이라 금방 처치해 큰일이 일어나지는 않았지만 그걸 다카히로가 먹었다고 생각하면 등골이 오싹하다니까요."

"경찰이 구루미 씨한테도 이것저것 물었죠? 그…… 상을 내간 사람이기도 하고."

"저도 연락을 받았어요. 내일 아침나절에 출두해 달라고."

"일상 업무에도 지장을 받겠네요."

"지장은 진즉 받아서요."

구루미가 방을 나가자 인 씨가 또 고개를 내밀었다.

—이번에는 독살인가. 흠, 버라이어티하네.

"감탄할 일이 아니잖아."

—같은 방식으로는 사냥감을 낚을 수 없다. 따라서 매번 다른 수법을 택한다. 그 점에 감탄하지 않으면 무엇에 감탄하란 말이냐.

"범인을 칭찬할 셈이야?"

—솜씨가 제법인 것도 감탄스러워. 오늘 아침 에쓰조의 시체가 발견돼 저택 안에 경찰들이 밀어닥쳤는데도 숨도 안 쉬고 바로 다음 범행을 실행했어. 감시의 눈이 이렇게나 많으니 설마 움직이리라고는 상상도 못 했던 참이었는데 경찰들은 완전히 허를 찔린 꼴이지.

독살 미수가 발각되고 나서 후지시로는 이와마에게도 거친 말을 쏟아낼 정도로 분위기가 험악했다. 인 씨의 지적대로 범인에게 기선을 제압당해 체면을 구겼기 때문일 테다. 내일이면 자신도 조사받으러 가야 하니 한껏 언짢아하는 그 얼굴을 마주해야 한다.

"범인을 입이 마르도록 칭찬하다니. 내일 후지시로 형사와 마주할 내 심정도 생각해 줘. 사건을 해결하려고 공조하기로 했는데 희생자만 자꾸 늘어나잖아."

—섣불리 일을 벌인 네 잘못이지.

"잠깐! 인 씨가 명령해서 어쩔 수 없이 그런 거잖아."

—네 불만 들어줄 생각 없어. 후지시로와 대면하는 게 그렇게 겁나면 선물이나 하나 가져가면 될 일.

"선물이라니, 그게 뭔데?"

—아침께 다카히로가 죽은 고양이를 휘두르고 있었잖아. 자주 있는 일이라면 아마 구루미가 계속 처리했을 테니까 그 장소를 확인해 둬.

"확인해서 뭘 하게?"

—당연히 사체를 회수하러 가야지.

이런 흐름이라면 고양이 사체를 회수하는 역할은 틀림없이 자신이겠지.

—후지시로에게 사체를 해부하자고 말해. 뭔가 나올지도 몰라.


## 4


다음 날 아침, 고양이 사체 처리에 대해 질문을 받은 구루미는 미쓰기를 몹시 괴이하게 쳐다봤다.

"다카히로에게 빼앗아서 저택 밖에 묻었어요. 내버려 두면 까마귀가 와서 쪼아 먹거든요."

"묻은 장소 좀 알려 줄래요?"

"알려 드려도 딱히 상관은 없지만 그걸 들어서 뭐 하시게요?"

아뇨 하하, 라고 웃으며 얼버무리려고 했지만 구루미는 쉽게 넘어가 주지 않을 것 같았다.

"상속 감정에 필요한 일인가요?"

"……필요한지 아닌지는 결과를 봐야 알아요."

미쓰기는 구루미가 황당하다는 표정을 지으며 알려 준 장소로 삽을 들고 가 땅을 팠다. 기이한 죄책감과 섬뜩함이 등을 짓눌렀다.

"왜 내가 이런 곳까지 와서 고양이 무덤을 파헤쳐야 하는 거야."

—입 말고 손을 움직여.

너무 깊게 묻지는 않은 듯 사체는 금방 나타났다. 이미 부패가 진행되어 멀리서도 이상한 냄새가 코를 찔렀다. 나일론 봉투에 여러 겹으로 담아 단단히 묶었지만 이상한 냄새가 밖으로 새어 나오는 것 같았다.

—뭘 겁내는 거야.

"아니, 사람이 아니라도 사체는 무섭잖아."

—인면창을 달고 다니는 놈이 할 말이냐.

때마침 후지시로가 구루미를 데리러 왔기 때문에 봉지째 건넸다.

"고양이 사체를 해부해서 뭘 알겠단 말입니까?"

자신도 인 씨에게 모든 설명을 들은 것은 아니어서 설명하기 곤란했다. 후지시로에게 협력을 바란다면 미쓰기도 이유를 설명해 줘야 하는데 그 교활한 종기는 여전히 숙주를 믿지 않았다.

"속는 셈 치고 일단 해 보세요."

"속은 셈이 되면 어떻게 책임질 겁니까."

최악의 경우 해부 비용을 자부담해야겠지. 회사에 청구하면 야요이에게 무슨 말을 들을지 몰랐다.

"뭐, 사람을 부검하는 것보다는 시간도 비용도 덜 들겠죠. 선생님께 부탁해 보겠습니다만 고양이 부검을 요청하는 제 심정도 헤아려 주세요."

후지시로는 불평하면서도 사체를 건네받았다. 안심도 잠시, 이번에는 이 자리에 있던 구루미가 난감한 부탁을 했다.

"제가 외출할 동안 다카히로 좀 봐주시겠어요?"

수사본부는 혼조 가문 사람이라면 몰라도 고용인인 사와자키와 구루미까지 특별 대우할 생각은 없어 보였다. 인근 파출소까지 임의동행해서 조사하겠다는 방침이었다. 그런데 이 타이밍에 이런 부탁을 할 줄이야 상상도 못 했다. 그동안 혼조가 사건에 휘말리면서 여러 가지 난제를 억지로 떠맡았는데 이 또한 막상막하로 곤란한 임무 아닌가.

"다카히로를 데리고 가서 돌보면서 조사받을 수는 없습니까?"

"절대 안 됩니다."

후지시로가 눈에 쌍심지를 켜고 대답했다. 확실히 다카히로가 방해하면 질의응답을 제대로 진행할 수 없겠지.

거절할 핑계를 금세 몇 가지 머릿속에 떠올렸지만 하나같이 논리가 빈약했다. 머뭇거리다가 쥐어 짜낸 말은 참으로 한심한 자기 비하였다.

"사람을 잘못 고른 거 아니에요?"

"하지만 사요코 씨는 점심 지나서야 돌아오고, 사와자키 씨는 아직 조사 중이어서 부탁할 수 있는 사람이 감정사님밖에 없어요."

요컨대 소거법으로 미쓰기만 남았다는 뜻이었다. 그렇다면 거절은 용납되지 않았다.

"그럼 부탁드릴게요."

구루미가 손을 팔랑팔랑 흔들며 후지시로와 함께 자리를 떠났다. 남겨진 미쓰기는 터벅터벅 저택으로 들어가 다카히로가 기다리는 방으로 향했다.

─너 정말 답도 없는 쫄보구나. 어젯밤부터 계속 쫄기만 하잖아.

"이건 쫀 게 아니라 내키지 않는 거라고. 평범한 아이를 돌보는 것도 힘든데 다카히로 군을 봐야 하잖아."

─호오. 그럼 다카히로를 돌보는 게 왜 힘든지 하나하나 나열

해 봐.

"예상치 못한 행동을 하고, 어른 말을 안 듣고, 갑자기 아무 의미 없이 큰소리로 소란을 피우고, 내 말이 안 통해."

—……바보냐. 애들은 다 그렇잖아.

"아니, 그러니까 말이야, 행동이 근본적으로 다른 아이들과 다르잖아. 그런 소통이 안 되는 상대는 감당이 안 돼."

—의사소통에 장애가 있는 네 입에서 그런 말이 나오다니. 아이의 행동 원리를 이해하지 못한다는 말도 놀랍네. 넌 엄마 배 속에 있을 때부터 어른이었냐?

"아이는 별난 생물이라고."

—매일 인면창과 노닥거리는 네가 할 소리냐.

문을 열자 방 한가운데에 다카히로가 있었다. 엎드려서 빠져들 듯 그림책을 보고 있었는데 미쓰기가 들어온 것도 눈치채지 못한 모습이었다.

"다카히로 군, 안녕."

그 소리에 비로소 다카히로가 반응했다. 놀라지도 반기지도 않고 그저 사람이 그곳에 있다는 사실만을 인지한 듯했다.

언뜻 얌전해 보이지만 언제 태도가 돌변할지 알 수 없었다. 다카히로가 갑자기 난동을 부리는 모습을 여러 번 목격했다. 옆에 사요코가 없었다면 어떻게 되었을까.

다카히로의 짜증이 터져 나오는 방식은 심상치 않았다. 크게 울부짖는 것은 그렇다고 쳐도 주변에 있는 물건을 마구 내던졌다. 물건이 없으면 사람을 물고 늘어졌다. 그것도 안 되면 벽으로 돌진해 자해하려고 했다. 그야말로 어린아이의 모습을 한 시한폭탄이었다.

"엄마도 구루미 씨도 없지만 잠시만 얌전히 있어요."

간살스러운 목소리에 스스로도 기분이 나빴다. 이런 목소리를 내고 싶지 않아서 거절하려고 했는데.

다카히로도 기분이 나빴는지 갑자기 이를 드러냈다. 마치 사람을 경계하는 사나운 고양이 같았다.

"알았어, 알았어. 가까이 안 갈게! 가까이 안 갈 테니까 가만히 있어."

그러자 인 씨가 고개를 내밀었다.

─얼씨구. 이런 한심한 놈 같으니라고. 할 수만 있으면 팔다리를 만들어서 네 몸에서 벗어나고 싶다.

"인 씨? 지금 나오면 안 돼!"

─이 아이가 누구한테 이걸 이야기하겠냐. 만약 이야기한대도 아무도 안 믿어.

"신중에 신중을 기해야지."

─넌 신중한 게 아니라 그냥 겁쟁이야. 전쟁터에서는 그게 먹힐지 몰라도 현대 사회에서는 거치적거리기만 한다고.

"야요이 소장님과 똑같은 말을 하네. 감정사가 신중한 건 홀

룡한 자질을 갖춘 거라고."

—그것도 정도껏이어야지. 야요이도 일부러 지적했잖아. 그조차 이해하지 못한다면 기본 의사소통도 안 되는 사람은 바로 너야.

옆에서 보면 분명 괴이한 광경일 텐데 다카히로는 관심 없는 모습으로 미쓰기 앞을 가로지를 뿐이었다. 그림책에 흥미가 사라진 듯 이번에는 피규어를 만지작거리기 시작했다.

"어쨌든 장난감에 흥미를 보여서 다행이야."

—네 존재가 장난감보다 못하다는 생각은 못 하는 건가.

인 씨가 아이 앞에서 미쓰기에게 욕을 퍼붓는 것은 처음이었는데 자존심에 엄청난 상처를 입었다. 마음을 달랠 심산으로 다카히로가 읽던 그림책에 손을 뻗었다.

《나쁜 너구리 다섯 마리  글·그림 이즈쓰 이쓰로》

그림책 작가는 관심 없어서 이즈쓰 아무개가 유명한지 아닌지도 모른다. 글·그림이라고 적혀 있으니 그림을 그린 사람도 이즈쓰 본인이리라.

표지에는 착해 보이는 토끼와 누가 봐도 악당 얼굴을 한 너구리 다섯 마리가 그려져 있었다. 아동 도서니 제목과 표지 그림만으로도 내용을 짐작하게끔 구성되어 있었다.

요즘 유행일까, 아니면 작가의 화풍일까. 애니메이션처럼 색감이 자극적이고 붉은색과 녹색이 몹시 진하게 칠해진 그림이었다.

내용은 다음과 같았다.

옛날 옛적 어느 외딴 산에 토끼 비트가 살았습니다. 비트는 놀지 않고 매일 부지런히 농사를 지었습니다. 땀 흘려 일한 비트는 보람을 느꼈고 수확량도 해마다 올라 그야말로 평온한 나날이었습니다.

그런데 그 수확물을 노리는 자들이 있었습니다. 스스로 일할 생각은 전혀 하지 않고 매번 다른 동물을 속여 훔치거나 억지로 빼앗는 너구리 다섯 마리였습니다. 너구리들은 비트가 곳간에 쌓아둔 작물을 하나도 남김없이 훔쳐가 버렸습니다.

읽다 보면 알 수 있듯이 그림책은 '딱딱산*'을 변형한 동화가 분명했다. 다만 원작에서는 정의로운 토끼가 나쁜 너구리 한 마리를 철저히 응징하는 반면, 이 그림책에서는 너구리 다섯 마리가 나눠서 벌을 받는다. 무엇보다 벌을 나눠서 받는다고 해도 각각의 너구리에게 가해지는 응징이 상당히 끔찍해서 권선징악의 이름을 빌린 린치가 아닌가 싶었다. 나쁜 사람에게 동정 따위는 필요 없으니 철저하게 벌하라는 요즘 세태를 반영했나 의심될 정도였다.

---

\* かちかち山. 옛날 어느 마을에 노부부가 살았는데 너구리가 할머니를 잔혹하게 죽이자 토끼가 할아버지 대신 복수해 준다는 일본의 유명 전래동화.

이야기의 줄거리도 그렇지만 더 강렬한 것은 그림이었다. 착한 역할인 비트는 시종일관 같은 표정이지만 벌을 받는 너구리들의 표정은 고통으로 일그러져서 그림책을 읽는 아이들의 꿈에 나오지는 않을까 걱정되는 수준이었다.

"요즘 나오는 소년만화나 순정만화가 꽤 잔인하다고들 하는데 결국 아이들이 보는 동화책까지 이렇게 됐나."

—멍텅구리, 뭘 읽고 있는 거야?

"뭐냐니. 이 동화는 내용이 잔인하네."

—네 독서 머리는 스토리를 쫓는 것밖에 못 해? 다섯 살 아이도 너보다는 낫겠다.

"아니, 동화는 애초에 스토리를 즐기라고 있는 거잖아."

—정말이지, 이마에 써 붙이고 싶을 정도로 멍청하군. 너구리가 어떤 식으로 최후를 맞았는지 순서대로 정리해 봐.

울화가 치밀었지만 인 씨의 지시에 따라 너구리들의 최후를 하나씩 골라 읽었다.

첫 번째 너구리는 불에 타 죽었다.

두 번째 너구리는 목을 매달고,

세 번째 너구리는 물에 빠졌다.

"인 씨, 이거."

—계속 읽어.

네 번째 너구리는 독을 먹고 죽었다.

―모방 살인이야.

어마어마한 이야기에 할 말을 잃은 미쓰기에게 인 씨가 우쭐
대며 설명했다.

―과거 애거사 크리스티나 S.S. 반 다인이 즐겨 쓴 대표적인
미스터리 소재야. 동요 가사를 따라 관계자를 연달아 죽이는 거
지. 가사를 충실히 따르니 언뜻 편집광의 소행으로 보여서 진정
한 동기를 숨길 수 있어. 참, 낭만이란 말이야. 살인 같은 피비
린내 나는 소재를 다루면서도 미스터리의 향을 그윽하게 자아
내는 건 이런 재치 때문이라고.

"아니, 그 지식이 지금 필요해? 혼조가 사건이 모방 살인인데
그게 무슨 의미가 있다는 거야?"

―쯧쯧쯧. 이런저런 의미가 없으면 받아들일 필요도 없다는
말이야? 네 놈의 상식 허용 범위는 정말 코딱지만 하군.

"아니, 아니, 아니. 지금 현실에서 벌어진 사건이지? 미스터
리 소설이니 뭐니 그런 거 아니잖아."

―그렇게나 의미가 필요하면 은혜를 베풀지. 됐냐? 연쇄 살
인을 저지르는 범인은 분명 이 그림책 이야기를 그대로 모방했
어. 즉 본인이 세상에 널린 평범한 사람이 아니라는 걸 표현하
는 거라고. 그게 편집적인 성격에서 기인했는가, 아니면 자기
현시욕의 발현인가, 그도 아니면 수사본부에 혼란을 주려는 목
적인가. 어떤 의도든 간에 우리가 다방면으로 접근할 수밖에 없

도록 만들었어. 상대가 멍텅구리가 아닌 것만은 확실해.

"인 씨. 나 속이 좀 안 좋아졌어."

—그래? 그럼 토하기 전에 다섯 번째 너구리가 어떤 일을 당했는지 확인해.

미쓰기는 페이지를 넘겨 이야기의 마지막을 좇았다.

있다.

다섯 번째 너구리는 친구가 한 마리도 남지 않자 다른 산으로 달아났습니다.

"다섯 번째 너구리는 실종된 건가?"

—의미심장한 결말이라고 생각하지 않아? 다섯 번째 너구리가 누구를 가리키는지에 따라 해석이 크게 달라지잖아. 그야말로 마지막 희생자가 실종된 건지, 아니면 범인이 실종된 건지. 후후후훗.

"뭐야, 그 섬뜩한 웃음은."

—아주 딱 내 취향이야. 좋아 죽겠어. 이런 요코미조 세이시 같은 전개.

인 씨가 들뜬 사이에도 다카히로는 인형 놀이에 여념이 없었다. 괴수 흉내일까, 가끔 내지르는 괴성에 귀가 따가웠다.

점심이 지나서야 구루미와 사와자키가 후지시로와 함께 돌아왔다. 짜기라도 한 듯 사요코도 퇴원해 집으로 돌아와서 저택은 대번에 북적거렸다.

"미쓰기 씨, 잠시만."

후지시로가 불러 세웠다.

"같이 좀 가시죠."

모두의 눈길이 닿지 않는 곳으로 반강제로 끌려갔다.

"아까 고양이. 그건 왜 그런 겁니까?"

설마 인 씨의 지시라고 털어놓을 수는 없었다. 대답을 못 하고 우물쭈물하는데 후지시로가 다그쳤다.

"고작 고양이잖아요. 부검으로 보낼 것도 없이 감식과에 넘겼습니다. 그랬더니 고양이 몸속에서 예의 독미나리가 나왔어요."

"설마. 들에 난 걸 잘못 먹었겠죠."

"아니에요. 들에 났던 게 아닙니다. 독특한 냄새를 알아채지 못하도록 된장에 담고 마른 멸치 가루를 묻혔어요. 일부러 만든 거라고요. 사요코에게 먹이기 전에 고양이에게 그 효과를 시험한 겁니다."

"무슨 그런 말도 안 되는."

"말이 안 되기는커녕 굉장히 계획적이에요. 아까 그 고양이 말고도 요즘 저택 주변에 가끔 고양이들이 죽어 있었다면서요."

"그것도 시험이었단 말이에요?"

"치사량이 5그램이라는 걸 확인하려면 임상실험을 여러 번할 수밖에 없겠죠. 적어도 범인은 충동적으로 범행을 저지른 게아닙니다. 완전히 계획적이에요."

숨겨도 의미 없겠지.

미쓰기가 모방 살인에 대해 이야기하자 후지시로가 흥분을
억누르지 못하는 듯 미쓰기의 어깨를 흔들었다.

"지금 당장 그 그림책 좀 봅시다!"

5

끝

# 1

"어떻게 이런 일이 있을 수 있답니까."

다카히로의 그림책을 가지고 돌아간 후지시로가 다음 날 다시 저택을 방문했을 때 그는 마치 미쓰기가 작가라도 되는 양 노려봤다.

"혼조가 사람들은 그림책에 나오는 너구리와 같은 방법으로 살해당한다. 뭐 이런 거지 같은 이야기가 다 있습니까."

"저기, 형사님. 당연히 화가 나시겠지만 제가 그 그림책을 쓴 작가는 아니거든요."

"그런 건 오늘 아침나절에 다 조사했습니다. 작가 이즈쓰 이쓰로는 사쿠마 마을 출신입니다."

후지시로의 말에 미쓰기도 놀랐다.

"오오, 이런 벽지에서 동화작가가 나왔다고요? 대단하네요."

"전혀요."

같은 지역 사람으로서 겸손하게 말하나 싶었는데 후지시로는 그게 아니라고 말하고 싶어 하는 눈치였다.

"작가의 출판물이 중앙도서관 향토 코너에 소장 중이라 그곳에서 프로필을 확인했어요. 하나같이 다 먼지를 뒤집어써서 대략 짐작은 했는데 그리 대단한 작가는 아니더군요. 작가의 에세이나 투고 경력 등을 추적했는데 본인이 생각한 만큼은 재능이 없었던 모양이에요. 원래는 순문학을 목표로 했고 아쿠타가와 문학상을 못 견디게 받고 싶어 했다더군요."

이즈쓰 이쓰로는 대학에 다닐 적부터 순문학 잡지에 끊임없이 투고하면서 취직도 하지 않고 작가를 목표로 매진했다고 한다. 문예지가 주최하는 신인상을 수상하면 아쿠타가와 문학상 후보에 오를 가능성이 있어서였지만 몇 번을 투고해도 이즈쓰의 작품은 빛을 보지 못했다.

40대 중반을 넘어서면서 이즈쓰는 동화작가로 전향했다. 아동서 전문 출판사의 신인상을 받으며 어엿한 데뷔를 이뤄냈다. 그런데 나쁜 일은 한꺼번에 찾아온다고, 저출산으로 동화책 업계가 직격탄을 맞았다. 무의미한 출판물의 증가와 잇따른 출판사 도산. 자연히 신인 작가가 활동할 수 있는 자리도 줄어든 탓에 이즈쓰는 데뷔는 했지만 작품 의뢰가 뚝 끊겼다.

"원래 그림책이라는 게 예외 상황을 제외하고는 출판 부수가 그리 많지 않은 것 같더군요. 이즈쓰는 간신히 일을 이어갔지만 결국 생활을 유지할 수 없어 도시를 떠나 고향 집이 있는 사쿠마 마을로 돌아왔습니다. 뭐, 그 사람의 일이 끊긴 데는 다른 이유도 있지만요."

이즈쓰가 집필한 몇 안 되는 에세이는 전부 동종 업계의 그림책 작가를 근거도 없이 비방하고 시종일관 업계를 비판하는 내용이었다고 한다.

"이즈쓰라는 사람은 아직 신인이었잖아요. 그런 사람이 같은 작가나 업계를 비판한다니 이상하지 않습니까?"

"본인으로서는 순문학이야말로 문학의 최고봉이며 유아용 동화 따위 삼류 작가의 소일거리일 뿐이라고 직성이 풀릴 때까지 떠들었답니다. 나 참, 자기가 벌어먹고 있는 바닥에서 그런 소리를 지껄이니 오던 일도 달아나죠. 이즈쓰가 고향으로 돌아온 것도 당연하다면 당연합니다."

"그래도 이렇게 작품이 제대로 남아 있다니 대단한 거 아닙니까?"

"이즈쓰 이쓰로는 데뷔 이후 세 작품밖에 발표하지 않았습니다. 그 '나쁜 너구리 다섯 마리'는 세 번째 작품으로 5년 전에 나온 최신작인데 거의 안 팔린 모양이에요. 지역 중앙도서관에서조차 향토 코너에 쓸쓸하게 놓여 있었고. 그것만 봐도 어떤 대접을 받았는지 알 만하죠."

"그런데 시중에 판매되지 않는 그림책을 어떻게 다카히로 군이 가지고 있죠?"

"사요코에게 확인했어요. 현지 출신 동화작가라고 해서 사쿠마 마을에서 네 권 정도 구매했는데 그중 한 권을 구라노스케에게 선물했다고 합니다. 구라노스케에게 다카히로라는 손자가 있다는 걸 알고 증정본 개념으로 보냈겠죠."

"이즈쓰 씨는 지금 어떻게 지냅니까?"

"사쿠마 마을에서의 삶도 편치 못했던 것 같습니다. 인근 주민과도 소원해서 끝내 자택에서 목을 맸습니다. 애초에 혼자 사는 처지라 죽은 지 일주일 후에나 발견됐고요. 참 끔찍한 상태였다더군요."

기분 나쁜 이야기였다. 세상을 원망하고 자신이 머물던 곳까지 저주한 남자가 쓴 동화가 이제는 살인사건의 소재로 이용되는 것이다.

"아무튼 독미나리를 다카히로 군이 입에 대지 않은 건 불행 중 다행이었습니다. 사요코 씨였으니 위세척으로 끝났지, 다카히로 군이었으면……."

"사와자키의 말대로 독극물은 독미나리로 밝혀졌습니다. 하지만 독미나리는 사요코의 식사에서만 나왔습니다."

후지시로의 어조가 딱딱했다.

"그 외 음식에는 전부 평범한 미나리가 쓰였어요. 명백히 사요코 한 사람을 노린 범행입니다."

후지시로의 어조가 딱딱해진 이유를 이해할 수 있었다. 사요코가 먹을 음식에만 독미나리가 들어 있었다면 그럴 수 있는 사람은 둘밖에 없다.

"후지시로 씨는 고용인 두 사람을 의심하는군요."

"당연하죠. 그 두 사람에게만 독미나리를 넣을 수 있는 기회가 있었어요."

"하지만 두 사람에게는 동기가 없어요. 특히 주방장인 사와자키는 사요코 씨의 처지를 줄곧 가여워했습니다. 구루미 씨도 그래요. 구루미 씨가 혼조가 핏줄이면 몰라도 사요코 씨를 죽인들 무슨 이득이 있겠습니까."

"동기도 중요하지만 가능성은 훨씬 더 중요합니다. 관련자가 줄어든 지금은 더더욱 그렇죠."

후지시로가 미쓰기의 얼굴을 의심 가득한 표정으로 살폈다.

"그림책에 남아 있는 지문을 조사했습니다. 어떤 결과가 나왔는지 짐작이 갑니까?"

"글쎄요."

"그림책을 만진 사람은 사요코와 다카히로. 그 모자 말고는 당신뿐입니다."

"그야 제가 들고 읽었으니까 당연하죠."

"아까 말했듯 사쿠마 마을에서조차 거의 선심으로 네 권밖에 구매하지 않은 그림책입니다. 게다가 동사무소에 확인했더니 한 권은 중앙도서관 향토 코너에 소장되어 있지만 나머지 두 권은 소재 불명이라고 하더군요. 표지 그림도 섬뜩하고 내용도 어둡고. 이런 그림책을 구하려는 취향 특이한 사람도 그리 많지 않을 겁니다. 그렇다면 이번 모방 살인을 계획한 범인은 이 그림책을 어디서 입수했을까요?"

"아니, 저기."

"이 집에 사는 자, 다카히로의 방에 들어갈 수 있던 자가 이 모방 살인을 생각해 냈다는 것이 가장 타당한 해석이라고 보지 않습니까?"

"제가 이번 사건의 범인이기라도 하다는 말입니까?"

"하고 싶은 말은 산더미 같지만 일단 저는 아니라고 봅니다."

"감사합니다, 형사님."

"직접 동기가 없으니 주범은 아닐 테지만 공범일 수도 있겠죠."

후지시로에게 고약한 말을 들어서 그런 것은 아니지만 찌부러져 있을 수만은 없었다. 어쨌든 어깨에는 후지시로보다 더 고약한 생물이 산다.

— 역시 후지시로는 그럭저럭 능력이 있네. 멍텅구리를 주범이 아니라 공범으로 의심하는 건 현명해.

"무슨 소리야."

―안심해. 남이 부리면 부렸지, 스스로 계획하고 실행할 대담한 사람은 아니라는 평가를 받았으니까.

그런 평가를 받아도 전혀 기쁘지 않았다.

―그림책에서 나온 지문 이야기도 안심해.

"그건 오히려 불리하지. 지문 같은 건 쉽게 닦아낼 수 있잖아. 사요코 씨와 다카히로 군과 내 지문이 남아 있었다고 해서 그걸로 혐의를 의심하다니 번지수를 잘못 찾아도 한참 잘못 찾았다고."

―멍청아. 그림책을 읽은 시점과 사건을 계획한 시점의 타임라인을 말하는 거야.

용의자 중 한 명이라는 말까지 들었는데 인 씨의 타박은 가차없었다.

―그 그림책을 본 순간 곧바로 모방 살인을 처음부터 끝까지 계획할 놈이 있을 것 같아? 그거야말로 비현실적이지. 계획이란 건 순식간에 완성되는 게 아니야. 힌트가 있고 숙성기간이 있고 시행착오가 있어야 완성되는 법이지. 그림책을 보자마자 자기 지문이 남아 있으면 위험하다는 생각을 곧바로 떠올릴 수 없어. 설령 나중에 떠올랐다고 해도 자기 지문만 닦아낸다니 그런 기술 따위 불가능해. 그렇다면 현재 그림책에 남아 있는 지문 중 용의자를 추리는 게 논리적이고 현실적이기도 하지.

인 씨의 지적에 끽소리도 못했다.

─아무튼 때마침 당사자가 집에 돌아왔잖아. 지금 사요코에게 가서 물어봐.

"물으라니, 뭘?"

─……너 지금까지 나랑 무슨 이야기 했냐? 당연히 이번 사건과 그림책 내용에 관해서 물어보란 말이잖아.

"설사 그걸 안다고 해도 과연 솔직하게 말할까?"

─아아아악! 너 진짜 멍텅구리냐!

인 씨는 쭈글쭈글한 입을 최대한 크게 벌리며 미쓰기를 욕했다.

─어떻게 너한테 죄를 고백할 거라는 생각을 할 수 있지? 자백 같은 소리 말고 그쪽이 어떻게 반응하는지 확인하라는 말이잖아. 넌 상속감정사라고. 상속인으로서 혼자 살아남은 사요코에게 이런저런 질문을 할 수 있는 위치잖아.

"독을 먹어서 실려 갔다가 이제 막 퇴원한 사람한테 이것저것 묻는 건 좀……."

─그럼 죽은 사람한테 물으리? 머리가 제대로 돌아가는 거 맞아?

우는 아이와 인 씨에게는 당해낼 수가 없는 미쓰기는 질질 끌려가듯 사요코의 방으로 향했다.

당연하다고 할까, 짐작대로라고 할까. 방 앞에는 경찰 두 명이 지키고 서 있었다. 아마 사와자키나 구루미, 어쩌면 히라기도 비슷한 상황이리라. 혼조가 관계자 중에 앞으로 희생자가 더 나오면 사쿠 경찰서와 나가노 현경도 거듭 망신을 당할 테고 무엇보다 남아 있는 사람 중에 범인이 있기 때문이었다.

"실례합니다. 상속감정사로서 확인하러 왔습니다."

경찰에게 방문 목적을 알리자 그들이 무전으로 무언가 보고했다. 상대는 후지시로겠지. 경찰들은 마지못해 미쓰기를 통과시켰다.

"감정사님."

사요코는 구석에서 다카히로를 지키듯 끌어안고 있었다.

"그런 일을 당하시다니, 괜찮으세요?"

"원래라면 좀 더 입원하고 싶었는데 아이의 안전을 생각하면 그럴 수도 없어서요."

"원해서 퇴원하신 게 아닙니까?"

"범인은 아직 이 집에 있어요. 당연히 병원에 있는 게 훨씬 안전하잖아요."

사요코까지 미쓰기를 범인 대하듯 쳐다봤다. 인 씨는 미쓰기가 범인이 될 만한 행동력도 없다고 욕했지만 다른 사람들은 수상하다며 경계한다. 사람으로서 도대체 어느 쪽이 더 좋은 평가일까 당황스러웠다.

"하지만 방 앞에도 저택 주변에도 경찰이 많아요. 이런 상황에서는 범인도 쉽사리 못 움직이겠죠."

"제가 위험했는데 다카히로는 오죽하겠습니까. 정말 걱정스러운 마음에 애간장이 다 녹아서."

"이렇게 실례를 무릅쓰고 방문한 건 제가 상속감정사이기 때문입니다. 거듭된 불행으로 혼조 구라노스케 씨의 상속인은 사요코 씨 한 분만 남았습니다."

"큰 의미도 없는 일이에요."

사요코는 조금도 기쁘지 않은 얼굴이었다.

"혼조 그룹 경영권을 상속한다고 해도 저는 경영 능력도 없어요. 임원 중 누군가가 약삭빠르게 챙겨 먹기나 하겠죠."

"그래도 최종 판단은 사요코 씨 권한이고 몰리브덴 채굴로 인한 막대한 이익은 사요코 씨가 전부 차지하게 됩니다. 돈이 행복의 전부는 아니라고 생각하지만 적어도 살아가는 데 불안해지지는 않아요. 이건 중대한 일입니다."

"심려를 끼쳐 죄송합니다."

"다만 저는 상속감정사로서 사요코 씨가 상속인에 적합한지 확인할 의무가 있습니다."

"네, 처음부터 그렇게 말씀하셨죠."

"불쾌하실 수도 있지만 제가 질문을 두어 개 할 테니 대답해 주세요."

사요코는 간신히 준비된 듯했다. 어머니의 두려운 심정을 알아차렸는지 다카히로도 사나운 눈빛으로 미쓰기에게로 시선을 돌렸다.

"들으셨겠지만 독미나리는 사요코 씨의 음식에만 들어 있었습니다. 음식을 입에 넣는 순간 눈치채지 못하셨나요?"

"평범하게 참깨에 버무려진 음식이라 처음에는 눈치채지 못했어요. 하지만 여러 번 씹자 갑자기 혀가 마비되는 느낌이 나서……. 두 입 삼킨 뒤였는데 서둘러 토해내려고 했어요."

"다카히로 군의 음식에는 안 들어 있었죠?"

"애초에 무침 요리는 안 먹는 아이라서 늘 식단에서 빼 주거든요."

"누가 독미나리를 넣었다고 생각하십니까?"

사요코가 갑자기 입을 다물었다.

"왜 그러시죠?"

"그 질문이 상속과 무슨 관련이 있죠?"

그러나 미쓰기는 개의치 않고 질문을 이어갔다. 그것이 인 씨의 지시였다.

"요리에 독미나리를 넣을 수 있는 사람은 사와자키 씨와 구루미 씨 두 사람뿐입니다. 사요코 씨는 둘 중 누가 범인이라고 생각하십니까?"

"그만하시죠."

사요코는 고개를 돌리고 미쓰기를 쳐다보려고 하지 않았다.

"그 질문에는 답하고 싶지 않습니다."

"사와자키 씨의 소행이라고 생각하시는군요."

"아닙니다."

"그럼 구루미 씨?"

"대답하고 싶지 않다고 말씀드렸잖아요."

사요코는 계속 거부했지만 사와자키 소행으로 의심한다고 자백하는 격이었다.

"혼조가의 재산을 상속받으면 현재 고용인인 사와자키 씨와 구루미 씨를 계속 고용할 생각입니까?"

"두 사람만 괜찮다면 이대로 계속 일했으면 좋겠습니다."

"또 목숨을 노릴 수 있는데도요?"

"그런 건 생각 안 하고 싶네요."

"그럼 하나만 더 묻겠습니다. 다카히로 군에게 준 '나쁜 너구리 다섯 마리'라는 그림책을 아십니까?"

"네. 다카히로가 좋아해요."

"그림책의 내용, 즉 너구리가 살해당하는 방법이 이번 연쇄 살인 방법과 같다는 사실을 눈치채셨습니까? 첫 번째 너구리는 불에 타 죽고, 두 번째 너구리는 목을 매달고, 세 번째 너구리는 강에 빠지고, 그리고 네 번째 너구리는 독을 먹는다."

"……앗."

사요코는 이제야 알았다는 듯 놀라며 입을 막았다. 이것이 연기라면 여우 주연상감이었다.

"아니, 세상에 그럴 수가. 분명 우연이겠죠."

"딱 한 번이라면 우연이겠지만, 한 번이 두 번이 되고 두 번이 세 번이 되면 아닙니다. 동화 내용을 아는 누군가가 계획했다고 볼 수밖에 없죠."

"그 누군가가 저라는 말씀인가요?"

"이 그림책은 그리 많이 팔리지 않았고, 작가가 이 마을 출신 이라는 이유로 사쿠마 마을에서 네 권만 구매했습니다. 그중 한 권이 증정본으로 구라노스케 씨에게 갔고 지금은 다카히로 군 의 것이 되었죠. 아무리 생각해도 이번 연쇄 살인 사건의 범인 은 이 그림책을 읽어 본 자입니다."

"아닙니다. 전 아니에요."

"아뇨, 아뇨, 사요코 씨가 범인이라는 말이 아니에요."

"아닙니다. 아니에요. 전 아니라고요!"

견딜 수 없다는 듯 사요코가 소리를 질렀다. 그 소리에 반응 한 다카히로가 불이 붙은 듯 울음을 터뜨렸다.

칭얼거리거나 떼쓰는 울음소리가 아니었다. 금방이라도 위 험이 들이닥쳐 삼켜 버릴 것처럼 절박함이 느껴지는 공포의 외 침이었다.

소란이 일자 경찰들이 방을 들여다봤다.

"무슨 일 있습니까?"

"아뇨, 아무것도 아닙니다. 다카히로 군이 갑자기 울음을 터뜨려서요."

"너무 소란 피우지 마세요. 안 그래도 흠칫흠칫하니까요."

경찰들이 목을 움츠려도 다카히로는 좀처럼 울음을 그치지 않았다.

"괜찮아, 안 무서워."

사요코가 다카히로를 부둥켜안고 주문을 외듯 연신 중얼거렸다. 그러나 다카히로는 엄마의 품에서도 진정하지 못했고 울음은 수그러들 줄 몰랐다.

다카히로가 울음을 터뜨린 원인을 제공한 사람은 미쓰기였다. 책임을 느껴 방을 나가려고 엉덩이를 떼려고 하자 오른쪽 어깨의 인 씨가 꿈틀거렸다.

자리를 뜨지 말라는 신호였다.

마음을 고쳐먹고 다시 앉았다. 지금까지 혼조가 사람들과는 한 명도 남김없이 대화를 나눴다. 말에서 들여다보이는 것도 있고 보이지 않는 것도 있었다. 그러나 대화를 나눠 보지 않으면 그조차 알 수 없다.

다카히로와는 아직 말을 나눠 보지 않았다. 아이라거나 장애를 앓는다거나 하는 핑계를 대며 먼저 다가가지 않았다는 생각이 들었다. 원래는 다카히로를 돌볼 때 기회를 놓치지 말고 말을 걸었어야 했다.

"다카히로."

미쓰기는 각오를 다지고 다카히로를 정면에서 응시했다. 그러나 다카히로는 계속 날뛰며 미쓰기를 쳐다보지 않았다.

어쩔 수 없다.

미쓰기는 천천히 두 팔을 뻗어 다카히로의 얼굴을 두 손으로 붙잡았다. 그 순간 사요코가 새된 소리를 질렀다.

"무슨 짓이에요!"

"죄송합니다. 다카히로와 잠시 이야기하겠습니다."

얼굴이 고정된 다카히로는 무슨 일이 일어났는지 어리둥절한 눈으로 미쓰기를 바라봤다.

"지난번에 한 번 돌봐 준 적이 있으니 아저씨가 누군지 기억하지? 다카히로, 말해 줄래? 너 말고 이 방에 들어온 사람은 누구니? '나쁜 너구리 다섯 마리'를 읽은 사람은 도대체 누구니?"

다카히로는 갑자기 다른 사람이 된 듯 입을 다물었다.

"네가 휘두르며 놀던 고양이도 독미나리를 먹고 죽었어. 혹시 네가 그 현장을 보지 않았니? 그럼 아저씨한테 알려 주렴. 누가 고양이에게 독을 먹였어?"

다카히로의 작은 입이 서서히 열렸다.

"고양이……."

"응?"

잘 들리지 않아 아이의 입가에 귀를 가져다 댔다.

그 순간, 다카히로는 야생동물처럼 민첩하게 고개를 내밀어 미쓰기의 귀를 물어뜯었다.

"아아아아악!"

격통이 엄습해 참지 못하고 귀를 꾹 누르며 바닥을 굴렀다.

"이번에는 또 뭡니까!"

경찰들이 다시 방을 들여다봤다.

"귀를, 귀를 물렸어요."

"뭐야. 그깟 일로 큰소리 좀 내지 마세요. 무슨 일 생긴 줄 알았잖습니까."

손을 떼니 피가 조금 묻어났다. 하지만 출혈량 비해 통증은 여전히 강렬했다.

"꺄악! 꺄악!"

다카히로는 그것으로는 성에 안 찼는지 더욱더 덤벼들었다. 마치 분노에 이성을 잃은 맹수 같았다. 사요코가 필사적으로 제압했지만 다카히로가 거세게 날뛰어서 뜻대로 제어할 수 없어 보였다.

"지금 당장 나가세요! 이러면 저도 손 쓸 수가 없어요. 빨리!"

"네, 네네네."

스스로도 한심하게 들리는 소리를 내며 허겁지겁 방을 뛰쳐나갔다. 경비를 서던 경찰들은 더는 놀라지 않았고 미쓰기가 도망가는 것도 막지 않았다.

화장실에 뛰어 들어가 물린 부위를 수돗물로 씻어냈다. 출혈은 멈췄지만 통증은 나아지지 않았다.

인 씨가 재빨리 고개를 내밀었다.

―아이를 상대로 이 무슨 꼴사나운 짓이냐. 경찰들도 쓴웃음을 지었다고.

"내 몸의 일부니 얼마나 아팠는지 인 씨도 잘 알잖아. 상대가 아무리 어린아이라도 물리면 누구나 이렇게 돼."

―주의력이 산만하니까 아이도 이렇게 빈틈을 파고드는 거야. 덕분에 사요코에게 묻고 싶었던 걸 하나도 못 물어봤잖아. 정말 쓸모없는 놈이로군. 왜 사냐, 정말. 숨 쉬는 공기가 아깝다.

"너무한 거 아냐?"

―너무한 건 네 놈의 질문 방식이지. 아무 생각 없이 단도직입적인 질문으로 덤벼들다니. 부끄러운 줄 알아라. 상대한테 변변한 정보도 끌어내지 못하고 네가 쥔 정보를 술술 나불댔잖아. 우리 쪽 정보를 일방적으로 공개한 꼴이라고. 다카히로가 물어뜯기 전에 내가 물어뜯고 싶었을 정도야.

"그런데 이제 어쩌지? 당분간 사요코 씨와 다카히로 군에게는 가까이 갈 수도 없을 것 같은데."

―네가 칠칠치 못해 저지른 일을 나보고 수습하라는 말인가. 멍텅구리 주제에 배짱 한번 좋군.

"멍텅구리 주제라니……, 그거 차별하는 말 아냐?"

―그런데 네 실수로 뜻밖에 알게 된 사실이 하나 있어.

"그게 뭔데?"

—다카히로는 생각보다 더 흉포해.

출혈은 대단하지 않았지만 감염될까 걱정됐다. 약을 받으려고 구루미를 찾았지만 보이지 않았다.

구루미를 찾아 현관을 나설 때였다.

"혼조가 분이십니까!?"

누군가 갑자기 코앞에 녹음기를 들이밀었다.

"뭐뭐뭐뭐, 뭡니까?"

바로 앞에 서 있는 사람은 넉살 좋아 보이는 얼굴을 한 여자였다. 여자 뒤에는 카메라를 멘 남자도 있었다.

아니, 그 두 사람이 끝이 아니었다. 현관 앞에는 언론 관계자로 추정되는 사람이 열 명 넘게 바글거렸고, 경찰이 그들은 저지하고 있었다. 아무래도 서로 밀치락달치락하는 와중에 미쓰기가 나온 듯했다.

어째서 타이밍도 하나 제대로 맞추지 못할까. 저주받은 것이 분명하다. 애초에 저주받지 않았다면 어깨에 인면창이 생기지도 않았겠지.

"혼조가 관계자 맞으시죠? 아니면 그룹 관계자입니까?"

"집에서 나왔으니 혼조 가문과 꽤 가까운 관계시겠군요?"

"현재 상속 문제는 어떻게 진행되고 있습니까?"

"남은 상속인 혼조 사요코 씨는 독살 미수에 그쳤죠? 범인이 사요코 씨를 또 노릴 것 같습니까?"

"지금 나오신 분이 보시기에 수상하다고 의심되는 인물이 있습니까?"

"가만히 있지만 말고 뭐라고 대답해 주세요."

"뭐라도 한마디 해주세요."

구름떼처럼 몰려든 취재진 앞에서 미쓰기는 그저 허둥댈 수밖에 없었다. 혼조가 사건이 전국에 알려졌다는 것은 이제 알지만 취재진의 직격탄을 맞은 것은 이번이 처음이었다.

"저, 저는 그냥 상속감정사인데."

"상속감정사. 오호, 흔치 않은 직업이네요. 그러니까 혼조가 상속 문제에 깊이 관여한다는 말씀이군요."

"자세히 좀 말씀해 주시죠!"

카메라 플래시가 터지며 미쓰기 앞에 더욱 많은 녹음기가 모여들었다.

오른쪽 어깨가 움찔거렸다. 도망치라는 신호였다.

"죄송합니다! 지금은 뭐라 드릴 말씀이 없습니다."

일방적으로 대화를 차단하고 다시 집 안으로 들어왔다.

# 2

—멋진 남자로 나오던데?

그날 오후에 야요이가 묘하게 쾌활한 목소리로 전화를 걸어
왔다. 취재진에 둘러싸인 시간은 오전이었으니 세 시간도 채 지
나지 않아 뉴스에 보도된 셈이다.

—그야 중계차를 보냈으니 촬영분을 편집하고 적당히 자막
을 붙이기만 하면 한 시간도 안 걸리겠지.

"죄송합니다. 경솔하게 밖에 나갔다가 현관 바로 앞에서 맞닥
뜨렸어요."

—그렇겠지. 횡설수설 대답하던걸.

"폐를 끼쳐서……."

—어머. 전혀, 폐라니 무슨. 오히려 플러스야.

"네?"

—상속감정사처럼 마이너한 직업을 세상에 알렸잖아. 다들
잘 모르니까 반응이 온 거야. 아까 본 와이드 쇼에서는 상속감
정사란 어떤 직업인가에 관한 작은 특집 방송을 계획하고 있다
고 하더라.

"그것참 다행이네요."

—그만큼 마이너스 요소도 있어.

야요이의 어조가 순식간에 바뀌었다. 평소에 자주 듣는 힐문

하는 어조였다.

—모처럼 카메라가 돌아가는데 우리 회사 이름을 말하지 않은 건 큰 감점 사유야. 회사 홍보를 신경 쓰기나 하는 거야?

"아니, 그건, 저기."

—성실하게 자산조사만 하면 된다고 생각하면 큰 오산이야! 중소 영세 기업이 전쟁에서 살아남으려면 이용할 수 있는 건 모조리 이용해야 해. 오늘 미쓰기 군이 대담한 리포터는 중앙 방송국 와이드 쇼의 리포터였다고. 잘하면 몇백만 엔어치나 되는 광고료를 아끼면서 홍보할 수 있었는데 기가 막혀 정말. 백번 천번 반성해.

"저기, 저는 앞으로 어떻게 하면 좋을까요?"

—어떻게 하든 저떻게 하든 상속 문제가 해결될 때까지 안 돌아와도 돼.

"네?"

—해결하면 상속감정사로서 여기저기 방송국에서 못 데려가 안달이겠지. 사건의 전모를 아는 사람으로 단숨에 유명인이 되는 거야.

그런 유명인은 되고 싶지도 않다.

—미쓰기 군 얼굴은 특징이 없으니 금방 잊혀질 것 같지만 지방 유명 가문을 덮친 연쇄 살인 사건 해결에 한몫한 상속감정사라는 직업은 사람들 기억에 남을 거야. 그러면 우리도 혼조가

살인사건을 해결로 이끈 '후루하타 상속 감정'이라고 대대적으로 광고를 때릴 수 있지. 어때, 내 계획이.

"……완벽하네요."

—그렇지? 그럼 빨리 뼈가 가루가 되도록 움직여.

"적어도 뒷수습은 해주세요."

—이봐, 미쓰기 군. 뒷수습은 나한테 맡기라는 둥 모든 책임은 내가 진다는 둥 그런 말을 하는 상사가 가장 못 믿을 인간이야. 그런 말 하는 놈이야말로 성공하면 다 자기 덕분이라며 성과를 가로채고, 실패하면 그럴 생각으로 한 말은 아니라며 꽁무니를 뺀다고.

"그럼 제가 소장님께 무엇을 기대하면 되나요?"

—유급휴가와 특별수당. 이상.

그 말을 끝으로 전화가 끊어졌다. 미쓰기는 깊은 한숨과 함께 수화기를 내려놨다.

—여전히 재주가 뛰어난 양반이구만. 너희 회사 소장은.

무엇이 즐거운지 인 씨는 유쾌하게 껄껄 웃었다.

"남 일이라고 그렇게 말하기야?"

—뭐가 남의 일이야. 기생생물과 숙주는 일심동체잖아. 널 걱정해서 하는 말이야.

"인 씨 입에서 걱정이라는 말이 나올 줄이야. 야요이 소장님과 똑같아."

—그 소장은 핵심을 짚었어. 괜히 자기가 책임진다는 둥 모험하라는 둥 도전하라는 둥 떠드는 놈은 대개 똥폼만 잡는 놈뿐이라고. 부하를 격려하고 믿는 자신에게 취했을 뿐. 제대로 된 놈은 없어.

"상사의 책임이니 뭐니 둘째치고 말이야."

미쓰기는 방으로 돌아와서도 우는 소리를 반복했다.

"후지시로와 경찰들이 이대로 손가락 빨고만 있을 리 없어. 역시 지금 단계에서는 사요코 씨가 가장 유력한 용의자잖아. 사요코 씨가 체포되면 상속인은 한 명도 안 남는다고."

상속인이 한 명도 없으면 유산은 국고로 환수된다. 그 절차를 생각하니 벌써부터 골치가 아팠다.

—도대체 몇 번을 말해야 알아 먹겠냐. 숨겨진 상속인이 한 명 있잖아.

"아아, 다카히로 군? 하지만 호적상으로는 아직 구라노스케 씨의 손자잖아."

—이 집안 고문 변호사가 유산이 국고로 환수되는 걸 가만히 두겠어? 여차하면 자기가 대리인이 되어서라도 다카히로에게 대습상속*시키겠지.

"히라기 씨가 그렇게까지 할까?"

---

* 추정 상속인이 사망 또는 결격으로 상속권을 상실한 경우 직계 비속이 상속하는 일.

—고문 변호사인 이상 사요코를 도울 테니까. 다카히로의 앞
날을 보장하는 것이 사요코의 바람이라면 어떻게든 이뤄주려
하겠지.

"근거 있는 말투네."

—히라기는 그럴 수 있을 만큼 기백이 있는 사내야. 석녀라고
이혼당한 다케이치로의 전처나, 마찬가지로 배덕한 일을 당하
고 이혼당한 사요코를 연민하는 수준을 넘어섰어. 가부장제가
끈덕지게 남아 있는 사쿠마 마을의 변호사로서 제도나 풍습에
억압당한 여자에게 마음이 쓰이겠지.

가여운 처지와 남자의 성격이 어우러져 정까지 두터워졌는가.

—경찰은 사요코를 가장 유력한 용의자로 임의출두를 요구
할 거야. 히라기는 취조실에 함께 들어가려고 경찰과 대립하겠
지. 앞으로 이렇게 흘러갈 거야. 정황증거로 따지면 알리바이가
없는 사요코가 불리해. 수사본부는 여론에 떠밀려서 물증 없이
사요코를 체포하고 송치할 거야.

"잠깐만. 사요코 씨도 독미나리를 먹은 희생자야. 그건 어떻
게 해석할 건데."

—결국 죽다 살아났으니 자작극으로 간주하면 그만이야.

"안타까운 이야기네."

—그런데 그게 문제가 아니라 너도 후지시로도 또 다른 용의
자를 간과하고 있어. 후지시로가 그걸 눈치채면 앞으로의 전개

가 상당히 달라질 텐데.

"또 다른 용의자라니?"

─하나, 범인은 '나쁜 너구리 다섯 마리'의 내용을 이전부터 알았다. 둘, 모방 살인을 순식간에 떠올린 것이 아니라면 그림 책에 지문이 남아 있을 것이다. 셋, 혼조가의 유산을 상속할 자격이 있다. 넷, 다케이치로 부부, 고지, 에쓰조 네 사람이 쉽게 방심하고 유인당할 만한 인물이다.

미쓰기는 순간 숨이 멎는 기분이었다.

"인 씨, 설마……. 다카히로 군을 가리키는 거야?"

─왜, 이상해?

"이상하고 말고. 다카히로 군은 아직 어린아이야. 게다가 지적장애아라고."

─아이는 유산에 관심 없다던? 지적장애아는 사람을 죽이지 않을까? 네 보잘것없는 판단력에 눈이 가려졌을 뿐이야. 어린 아이든 장애인이든 살의가 생길 때는 생겨. 전 세계에서 벌어진 사건 중에 열 살 미만 아이가 살인자였던 적도 지적장애자가 범죄자였던 적도 딱히 드물지 않아.

"어린아이는 저지를 수 없는 범죄야. 다케이치로 부부 때는 인사불성에 빠진 두 사람을 창고까지 옮겼어야 했잖아."

─너, 사쿠마 마을에 온 뒤 여러 가지 농기구를 봤잖아. 창고 에 불이 났을 때 근처에 버려져 있던 1인용 손수레가 기억해?

금시초문이어서 고개를 저었다.

— 역시 기억 못 하는군. 정말 구제 불능 눈뜬장님이로군. 핵심은 바퀴가 하나 달린 1인용 손수레라는 사실이야. 바퀴 하나로 중량을 지탱하는 구조라서 어른 한 명 정도는 아이라도 충분히 옮길 수 있지. 어른 둘이면 두 번 왕복하면 돼. 두 사람을 창고에 옮긴 뒤에는 불만 붙이면 끝이야.

미쓰기의 머릿속에 1인용 손수레에 다케이치로 부부를 실어 옮기는 다카히로의 모습이 떠올랐다. 어딘가 우스꽝스러우면서도 더없이 섬뜩한 광경이었다.

— 고지 사건도 그래. 다카히로라도 범행을 실행할 수 있어. 음복 잔치에서 술을 잔뜩 마시고서 몽롱해진 고지를 물레방앗간으로 유인하는 거지. 밧줄은 물레방아에 미리 감아 설치해 두고. 곤드레만드레 취한 고지의 목에 밧줄을 걸고 그대로 내버려 두면 나머지는 물레방아가 알아서 처리하겠지. 에쓰조는 더 쉬워. 그동안 사요코 모자의 미래를 걱정한 에쓰조라면 훨씬 쉽게 꾐에 빠졌겠지. '흡입폭포' 위, 발 디딜 데 없는 곳으로 유인하는 거야. 다리를 살짝만 걸어도 머리부터 거꾸로 폭포로 떨어질 거야. 이것도 아이의 힘만으로도 충분해.

"그렇다면……, 사요코 씨의 음식에 독을 넣은 사람도……."

— 상을 나란히 놓고 식사하잖아. 진짜 미나리와 구분할 수 없는 독미나리를 엄마 몰래 섞는 게 그리 어려운 일은 아니야.

"그저 인 씨의 추론일 뿐이야. 물증이 하나도 없잖아."

─물증이 없기는 다른 용의자도 마찬가지야. 다만 동기 면에서 보면 다카히로는 무시할 수 없는 용의자지. 이대로 사요코가 체포라도 돼 봐. 남은 상속인은 그야말로 다카히로뿐이라고. 무엇보다 범죄 수사란 추론에서 시작해 추론으로 끝나. 감식에서 자백 조서에 이르기까지 추론의 행진이다.

"하지만, 그래도, 아무리 그래도."

─믿을 수 없는 건 네가 구제 불능의 상식인이면서 선한 사람이기 때문이야. 그러니 안심해. 속는 쪽일지라도 속이는 쪽은 아니니. 절대 이득 보는 쪽이 아니라 언제나 손해 보는 쪽 사람이다.

그런 말을 듣고 안심할 사람이 어디 있겠는가.

"만약에, 그러니까 만약에 말이야. 다카히로 군이 이번 연쇄 사건의 범인이라면 그 아이는 어떻게 될까?"

─뻔하지. 14세 미만 범죄자를 형법으로 심판할 수 없으니 가정법원에 보내겠지. 보호관찰이나 의료소년원 중 한 군데로 갈 거야.

"인 씨는 냉정하네."

─너처럼 정에 휩쓸리지 않는 냉정한 인면창이니까. 게다가 이 사건은 누가 범인이든 누가 살아남든 절대 해피엔딩이 아닐 거야.

"어떻게 그런 말을 할 수 있어."

— 현실이 이야기를 따라간다는 말 알아? 혼조가 연쇄 살인 사건은 동화를 모방한 범행이야. 즉 현실이 허구를 따라간다는 말이지. 그 동화의 결말이 뭔지 기억해?

"다섯 번째 너구리는 행방을 알 수 없게 된다……."

— 그래. 어떻게 해석하든 배드엔딩이야. 그러니까 현실도 그 결말에 끌려갈 거야. 적어도 해피엔딩일 리는 없어.

"말도 안 돼. 인 씨의 망상 아냐?"

— 네가 상상력이 부족한 거다.

계속 반박하려는데 인기척을 느낀 인 씨가 얼굴을 숨겼다. 아니나 다를까 복도 저편에서 경찰 몇 명이 달려가는 모습이 보였다.

어쩐지 저택 안이 소란스러웠다. 귀를 기울이니 멀리서 성난 고함 같은 소리가 들렸다.

어찌할 바를 모르는데 앞쪽에서 후지시로가 다가왔다. 미쓰기의 모습은 안중에도 없는 듯 무시무시한 모습으로 달려왔다.

"형사님."

"뭐야, 감정사님이군. 지금 바빠서 상대할 시간 없습니다."

"상대 안 해줘도 되니 알려 주세요. 지금 왜 이렇게 소란스럽습니까?"

"사와자키가 도주했습니다."

"네에?!"

"그게 다가 아닙니다. 사요코 모자도 함께 달아났어요. 식재료를 사러 나갈 때 쓰는 자동차에 태워 경찰의 포위망을 뚫었어요."

"그냥 드라이브 나간 거 아니에요?"

"그저 드라이브였다면 감시 중이던 경찰 둘을 때려눕히지 않았겠죠. 도주했든지, 자신의 범행이 드러날 것 같으니 사요코 모자를 저승길 길동무로 삼으려는 의도겠죠. 아무리 호의적으로 해석해도 그 두 가지 외에는 떠오르지 않아요. 아니면 제 상상력이 부족하다고 웃겠습니까?"

후지시로는 말을 토해내더니 현관으로 달려갔다.

경찰 대부분이 사와자키 추적에 동원된 듯했다. 저택 안을 다시 조용해졌다.

―드디어 폭주했나. 그 순정남.

인 씨가 한숨 섞인 목소리로 말했다.

"이번에도 예상했다는 말투네."

―사와자키로서는 어쩔 수 없는 행동이었을 거야. 사요코에게 독을 먹인 사람이 자신이 아니라는 건 사와자키 본인이 가장 잘 아니까. 그런데 살인범은 아직 저택 안에 숨어 있지. 이대로 잠자코 있다가는 귀하디귀한 사요코 아가씨와 다카히로 도련님이 또 표적이 될 판이야. 그렇게 되기 전에 자기가 데리고 도망칠 수밖에 없었겠지. 그 단세포가 할 법한 생각이다.

"하지만 사람들은 인질을 잡아 도망갔거나 동반 자살을 꾀한다고 생각하잖아."

—경찰이 그렇게 받아들일 줄 뻔히 알면서도 두 사람을 데리고 나간 거야. 순정남에 단세포니까 폭주했지. 흔히 있는 이야기야.

"그렇게 침착하지 말라고. 무슨 수가 없을까?"

—없어.

인 씨의 대답은 지극히 명쾌했다.

—네가 아무리 속을 끓여도 전혀 해결되지 않고, 사와자키를 쫓아 저택을 나가면 이번에는 네가 경찰에게 쫓기는 신세가 될 거야. 수사에 쓸데없이 혼란을 준 죄로 후지시로와의 신뢰 관계는 깨지겠지.

"손을 쓰지 못한다니 답답해 죽겠네."

—그러니까 네가 어리석다는 거야.

인 씨가 미쓰기를 힐끗 쏘아봤다.

—위급존망지추에 필요한 건 지혜나 힘, 그도 아니면 돈이다. 아무것도 가진 것 없는 놈이 개입해 봤자 방해꾼만 될 뿐. 이럴 때 양심이니 배려니 하는 것은 쥐뿔도 도움 안 돼. 자알 기억해 두거라.

인 씨의 말은 언제나 옳다. 진저리가 날 때도 있지만 나중에 보면 정답이었음을 알 수 있다. 그래서 미쓰기도 여러 번 도움을 받았다.

하지만 지금만큼은 반기를 들지 않을 수 없었다.

"인 씨의 말이 지당하다고 생각해. 그래도 양심이나 배려가 아무 소용 없다는 말은 믿고 싶지 않아."

그러자 인 씨가 입을 크게 일그러뜨렸다.

─마음대로 해.

미쓰기는 후지시로의 뒤를 쫓아 달리기 시작했다.


## 3


미쓰기가 경찰차까지 따라오자 뒷좌석에 앉아 있던 후지시로가 대놓고 성가시다는 표정을 지었다.

"미쓰기 감정사님. 미안하지만 앞으로 감정사님이 할 수 있는 일은 아무것도 없습니다."

후지시로는 물리칠 생각으로 내뱉었겠지만 공교롭게도 이런 식의 폭언은 인 씨 때문에 면역이 됐다.

"해 보지 않으면 모르죠. 무엇보다 상황이 이렇게까지 된 이상 우린 한배를 탄 셈입니다."

옆자리에 억지로 몸을 밀어 넣었다. 후지시로는 성가서하던 얼굴 그대로 깜짝 놀랐다.

"이상한 부분에서 고집이 세시네요."

그 또한 인 씨의 영향이 아닐 수 없었다.

거추장스러워도 어쩔 수 없다고 판단했는지 후지시로는 출발하라고 명령했다. 다른 경찰차도 뒤따르는 듯했다.

"사와자키 씨는 어디로 가고 있습니까?"

"마을로 이어지는 도로는 경찰과 방송국 중계차 때문에 반쯤 봉쇄되어 있어요. 산길을 올라가는 중입니다."

미쓰기도 인근 산을 돌았기에 안다. 저택 뒤로 이어지는 산길을 따라 고개를 넘으면 이웃 마을에 다다른다.

"이웃 혼마 마을에는 국도가 있어요. 국도에 진입하기만 하면 도시까지 갈 수도 있죠."

"아이를 동반한 커플이 몸을 숨기려면 시골보다 도시가 더 눈에 띄지 않겠죠. 하지만 그건 사요코 모자가 도주에 동의했다는 전제가 있어야 하잖습니까."

"사요코가 무슨 생각을 하는지 짐작도 안 갑니다."

"역시 그걸까요? 예전부터 자신을 사모하던 남자가 모든 걸 버리고 자신을 데리고 함께 떠나는 건 로망이잖아요."

"……그 나이에 그런 낭만적인, 머리가 꽃밭인 생각을 합니까?"

후지시로가 어이없다는 듯 말했다.

"살인죄 혐의를 받은 채 도망가는 것과 의혹을 풀고 지역 자산가로 들어앉는 것 중 뭐가 더 평안할지, 생각할 필요도 없는 문제인데요. 무엇보다 사요코는 아이 엄마입니다. 엄마란 자신보다 아이를 우선하는 법이죠. 더구나 다카히로는 장애아니까 아무래도 경제적인 뒷받침이 필요해요."

"하지만 현시점에서도 사요코 씨가 가장 유력한 용의자죠?"

"수사본부는 그렇다고 봅니다."

함축적인 말투라 후지시로의 얼굴을 살폈다.

"형사님은 그렇게 생각하지 않습니까?"

"그 그림책을 보고 생각이 조금 바뀌었습니다. '나쁜 너구리 다섯 마리', 뒷맛이 찝찝하고 섬뜩한 내용이죠. 권선징악의 탈을 썼지만 결국 작가는 지나친 보복주의와 잔혹한 취향을 빌려 자신의 한을 표출했습니다."

동의는 한다. 작가 이즈쓰 이쓰로의 울분과 세상을 향한 원망이 너구리들을 죽이는 방법에 투영됐다는 의견이 아주 틀린 것도 아니리라.

미쓰기를 태운 경찰차가 다급하게 비포장 산길을 올라갔다. 경사가 급한 길이지만 경찰차는 아랑곳하지 않고 계속 달렸다. 들어보니 사륜구동이라고 하지만 승차감이 좋지는 않았다. 길이 울퉁불퉁해서 차체가 덜커덩하며 크게 튀었다. 미쓰기는 경찰차 천장에 몇 번이나 머리를 박았다.

"어두운 욕망과 비뚤어진 사상이 넘쳐흐르니 어른이 읽으면 바로 알아차릴 수 있어요. 양념이라도 쳤으면 몰라도 아무런 비유도 없이 직구로 날리는 책입니다. 그래서 어른이 읽으면 불쾌감을 느끼죠. 그걸 아이가 읽으면 어떨까요? 특히 선악을 판단하지도 못하고 파괴충동을 억제하는 방법을 모르는 다카히로가 읽는다면."

불온한 말꼬리에 미쓰기는 당황했다.

"형사님. 혹시 다카히로 군을 의심합니까?"

"다카히로를, 이 아니라 다카히로도, 입니다. 상식도 윤리관도 발달하지 않은 어린아이가 잔학한 이야기를 접하고 자극을 받아 직접 실행해 본다. 도시 사람이 들으면 허황된 이야기라고 비웃겠지만 사쿠마 마을의 인습과 혼조 일가를 알면 비웃을 수 없어요."

"그 아이가 어른을 네 명이나 죽일 수 있겠습니까?"

진심인지 아닌지 확인하려고 떠봤는데 놀랍게도 후지시로가 내놓은 추리는 인 씨의 그것과 조금도 다르지 않았다. 그래서 인 씨에게 말했던 의문을 그대로 풀어봤다.

"후지시로 형사님의 추리는 물증이 하나도 없잖습니까."

"그건 다른 용의자도 마찬가지니까요."

무려 변명까지 같았다.

"다만 물레방앗간은 혼조가 소유니까 온 가족의 모발이 남아 있었습니다. 다카히로의 것까지 포함해서."

"그런데 그런 어린아이가⋯⋯."

"뜻밖이라고 생각하는 사람은 미쓰기 씨, 당신뿐일지도 몰라요. 저는 말입니다, 의외로 사와자키도 나와 같은 결론에 도달하지 않았나 생각합니다."

"그럼 사와자키 씨가 사요코 씨 모자를 데리고 달아난 것도⋯⋯."

"글쎄요, 물론 사와자키 본인이 범인일 가능성도 여전합니다. 하지만 만약 사와자키가 다카히로의 범행을 의심한다면 사요코까지 모두 데리고 간 행동도 납득이 가죠. 다카히로만 납치하면 다루기 어려우니까. 자신이 혐의를 받고 다카히로의 범행을 드러나지 않도록 하면서 모자가 서로 헤어지지 않게 하려면 납치 자작극은 효과적인 수단입니다."

그렇게 생각할 수도 있구나 하고 감탄했다. 자식을 염려하는 어머니와 그녀를 남몰래 연모하는 외골수 남자. 어느 쪽이든 자신의 일천한 인생 경험으로는 가늠할 수 없는 관계였다.

경찰차는 숲을 헤치며 더 깊은 산속으로 들어갔다. 길 폭이 몹시 좁아 경차끼리나 겨우 엇갈려 지나갈 수 있을 정도였다. 길 양옆으로 잡초가 무성한데 사와자키가 지나간 직후라서 그런지 쓰러져 있었다.

"이 고개는 분명 갈림길 없이 쭉 외길이었던 것 같은데요. 따라잡을 수 있겠습니까?"

"지금 운전대를 잡은 사람은 한가락 하던 여기 출신 경찰관입니다. 사와자키도 이 마을 출신이지만 이 사람의 적수가 못됩니다."

미쓰기가 백미러를 쳐다보자 운전하던 경찰이 고개를 까닥이며 인사했다.

"안녕하세요."

운전대를 잡고 즐거워하는 모습을 보니 그는 착실하게 수사하는 것보다 경찰차 모는 것을 더 좋아하는 듯했다.

"맡겨 주세요. 이 산에는 가드레일도 가로등도 없지만 조명 없이도 달리겠습니다."

"부탁드립니다."

"용의자는 분명 모르거나 잊었을 거예요. 식재료를 사러 나갈 때 오로지 산 아래에 난 마을 도로만 이용한 것 같으니까요."

"뭐가 말입니까?"

"혼조 구라노스케 씨가 사망하기 직전, 산 정상 부근에 산사태가 일어났거든요. 그래서 도로 일부가 무너져 통행이 금지됐습니다."

경찰이 말을 마치자 후지시로가 입매를 늘여 웃었다.

"미쓰기 씨, 아시겠어요? 사와자키가 이 산으로 향하던 시점에 이미 독 안에 든 쥐가 된 겁니다."

한동안 가파르고 험준한 비탈길이 이어졌다. 역시 현지 경찰

의 운전 솜씨가 뛰어나서 상하좌우로 크게 흔들릴지언정 위험
은 느껴지지 않았다.

"있다!"

전방을 바라보던 후지시로가 작게 외쳤다. 그 시선 끝에 낯익
은 경차가 보였다.

경찰차는 10미터 떨어진 곳에 멈춰 섰다. 후지시로가 신호를
보내자 함께 타고 있던 경찰 두 명이 차 밖으로 나갔다. 미쓰기
도 후지시로의 뒤를 따라 경찰차에서 내렸다. 뒤에서 따라오던
경찰차에서도 경찰이 줄줄이 모습을 드러냈다.

경차 앞은 통행금지를 알리는 공사용 간판과 밧줄로 막혀 있
었고 그 앞은 경찰의 설명대로 도로 일부가 무너져 있었다. 사
와자키도 도로 봉쇄를 돌파하는 무리수는 두지 못한 모양이다.

"용의자가 없습니다."

차 안을 들여다본 경찰이 힘차게 말했다.

"무너진 도로 저편은 상황이 더 심각합니다. 용의자들은 오도
가도 못 하는 것 같습니다."

곤란한데. 후지시로가 중얼거리고는 경찰들을 데리고 밧줄
을 넘었다.

"뭐가 곤란합니까?"

"발 디딜 곳도 마땅치 않은 위험한 곳에 아이를 데리고 갔으
니까요. 어른들의 부주의로 예상치 못한 사태가 발생할 수 있어

요."

후지시로의 얼굴에 긴장이 감돌았다.

"체포 순간 용의자들이 궁지에 몰리는 경우가 적지 않아요. 평소에는 생각하지 못하는 행동을 하는 놈도 있죠. 그래서 가장 주의를 기울여야 할 순간입니다."

선두에 선 후지시로를 따라 미쓰기와 경찰들이 앞으로 걸었다. 사전에 들은 대로 걸어갈수록 도로 상황이 나빠졌다. 원래 비포장인 탓도 있어서 절반 이상 무너져내린 부분은 사람이 다닐 수 없는 상태로 변했다.

더 이상 앞으로 가면 위험하다. 미쓰기조차 위험을 감지했을 때, 약 20미터 앞에 사람이 보였다.

사와자키와 사요코였다. 다카히로도 어머니 뒤에 숨어 있었다.

세 사람이 꼼짝하지 않고 선 곳 끝에 길은 없었다. 마치 거대한 손톱으로 도로를 할퀴어 깎아낸 것처럼 있어야 할 부분이 없었다. 게다가 세 사람이 서 있는 곳은 가드레일도 없는 절벽이어서 발을 헛디디기라도 하면 끝장이었다.

"오지 마!"

경찰들을 발견한 사와자키가 소리쳤다.

"가까이 오면 뛰어내린다."

바로 옆에 있던 후지시로가 혀 차는 소리가 들렸다. 체포 순간에 예상하지 못한 행동을 한다. 지금 사와자키가 바로 그런 상태였다.

"사와자키, 섣부른 행동 마라."

후지시로는 평소와 같은 어조로 말을 건넸다. 말할 것도 없이 사와자키를 더 이상 자극하지 않으려는 배려였다.

"그 모자를 위해 이런 일을 저질렀겠지. 그렇다면 저항하지 말고 지금 당장 투항해."

"길을 비켜라. 우리를 보내 줘."

사와자키는 응할 생각이 없는 듯했다. 후지시로가 염려한 대로 막다른 골목에 몰려 말도 표정도 굳어 있었다. 정상적인 판단은 기대할 수 없어 보였다.

그러고는 한동안 말로 주고받는 공방이 이어졌다. 그러나 적진을 돌파할 생각인 사와자키와 투항을 권하는 후지시로 사이의 거리는 조금도 좁혀지지 않았다.

"너는 진범을 감싸고 있나?"

계속되는 교착 상태를 타개하려는 의도일까, 후지시로가 승부수를 던졌다.

사와자키의 표정이 대번에 변했다.

"네가 진범을 숨기고 싶어 하는 마음은 안다. 하지만 죄를 뒤집어쓰는 것이 최선이라고 생각하나? 이번에 감싼다고 해서 장애나 잔학성이 해결되는 게 아니다. 오히려 무슨 짓을 해도 자신은 벌을 받지 않는다고 생각해 앞으로도 계속 죄를 저지를지도 모르지. 그래도 괜찮다고 생각하나?"

후지시로가 다카히로를 염려한 점이 사와자키에게도 통한 듯했다. 역시 거짓말이 서툰 남자답게 사와자키는 정곡을 찔린 듯 눈을 부릅떴다.

"그런 장애를 앓는 범죄 소년을 위한 시설도 있다. 담당자는 전부 전문가들이지. 아이의 앞날을 생각하면 그러한 시설에 맡기는 것이 가장 좋은 선택이다. 무턱대고 도망 다니다가 장애가 악화되면 어떻게 책임질 생각인가."

논리적인 설득이었다. 그러나 사와자키도 지지 않았다.

"엄마가 있다. 어떤 시설인지는 몰라도 아이 곁에는 엄마가 있는 게 제일 좋아. 본성이 비뚤어졌어도 애정을 쏟아 키우면 분명 좋아질 거야."

입씨름이 거듭 이어지던 그때, 오른쪽 어깨가 욱신거렸다.

잠깐만.

왜 이런 상황에서 인 씨가 고개를 내밀고 싶어 하는 거야.

당황한 미쓰기는 경찰 무리를 벗어나 경찰차 뒤로 숨었다.

"무슨 일이야, 인 씨."

―더는 못 보겠어. 사와자키와 후지시로의 이야기가 이상한 방향으로 흐르고 있어. 이대로는 끝이 안 날 거야.

"어쩔 수 없잖아."

―너처럼 방관자가 되기로 작정하면 그렇겠지. 어차피 옆에

서 지켜보기만 할 뿐 말려들기는 싫잖아.

"저 사람들을 돕고 싶어."

인 씨에게 어디까지 통할지 모르지만 지금은 자신의 생각을 관철할 때다.

"인습과 부모가 남긴 재산에 농락당한 사람들이야. 따지고 보면 피해자 아니야? 어떻게든 구해 주고 싶어."

―구한다, 고.

인 씨는 잠시 생각에 잠긴 듯하다가 이내 쭈글쭈글한 입을 열었다.

―멍텅구리. 너는 지금부터 내 꼭두각시다.

"새삼?"

―네게만 들리도록 속삭일게. 넌 사와자키에게 내 말을 그대로 읊기만 하면 돼.

"그러면 모두를 구할 수 있어?"

―아마도.

살인 용의자들과 대치하여 투항하도록 설득한다. 상상만으로도 무거운 책임감과 유례없는 협상술이 필요했다. 미쓰기 혼자서는 행동은커녕 시도할 생각조차 못 했을 것이다.

하지만 자신에게는 인 씨가 있다. 독설을 쏟아내는 데다 사람도 아니지만, 타인을 말로 구워삶는 강단 있는 입담은 견줄 사람이 없을 정도로 최고인 인면창이다.

미쓰기는 심호흡을 한 번 하고 경찰들을 헤치며 후지시로 앞
으로 나갔다.

"미쓰기 씨, 무슨 생각입니까?"

"제가 설득해 보겠습니다."

저지하려던 후지시로를 억지로 주저앉히고 사와자키에게 말
을 걸었다.

"사와자키 씨. 당신이 하려는 일은 틀렸습니다."

이 타이밍에 미쓰기가 나온 것을 이해할 수 없는지 사와자키
는 의아한 표정을 지었다.

"당신은 다카히로 군이 범인이라고 생각하겠지만 아니니까."

사와자키뿐 아니라 옆에 있던 후지시로까지 깜짝 놀랐다.

하지만 가장 놀란 사람은 직접 입으로 말한 미쓰기 본인이었
다. 인 씨의 말을 그대로 읊고 있자니 당혹감은 다른 사람보다
더했다.

"아이가 연쇄 살인을 일으킨 범인이라니, 외부인은 상상도 못
하겠지만 남몰래 사요코 씨 모자를 지켜보던 당신은 다카히로
군을 용의자에서 제외하지 않았어요. 아니, 다카히로 군이 때때
로 행동이나 생각이 난폭하고 잔학하다는 사실을 아는 당신은
다카히로 군이야말로 가장 유력한 용의자라고 의심했겠죠. 아
닙니까?"

다시 정곡을 찔린 듯 사와자키는 흉포한 눈빛으로 미쓰기를

노려봤다.

"사와자키 씨가 확신하게 된 이유는 사요코 씨가 독미나리로 살해당할 뻔했다는 사실과 근처에 죽은 길고양이의 몸에서 역시 같은 독미나리가 검출된 점일 겁니다. 사요코 씨가 식사할 때마다 항상 가까이 있는 사람은 다카히로 군이니 당연히 그 아이가 독을 섞기 가장 쉽고요. 사요코 씨의 눈을 피해 상에 차려진 미나리 깨소금 무침과 독미나리를 바꿔치기하면 됩니다. 그리고 다카히로 군은 작은 동물을 학대했으니 길고양이에게 독이 든 먹이를 주는 것도 아무렇지 않아 할 테니까요. 결정적인 점은 다카히로 군이 좋아하던 그림책이었습니다. 불에 태우고, 목을 매달고, 물에 빠지고, 그리고 독을 먹인다. 잔혹한 이야기는 글씨를 읽지 못해도 그림만으로도 이해할 수 있죠. 다카히로 군은 이 그림에 계속 집착했습니다."

사요코가 다카히로를 감싸듯 뒤로 숨겼다.

"다케이치로 부부부터 시작된 연쇄 살인을 한 건 한 건 짚어보니 다카히로 군도 실행할 수 있는 사건들이라고 당신은 생각했습니다. 하지만 어머니조차 살해하려던 다카히로 군을 당신은 한 번쯤 지켜주고 싶었죠. 다카히로 군이 사법기관의 손에 넘어가면 사요코 씨가 슬퍼할 것 같았으니. 그런데 말입니다, 그거 전혀 아니에요. 잘못 생각하셨어요."

"뭐가 전혀 아니라는 거지?"

사와자키가 미쓰기를 향해 처음 입을 열었다.

"확실히 다카히로 군은 동물을 학대했습니다. 그런데 잘 생각해 보세요. 고양이의 배에서 나온 독미나리는 된장에 담근 뒤 마른 멸치 가루를 묻혔어요. 다카히로 군이 그런 작업을 할 수 있을 것이라 보세요?"

사요코는 가면을 쓴 듯 표정이 없었다.

"연쇄 살인의 범인은 다음 조건에 해당합니다. 하나, 유산상속인 중 한 명. 둘, 독미나리를 된장에 담그는 정도의 사전 처리를 할 수 있는 자. 셋, 사요코 씨의 상에 차려진 미나리 깨소금 무침과 독미나리를 쉽게 바꿔치기할 수 있는 자. 넷, '나쁜 너구리 다섯 마리'의 내용을 아는 자. 다섯, 다케이치로 부부와 고지 씨와 에쓰조 씨가 경계하지 않도록 꾀어낼 수 있는 자."

말하는 미쓰기의 겨드랑이에 식은땀이 흘러내렸다. 목덜미에 오싹 소름이 끼쳤다.

"이 조건들을 모두 충족하는 인물은 사요코 씨, 당신 한 사람뿐입니다."

사요코는 범인으로 지목당하고서도 여전히 가면을 쓴 듯 무표정해서 감정을 전혀 읽을 수 없었다. 아이를 염려하는 어머니의 얼굴도, 형체 없는 살인자에 겁먹은 여자의 얼굴도, 그곳에 없었다. 오로지 자신을 범인으로 지목한 애송이를 깔보는 듯한 시선만 존재할 뿐이었다.

"당신은 자신의 밥상에 있던 미나리 깨소금 무침과 함께 독미 나리를 삼켰습니다. 아무도 독을 먹은 당사자가 범인이라고는 생각하지 않으니까요."

"그랬다가 제가 죽으면 어쩌려고요."

사요코가 처음으로 입을 열었다. 온도도 감정도 느낄 수 없는 담담한 목소리였다.

"범행을 실행하기 전에 길고양이에게 독미나리를 먹인 이유 는 치사량을 확인하려는 목적이기는 했지만 달리 말하면 치사 량에 미치지 않으면 큰일이 일어나지 않기 때문이기도 합니다. 독미나리를 준 고양이는 한두 마리가 아니죠. 스스로 먹을 독의 적정량을 찾으려고 길고양이 네 마리를 희생시켰죠? 저택 주변 에 길고양이 사체가 많이 발견된 이유도 그 때문입니다."

스스로 말하면서도 말끝마다 놀라워서 말이 어색하게 끊기지 않도록 안간힘을 다하는 것이 고작이었다.

문득 옆을 훔쳐보니 후지시로가 아연한 얼굴로 미쓰기의 추 리에 귀를 기울이고 있었다.

아니, 이것은 내 추리가 아니다.

"독미나리를 바꿔치기할 때 미나리 깨소금 무침을 고른 이유 는 행여 일이 잘못된다고 해도 다카히로 군이 먹지 않도록 신중 을 기하기 위해서였습니다. 야채를 싫어하는 다카히로 군은 미 나리 무침에는 눈길도 주지 않을 테니까."

"잠시만요, 미쓰기 씨."

후지시로가 겨우 정신을 차렸는지 중간에 끼어들었다.

"그럼 왜 모방 살인 같은 걸 한 거죠? 그 그림책대로 사람을 죽이면 언젠가 다카히로가 의심받았을 텐데."

"혼란을 주려고요. 다카히로 군에게 의심의 시선이 쏠리는 만큼 자신을 향한 혐의는 가려지니까요."

"친자식이잖아요."

"그에 관해서는 아까 후지시로 형사님이 적절히 지적했잖습니까. 설령 다카히로 군을 보도*한다고 한들 현행법으로는 그를 심판할 수 없죠. 가정법원에서 보호관찰처분을 받거나 잘 안되더라도 의료소년원에 갈 겁니다. 정신 장애를 치료하는 의료기관과 의료소년원의 상황이 달라 봤자 얼마나 다르겠습니까."

가치관의 차이라면 어쩔 수 없지만 미쓰기는 인 씨의 논리를 따라갈 수 없었다. 억지로 금기를 말하는 듯해 도저히 견딜 수 없었다.

하지만 다음 한마디가 가장 충격적이었다.

"무엇보다 애초에 사요코 씨가 정말로 다카히로 군을 사랑하는지 의심한 적은 없습니까?"

"그게 무슨 헛소리냐!"

---

\* 경찰이 주로 비행 청소년을 대상으로 진행하는 조언, 상담 등의 교정 활동.

곧바로 되받아친 사람은 사와자키였다.

"아가씨가 다카히로 도련님을 얼마나 사랑하는지 알지도 못하는 외지인 주제에!"

"네, 모릅니다. 모르니까 객관적으로 볼 수 있는 겁니다. 분명 자신의 아이지만 친아버지가 억지로 범해 생긴 부정한 아이지요. 사랑도 하겠지만 증오스럽기도 한 게 당연합니다."

얼마나 악랄한 말인가 싶었다. 사와자키를 설득하려고 하는 말이지만 어머니 앞에서 할 말은 아니다.

미쓰기는 인 씨를 거스를 수 없었다. 이 불온한 논리 끝에 무엇이 있을지 확인해야만 했다.

"유산 독점, 시설이 갖춰진 의료소년원에 아들을 들여보내는 것. 간접적으로는 아버지 구라노스케 씨를 향한 복수. 이 세 가지가 이번 사건의 동기입니다. 그러니까 사와자키 씨, 당신도 속고 있어요. 당신이 두 사람을 데리고 도망갈수록 사요코 씨의 뜻대로 되는 겁니다"

인 씨의 추리가 상당히 먹힌 듯했다. 사와자키가 미쓰기와 사요코를 번갈아 보며 명백히 흔들리는 모습을 보였다. 그럴 만하다는 생각에 딱했다. 사와자키에게 사요코는 성녀 그 자체다. 그 성녀에게 속았다고 생각하니 당혹스러울 만도 했다.

"감정사님."

이 자리에 어울리지 않을 만큼 차분한 목소리에 모두가 입을 다물었다.

사요코는 미쓰기의 얼굴을 똑바로 응시하며 미동도 하지 않았다.

"어머니라는 존재에 대해 상당히 부정적으로 말씀하시는군요. 감정사님께도 어머니가 계실 텐데요."

표정 없이 풀어놓는 말에도 위압감이 있었다.

"제가 형제들을 죽인 동기로 세 가지 거론했죠. 짐작이 가는 건 그뿐인가요?"

"……그렇습니다."

"감정사님, 아직 미혼이시죠?"

"미혼인데, 무슨 문제 있습니까?"

이것은 미쓰기 본인의 의지로 한 말이었다.

"역시나 싫어서요. 여자 마음을 전혀 이해 못 하시네요."

사요코는 손을 뒤로 돌려 다카히로를 누른 채 다른 한 손은 사와자키의 목에 둘렀다.

"저는 '복자'를 낳는 기계로 길러졌습니다. 하지만 여자란 말이죠, 좋아하는 남자와 결혼해 백년해로하고 싶다고 늘 소망하거든요."

미쓰기가 소리칠 새도 없었다.

순간 생긋 웃어 보인 사요코가 두 사람을 끌어안은 채 뒤로 몸을 던졌다.

"아아악!"

사와자키가 소리를 질렀다. 갑자기 중심을 잃은 그는 손을 쓸 새도 없이 사요코, 다카히로와 함께 절벽 아래로 사라졌다.

"크크크크, 큰일 났다!"

후지시로가 총알처럼 튀어 나갔다. 하지만 뒤늦게 뻗은 손은 허공만 잡을 뿐이었다.

물컹한 물체가 나무와 부딪치는 소리, 나뭇가지가 꺾이며 급속도로 떨어지는 소리가 들려왔다.

혼이 나간 미쓰기도 뒤늦게 절벽 아래를 살폈다. 세 사람은 보이지 않았고 그 대신 깎여나가 드러난 산의 표면에 사람이 굴러떨어진 흔적만이 남아 있었다. 10미터 아래부터는 초목이 시야를 가려 그 끝을 전혀 확인할 수 없었다.

후지시로는 그 자리에서 모두에게 들리도록 큰 소리로 명령했다.

"밑에서 대기하는 별동대에 연락해! 당장 세 사람을 수색하라. 여기도 두 명만 남기고 모두 낙하지점으로 향하도록!"

그러고서 미쓰기를 흉흉한 눈빛으로 노려봤다.

"괜한 일을 벌였어. 이러다가 자백도 받을 수 없게 되면 어떻게 책임질 거요!"

후지시로는 미쓰기의 대답을 기다리지 않고 경찰차에 올라타 무선으로 누군가와 교신하기 시작했다. 경찰 두 명도 미쓰기를 비난의 눈초리로 쳐다봤다.

좌불안석이 된 미쓰기는 어쩔 수 없이 모두의 시선으로부터 도망치듯 절벽 반대쪽에 몸을 기댔다.

모두의 관심이 미쓰기에게서 멀어졌을 때 인 씨가 굼실굼실 고개를 내밀었다.

"실패했어, 인 씨."

미쓰기는 인 씨와 실수를 분담할 마음으로 말했다. 하지만 인 씨가 예상 밖의 대답을 했다.

─실패가 아니야. 계획대로 됐어.

"뭐라고?"

─사요코와 사와자키를 구하고 싶다며. 진정으로 구제할 방법은 이것뿐이었어.

"……사람도 아니야."

─당연하지. 인면창이니까.

이후, 경찰이 총출동해서 수색한 결과 낙하지점으로부터 30미터 떨어진 곳에서 사야코와 사와자키가 발견됐다. 두 사람은 전신에 심한 타박상을 입었고 두개골이 함몰됐다. 즉시 긴급 이송됐지만 병원에 도착하기 전에 사망 판정을 받았다.

그런데 기이하게도 다카히로만은 발견되지 않았다. 사요코와 사와자키 근처에서도 절벽 중간에서도 초목 사이에서도 찾을 수 없었다.

팔 하나는커녕 입고 있던 옷의 일부조차 발견하지 못했다. 수사본부는 지역 소방서에 협조를 요청해 산을 샅샅이 수색했지만 역시 아무것도 발견하지 못했다. 날이 저물어 한 치 앞도 보이지 않는 캄캄한 상황에서도 수색을 강행했지만 헛수고에 그쳤다.

밤 10시를 넘겨 일단 수색을 중단하고 다음 날 아침 5시부터 재개했지만 결과는 허무했다.

사흘째 되는 날 저녁 7시, 해가 저문 것을 기점으로 수사본부는 수색을 종료했다.

그 소식을 들은 미쓰기는 멍하니 '나쁜 너구리 다섯 마리'의 마지막 페이지를 떠올렸다.

다섯 번째 너구리는 친구가 한 마리도 남지 않자 다른 산으로 달아났습니다.

결국 이번 연쇄 살인 사건은 동화 내용대로 진행되고 말았다. 인 씨가 말했듯 현실이 이야기를 따라간 모양새였다.

미쓰기는 불현듯 들어본 적도 없는 이즈쓰 이쓰로의 껄껄대는 웃음소리를 들은 듯한 착각이 들었다.

# 4

다카히로의 수색이 종료된 이틀 후, 미쓰기는 사쿠마 마을을 떠날 준비를 했다.

혼조가 소유의 산림에 매장된 몰리브덴 조사는 민간 분석 회사에 이관되었고, 결과는 히라기가 보고받는 것으로 정리되었다. 다만 다카히로가 실종 상태므로 자산이 확정돼 봤자 전부 히라기가 관리하게 되었다. 며칠 동안 차례로 벌어진 피의 참극도 끝나고 보니 누구 한 사람도 이득을 보지 못했다. 아이러니한 현실이었다. 그래도 상속감정사의 임무는 끝났기 때문에 미쓰기가 받은 상속 감정 의뢰도 막이 내렸다.

길고도 짧은 여정이었구나. 자신이 사용하던 방을 둘러보며 미쓰기는 잠시 감회에 젖었다. 형제간의 불화, 과거의 유물 같은 인습, 농밀한 인간관계. 하나같이 불온하고 우울한 분위기에서 마침내 벗어나게 되니 시원섭섭했다.

하지만 시간은 감상에 빠지는 것도 허락하지 않았다.

"준비는 다 하셨나요?"

구루미가 맹장지 문을 열며 얼굴을 비쳤다.

"아, 마침 딱 끝난 참입니다."

"그럼 버스 정류장까지 모셔드릴게요."

구루미는 애써 밝은 척했다. 미쓰기를 바래다주는 일이 가정부로서 마지막 임무라 음울한 분위기를 만들고 싶지 않았으리라. 미쓰기도 장단을 맞춰 가볍게 인사한 뒤 구루미를 뒤따랐다.

현관에 세워져 있던 검은 벤츠에 올라타자 구루미는 면목 없다는 듯 미쓰기의 안색을 살폈다.

"배웅하는 사람이 저 혼자라서 죄송해요. 히라기 변호사님도 와 주셨으면 좋았을 텐데. 상황이 이런 바람에……"

"아뇨. 유산 상속 절차가 한창이니 못 오시는 게 당연해요. 게다가 왜인지 변호사님께는 은혜를 원수로 갚는 꼴처럼 되어 버려서."

구루미는 고개를 한 번 끄덕여 보이더니 자동차를 출발시켰다.

사요코와 사와자키의 사망이 확인됐을 때 히라기는 몹시 충격받아 기력을 잃었다고 했다. 요즘 보기 드물게 기사도 정신을 가진 히라기가 끝내 사요코를 구하지 못한 자신을 탓하고 괴로워했으리라는 것은 짐작이 갔다. 그리고 사요코의 등을 떠밀다시피 한 미쓰기는 되도록 만나고 싶지 않아 하는 심정도 이해했다.

사요코를 궁지로 몰아넣어 결국 자살에 이르게 한 것은 인 씨의 계략이었다. 그 순간에는 미쓰기도 몹시 화가 났지만 지금에 와서는 인 씨의 결단이 반드시 틀린 것만도 아니라는 생각이 들었다. 사요코가 체포되면 사와자키는 극복할 수 없는 상처를 입고 다카히로는 다카히로대로 살인귀의 아들이라는 비난을 받게 된다. 그녀가 두 사람을 길동무 삼을 줄은 몰랐지만.

"후지시로 형사님도 오실 줄 알았는데."

"형사님은 히라기 씨보다 더 저를 싫어할 겁니다. 어쨌든 범인을 한 발짝만 더 몰아붙일 작정이었는데 제 경솔한 발언으로 아예 손이 닿지 않는 곳으로 가 버렸으니까요. 게다가 사와자키 씨와 다카히로 군까지 끌고 갔죠. 저는 후지시로 형사님뿐 아니라 나가노 현경을 적으로 돌린 것이나 마찬가지예요."

"그것 말인데요."

구루미가 일단 말을 꺼내고서 머뭇거렸다.

"다카히로는 어떻게 됐을까요?"

그것은 사건 관계자뿐 아니라 사건 보도를 접한 모든 사람의 공통 화제였다. 피로 피를 씻는 상속 전쟁 속에서 마지막으로 남은 혈연자. 그런데 사요코와 함께 절벽에서 떨어진 뒤 행방이 묘연하다. 갖가지 억측을 불러일으켰고, 온갖 수수께끼로 둘러싸였던 혼조가 사건 중에서도 가장 큰 수수께끼라고 해도 과언이 아니었다.

사망한 두 사람처럼 추락 중에 사망했다는 설. 시신이 토사에 묻혀 버렸다는 설. 시신을 야생동물이 물고 갔다는 설. 기적적으로 구사일생했지만 산속을 헤매다가 미아가 됐다는 설. 저마다 신빙성은 있지만 실제로 다카히로의 모습이 나타나지 않는 이상 전부 가설에 지나지 않았다.

다만 인 씨는 다른 가설을 주장했다.

미쓰기가 이것은 어떤 사람의 의견인데요, 라고 일러둔 뒤 말했다.

"'복자'는 신이 이 세상에 보낸 신성한 존재잖아요."

"네."

"그렇다면 '복자'인 다카히로 군은 다시 신의 품으로 돌아갔다……. 그렇게 해석해도 좋지 않을까요?"

"……뭐랄까, 꽤 판타지 같은 해석이네요."

구루미는 석연치 않은 듯했지만 처참한 사건의 마무리로 이정도 순화된 결말이 좋지 않을까 미쓰기는 생각했다.

"사와자키 씨가 사요코 씨와 다카히로를 데리고 도망쳤잖아요."

"네."

"이제 와 생각해 보니 제가 보기에는 거꾸로였던 게 아닌가 싶어요. 사요코 씨가 사와자키 씨에게 울며 부탁한 게 아닐까요? 자기랑 다카히로를 데리고 도망쳐 달라고."

미쓰기는 놀라움을 감추지 못했다.

인 씨도 똑같은 가설을 말했기 때문이다.

"사요코 씨가 사와자키 씨와 함께하고 싶었다면 그런 식으로 도망칠 수밖에 없었죠. 사와자키 씨는 도망치자는 말을 먼저 꺼낼 사람은 아니지만 사요코 씨가 함께 도망가자고 부탁하면 절대 거절할 수 없었을 거예요. 사와자키 씨는 그런 사람이었으니까요."

후지시로는 사와자키가 동반 자살을 꾀할 수도 있다고 했다. 하지만 그 반대였으리라는 구루미의 해석이 더 설득력이 있었다. 하기야, 그랬어도 사요코는 어리석은 미쓰기를 비웃었을 테지만.

"그건 그렇고 저택은 앞으로 어떻게 될까요? 사실상 혼조 가문은 대가 끊겼고, 사는 사람은 구루미 씨뿐인데."

"저택은 당분간 그대로 보존될 것 같아요. 건물이 저렇게 크니 허는 데도 비용이 만만치 않다고 하고, 무엇보다 혼조 그룹의 연수원이라는 형태로 남겨 두면 복리후생 면에서도 절세 수단이 될 수 있다던데요."

"하하, 변호사님의 생각이겠네요. 그렇다면 구루미 씨는 연수원 기숙사의 어머니가 되는 건가."

"저는 아르바이트처럼 일할 것 같아요. 일주일에 한 번 창문을 전부 열어 환기하고 저택을 언제든 사용할 수 있도록 관리하라더라고요."

"오호. 일주일에 한 번이면 제대로 된 급여를 받을 수 있나?"

"그래서 변호사님 사무소에서 일하기로 했어요. 저택 관리가 아르바이트라는 건 그런 의미랍니다."

"그렇구나. 잘됐네요. 그래, 잘됐어."

적어도 남겨진 사람은 불행하지 않았으면 좋겠다. 미쓰기는 진심으로 생각했다.

두 사람을 태운 자동차는 숲으로 둘러싸인 산길을 벗어나 마침내 거리로 들어섰다. 신기하게도 숲을 빠져나오자마자 과거에서 현재로 돌아온 기분이 들었다.

멀리 사쿠마 마을 우체국이 보이기 시작했다. 우체국 앞 버스 정류장에서 마쓰모토 버스 터미널로 향하면 거기서부터는 신주쿠행 고속버스로 갈아타기만 하면 된다.

구루미는 버스 정류장 근처에 차를 세우고 다시 미쓰기를 돌아봤다.

"감정사님, 정말로 감사합니다."

깊이 숙인 머리에 미쓰기도 몸 둘 바를 몰랐다.

"아니, 저야말로 아무것도 못 했는데 이런저런 신세만 져서……. 미안한 마음만 가득합니다."

"아무것도 못 했다뇨. 마지막 순간에 사건을 해결하셨잖아요."

"하지만 남은 세 사람도 결국 그렇게 떠났으니. 후지시로 형사님이 말한 대로 제가 쓸데없는 짓을 했어요."

"저기, 마지막으로 하나만 알려 주세요."

구루미가 머뭇머뭇 물었다.

"방문 앞을 지나칠 때 몇 번이나 감정사님이 누군가와 대화하는 소리를 들었어요. 그런데 저택 안에서는 휴대폰도 못 쓰고 방에는 감정사님 혼자 있었잖아요. 도대체 누구와 이야기하셨나요?"

소리가 들렸구나.

수상해 보이지 않도록 신경을 썼다고 생각했는데 구루미는 보기보다 눈치가 빠른 듯하다. 차마 1인 2역으로 떠들었다는 변명을 할 수도 없어서 대답할 말이 궁했다.

미쓰기도 마지막으로 해야 할 말이 있다. 이제 구루미에게 가혹한 이야기를 할 테니 자신의 비밀도 공개하는 것이 공정하겠지.

"놀라지 말고 들어요."

그렇게 당부하고는 셔츠를 젖혀 오른쪽 어깨를 드러냈다. 조금 전부터 깨어 있던 인 씨가 나타났다.

구루미가 숨을 삼켰다.

"인면창이라고 해요. 사람 몸에 기생하는 자기 의사를 가진 종기지. 나는 인 씨라고 불러요."

―오오, 처음 뵙겠소.

인 씨가 말하자 구루미가 몹시 놀란 듯했다. 당연했다.

―나는 이 녀석을 멍텅구리라고 부르지. 보이는 대로 맹한 놈이니까. 내가 조언하지 않으면 이 녀석은 사흘 만에 굶어 죽든지 전철에 뛰어들든지 목을 맬 거요.

"처음 만나는 사람에게 그렇게 말하지 마."

―처음 만나기는. 나는 몇 번이나 마주쳤는데.

"이번 사건의 범인이 사요코 씨라는 사실도 인 씨가 알아냈어요. 사건을 해결한 건 결코 내 공이 아니에요."

"그렇……습니까?"

—어이, 잠깐. 사건은 아직 해결되지 않았는데.

"응, 그랬지. 지금부터 구루미 씨에게도 설명하려고 했어."

"저기, 그게 무슨 말씀이시죠?"

—사요코에게는 공범이 있었다는 말이오.

인 씨는 구루미에게 말하기 시작했다. 미쓰기가 아닌 사람과 말하는 건 오랜만이라서 조금 긴장한 듯했다.

—공범이라기보다 사요코의 범행을 알면서도 눈감았으니 사후 공범 같은 것이겠지. 그런데 그 공범이 다케이치로 부부가 살해됐을 때 경찰에 털어놓았다면 이후 벌어진 참극은 막을 수 있었을 테니 그놈의 죄도 작지 않아. 방관자는 때때로 당사자보다 더 죄 많은 존재가 되기도 하거든.

"구루미 씨. 당신은 처음부터 사요코 씨의 범행을 알고 있었어요."

인 씨와 미쓰기의 추궁에 운전석에 있던 구루미의 몸이 경직됐다.

"불을 끄고 문단속을 한다. 그게 당신의 일과 중 하나였죠. 그런 당신이 사요코 씨의 행동을 눈치채지 못했을 리 없어요. 모든 범행은 밤중에 이루어졌고 범인과 피해자 모두 늦은 밤에 자기 방을 나섰죠. 경찰 조사에서는 모르쇠로 일관했지만 밤늦게 저택을 돌던 당신이 그걸 눈치채지 못했을 리 없어."

"내가 왜 그런 짓을 한단 말이죠?"

─그건 물론 혼조 가문에 대한 원한 때문이지.

"구루미 씨, 예뻐하던 고양이를 고지 씨인가 에쓰조 씨가 불에 태워 죽였다고 했죠?"

"그건 사실이지만 기르던 고양이를 죽였다고 범죄를 모른 척한다니, 무슨 그런 말도 안 되는 말씀을 하세요?"

─너 말이야, 고등학교를 졸업하고 얼마 안 있어 부모의 빚때문에 혼조가에 고용됐잖아. 그 성질 더러운 치들만 모인 집안에서 빚 대신 고용한 이 마을 출신 어린 아가씨를 어떻게 취급했을지 상상하는 건 어렵지도 않아. 시대착오적인 가부장제와 혼조가로 대표되는 봉건제. 사쿠마 마을과 혼조 가문에 만연한 사람 숨 막히게 하는 것의 정체지. 넌 그런 것이 증오스러워 견딜 수 없었던 것 아닌가.

"사요코 씨의 계획은 재산을 독차지하고 사와자키 씨와 해로하는 것. 그러나 그것은 가부장제의 파괴와 혼조가를 향한 복수도 내포했죠. 그래서 당신은 사요코 씨의 범행을 모른 척한 겁니다."

구루미는 이제 아무런 반박도 하지 않았다. 그저 미쓰기와 인씨를 징그럽다는 듯 바라볼 뿐이었다.

"구루미 씨가 한 일을 경찰에 알릴 생각은 없어요. 물증도 없고 말입니다. 다만 속에 악의를 쌓아 두는 건 이제 그만해요. 히라기 변호사님은 선한 분이고 낡은 인습을 싫어하는 점은 당신과 같으니까. 분명 잘 지낼 수 있을 겁니다."

그때 도로 건너편에서 다가오는 버스를 발견했다. 미쓰기는 문을 열고 차에서 내렸다.

"그럼 이제 정말로 안녕이네요. 잘 지내요."

가볍게 인사한 뒤 문을 닫고 막 도착한 버스에 올라탔다.

곧 벤츠와 버스 정류장이 점점 작아졌다. 두 번 다시 이 땅에 발을 들여놓는 일은 없겠지. 미쓰기는 조금 서운한 감정을 느끼며 사쿠마 마을에 이별을 고했다.

시야에서 멀어지는 버스를 배웅하며 구루미는 섬뜩함에 어깨를 감싸 안았다.

방금, 뭐지?

구루미가 사요코의 범행을 알면서도 묵인한 것도, 혼조 가문 인간들을 못 견디게 증오하는 것도, 사요코가 가문의 실권을 잡는 것에 통쾌함을 느낀 것도 전부 사실이다. 과연 진상을 꿰뚫어 본 미쓰기답다고 감탄했지만 그의 행동은 역시 소름 돋았다.

인면창 인 씨라니, 무슨 소리지? 미쓰기는 1인 2역으로 떠들어댔을 뿐이었다. 보란 듯이 드러낸 어깨에도 사람 얼굴 같은 것은 찾아볼 수 없었다. 다만 크고 작게 갈라진 흉터가 난 혹이 있을 뿐이었다. 미쓰기는 그것이 정체성을 지닌 생물이라고 진심으로 생각하는 것일까.

지금까지 평범하다고 생각했던 사람이 터무니없이 위험한 놈이었을지도 모른다고 생각하니 하지가 막 지났는데도 등골이 오싹했다.

# 앙숙과 단짝,
# 그 사이 어디쯤

　태초에 셜록과 왓슨이 있었습니다. 추리소설 마니아뿐 아니라 많은 사람이 기억하는 이 콤비는 시대를 뛰어넘어 장르 불문 꾸준히 사랑받는 아이콘입니다. 먼 옛날 조선에는 오성과 한음이 있었죠. 중국 춘추시대에는 백아와 종자기가 있었고요. 델마에게는 루이스가, 엘사에게는 안나가, 톰에게는 제리가, 라면에는 김치가, 치킨에는 맥주가 있습니다. 무엇으로도 대체할 수 없을 만큼 서로에게 특별한 존재, 우리는 그것을 환상의 콤비라고 부릅니다. 그리고 여기, 나카야마 시치리가 만들어낸 또 다른 흥미로운 콤비가 있습니다. 앙숙인지 콤비인지, 환상의 콤비인지 환장의 콤비인지 조금 헷갈리지만 아무튼 쿵 하면 짝 하는 콤비 맞습니다.

　상속감정사 미쓰기 롯페이의 어깨에는 인면창 인 씨가 기생

人面瘡探偵

합니다. 미쓰기를 멍텅구리라며 욕하며 매일같이 타박하는 인 씨는 미쓰기가 어릴 적부터 지금까지 줄곧 함께한 박학다식하고도 까칠한 파트너입니다. 미쓰기는 의뢰받은 상속 감정 업무를 처리하러 인 씨와 함께 사쿠마 마을로 떠납니다. 인구 감소가 사회 문제인 요즘 곧 사라져도 이상하지 않을 외딴 곳의 폐쇄적인 사쿠마 마을은 21세기에도 가부장제, 남존여비 사상, 봉건제 등이 짙게 남아 있는 마치 시간이 과거에 멈춰 버린 듯한 마을입니다. 마을 일대는 혼조라는 자산가 가문이 쥐락펴락하는데, 혼조가의 총수인 혼조 구라노스케가 갑작스럽게 사망하면서 미쓰기는 혼조가의 유산 가치를 감정하고 분할 협의를 돕기 위해 혼조 저택을 방문합니다. 그러던 가운데 유산 중 하나인 산에 어마어마한 가치가 숨겨져 있다는 사실이 드러나면서 혼조 일족이 하나, 둘 잔인하게 살해당하기 시작합니다. 이런 혼란스러운 상황에서 미쓰기는 똑똑한 인 씨의 도움을 받아 사건을 해결하고 맡은 임무도 무사히 수행할 수 있을까요?

『인면창 탐정』의 가장 큰 매력이라면 역시 독특한 캐릭터인

'인면창人面瘡'과 상속감정사 미쓰기의 관계입니다. 인면창은 인체에 난 사람 얼굴 모양의 부스럼을 뜻합니다. 이 부스럼이 곪은 뒤 구멍이 여러 개 생기는데 모양이 마치 사람 얼굴과 비슷하다 하여 '인면창'이라고 부르기 시작했습니다. 동양 기담이나 소설에서 주로 요괴로 등장하는 인면창이 이 작품에서는 두뇌회전과 눈치가 빠른 탐정으로 등장합니다. 머리를 비상하게 굴리고 비록 욕이 반이지만 냉철하고 적절하게 조언하는 인 씨와 부지런히 발로 뛰며 사건을 조사하는 미쓰기의 관계는 언뜻 보면 맹한 미쓰기가 독한 인 씨에게 일방적으로 끌려가는 듯해 보이지만 사실 그리 단순하지만은 않습니다. 인 씨는 미쓰기를 가차 없이 타박하고 채찍질하지만, 결정적 순간에는 어려운 사람을 구하고 싶어 하는 미쓰기의 선한 면모를 존중합니다. 그리고 미쓰기의 모자란 부분을 알맞게 채워 주며 딱 들어맞는 퍼즐 같은 환상의 호흡을 자랑합니다. 이야기 전체에 감도는 기이하고 불온한 분위기 속에서 양념 역할을 하는 상반된 두 캐릭터가 쉼 없이 주고받는 티키타카는 이 작품을 특별하게 하는 또 다른 별미입니다.

人面瘡探偵

『인면창 탐정』은 다작 작가 나카야마 시치리가 만들어낸 새 시리즈입니다. 이 작품을 읽으면서 요코미조 세이시와 긴다이치 코스케를 떠올린 독자분이 많을 것입니다. 나카야마 시치리는 보통 편집자의 의견을 반영해 자유롭게 작품을 만드는 편인데, 이 작품은 처음 연재를 시작할 때 무조건 재미있는 소설을 써달라는 편집자의 요청을 받았다고 합니다. 그래서 요코미조 세이시의 명작 『이누가미 일족』을 오마주했던 본인의 데뷔작 『안녕 드뷔시』를 떠올리며 그 오마주를 다시 써보고 싶다는 생각으로 집필했다고 합니다. 『인면창 탐정』은 『이누가미 일족』과 『악마의 공놀이 노래』에서 영감을 얻은 작품입니다. 그렇게 태어난 작품이 어떻게 나카야마 시치리만의 미스터리로 탄생했는지 느끼며 읽으셨다면 더욱 흥미롭고 재미있지 않았을까 생각합니다.

일본에서는 인면창 탐정 시리즈 2탄인 『인면도』가 올해 출간됐습니다. 다음 편에서는 나가사키의 외딴 섬 '인면도'를 무대로 벌어지는 살인사건을 해결한다고 하니 속편 또한 매우 기대됩니다. 상속감정사와 인면창 콤비가 다음 사건을 어떻게 해결할지도 물론 궁금하지만, 미쓰기가 인 씨에게 또 어떤 독설을 들을지 묘하게 기대된다면 조금 짓궂을까요?

2022년 가을
문지원

인면창 탐정

人面瘡探偵

**1판 2쇄 인쇄** 2022년 12월 7일
**1판 2쇄 발행** 2022년 12월 14일

**지은이** 나카야마 시치리   **옮긴이** 문지원

**책임편집** 민현주   **디자인** 알음알음   **제작** 송승욱   **발행인** 송호준
**발행처** 블루홀식스   **출판등록** 2016년 4월 5일 제 2016-000100호
**주소** 경기도 파주시 회동길 483-1   **전화** 031-955-9777   **팩스** 031-955-9779
**이메일** blueholesix@naver.com

ISBN 979-11-89571-82-5 03830

**인스타그램** @blueholesix   **유튜브** blueholesix
**네이버 스마트 스토어**
**PC** http://smartstore.naver.com/blueholesix
**MOBILE** m.smartstore.naver.com/blueholesix